ARMIN ÖHRI

SCHWEIZER LOGOUT

DIGITALER BLACKOUT Mit Interesse verfolgt die aufstrebende Online-Journalistin Mia Abderhalden das gehäufte Aufkommen diverser Internet-Bugs: Private Nacktfotos verteilen sich ungewollt, während ganze Webseiten verschwinden und gleichzeitig Passwörter geleakt und Klarnamen veröffentlicht werden. Auch der junge IT-Security-Analyst Maxi Winter beobachtet die Störungen mit Sorge. Als sich die beiden zusammentun, um der Sache auf den Grund zu gehen, kommen sie einer ominösen App auf die Spur. Diese hat bereits in Bundesbern die Aufmerksamkeit von Militär und Geheimdienst auf sich gezogen. Bald stellt sich heraus, dass sich mit der App ein Virus verbreitet, der dabei ist, die Eidgenossenschaft in eine Katastrophe zu stürzen. Ein Wettlauf gegen die Zeit beginnt, denn Stück für Stück fällt die Internetversorgung des Landes in sich zusammen …

Der Schriftsteller Armin Öhri, geboren 1978, lebt in Grabs im St. Galler Rheintal. Bekannt sind die historischen Kriminalromane um seinen Protagonisten, den jungen Tatortzeichner Julius Bentheim. Der Autor erhielt den »European Union Prize for Literature«, seine Werke wurden in mehrere Sprachen übersetzt.

ARMIN ÖHRI

SCHWEIZER LOGOUT

GMEINER

THRILLER

Personen und Handlung sind frei erfunden.
Ähnlichkeiten mit lebenden oder toten Personen
sind rein zufällig und nicht beabsichtigt.

Im Ehnried 5, 88605 Meßkirch
Telefon 07575/2095-0
info@gmeiner-verlag.de

1. Auflage 2022

Lektorat: Claudia Senghaas, Kirchardt
Herstellung: Mirjam Hecht
Umschlaggestaltung: U.O.R.G. Lutz Eberle, Stuttgart
unter Verwendung eines Fotos von: © Alexander Limbach /
stock.adobe.com
Druck: CPI books GmbH, Leck
Printed in Germany
ISBN 978-3-8392-0192-3

Für Milo

»Wenn ich einen Computer nicht im Griff habe, muss er sich nicht gleich selbstständig machen. Er läuft dann nur unkontrollierte Wege.«

(Konrad Zuse, Interview im ›Spiegel‹, Ausgabe 25 | 1985)

PERSONEN DER HANDLUNG

Abderhalden, Mia: Journalistin beim Online-Magazin ›GigaBites‹
Abderhalden, Toni: Vater von Mia Abderhalden
Baumann, Andreas: NDB-Mitarbeiter
Casanelli, Alfredo: SBB-Zugbegleiter
Caviezel, Andrin: Teilnehmer einer Gamer-Convention
Eggenberger, Lara: Teilnehmerin einer Gamer-Convention
Emmenegger, Valérie: Polizistin der Luzerner SiPo Süd
Eugster, Kilian: Teilnehmer einer Gamer-Convention
Gerber, Stefan: Vizedirektor der Operativen Cyber-Sicherheit
Grüter, Yvette: Prostituierte
Grüter, Noëmi: Tochter von Yvette Grüter
Hollenstein, Markus: Journalist beim Online-Magazin ›GigaBites‹
Hugentobler, Alex: TV-Journalist
Khader, Hamid: Teilnehmer einer Gamer-Convention
Kostić, Mirko: Polizist der Luzerner SiPo Süd
Oesch, Anita: Empfangsdame bei der Operativen Cyber-Sicherheit
Opliger, Martin: Politiker

Opliger, Mirjam: Ehefrau von Martin Opliger
Reusser, Marco: Militärpolizist
Salmedani, Liridona: TV-Journalistin
Sommerhalder, Larissa: Tochter von Peter Sommerhalder
Sommerhalder, Manuela: Ehefrau von Peter Sommerhalder
Sommerhalder, Peter: Chemielehrer
Thielemann, Joachim: IT-Beauftragter bei der Deutschen Bahn
Weber, Thorsten: Mitglied der Konzernleitung SBB CFF FFS
Wernli, Jules: Brigadier beim Militärischen Nachrichtendienst
Winter, Maxi: IT-Security-Analyst
Zgraggen, Maria: Assistentin von Stefan Gerber
Zuberbühler, Lena: TV-Journalistin

IN NAHER ZUKUNFT
TAG 1 | ZÜRICH

1

Die Spezialeinheit Skorpion stürmte das Haus um 3.27 Uhr. Maxi Winter war zufällig wach, als der Zugriff des Zürcher Kommissariats Intervention erfolgte. Vor über einer Stunde war er aufgestanden und durch den Flur zum Badezimmer geschlurft, wo er sich schlaftrunken auf den Toilettensitz sinken ließ. Aus Gewohnheit hatte er das Smartphone mitgenommen, um sich im Dunkeln den Weg zu leuchten. Meist schlief er nackt, und er hasste es, für den nächtlichen Gang aufs Klo die volle Deckenbeleuchtung anzuschalten. Wäre ja noch schöner, wenn ihn alle Nachbarn im Adamskostüm zu sehen bekämen.

Tags zuvor war er mit Freunden zum Chinesen gegangen, was ihm Krämpfe und eine veritable Verstopfung eingebracht hatte: zu viel weißer Reis, zu viel Glutamat. Mit Bauchgrimmen saß er also auf dem kalten Plastik-Toilettensitz. Um die Zeit zu überbrücken, spielte er ein paar Runden ›Slither.io‹. Obwohl die Handyvariante bei Weitem nicht so gut zu bedienen war wie die App auf seinem Multimedia Pad, schaffte Maxi einen Score von 14.655 Punkten, bevor es ihn zum ersten Mal erwischte.

Seinem Avatar hatte er den großspurigen Namen ›The Great Deworming‹ gegeben, was er irgendwie lustig fand. Gerade als er den High-Speed-Modus aktivierte und einen anderen Mitspieler mit seiner Schlange einschnürte, um dessen Punkte zu fressen, drang von außen ein grellblauer Lichtschein durchs Badezimmerrollo und warf seinen Schattenriss an die Klotür.

Maxi legte das Handy beiseite, wischte sich den Hintern ab und hob mit der Rechten den Baumwollstoff an. Er wohnte im dritten Stock, und verblüfft blickte er auf das nächtliche Treiben unter ihm. Die Kreuzung, an der sich die Zypressenstraße und die Agnesstraße schnitten, war vollständig für den Verkehr gesperrt. An allen vier Ecken des Straßenschnittpunktes standen Einsatzwagen der Stadtpolizei. Einige Beamte schritten die verschneiten Bürgersteige ab. Etwas weiter weg erkannte er zwei abgestellte Kleinbusse sowie einen Sanitätskraftwagen. Das Blaulicht der Kennleuchte war es, das Maxi hatte aufmerksam werden lassen.

»Was zum Teufel …?«, entfuhr es ihm.

Unwillkürlich wich er mit dem Kopf zurück. Waren sie ihm auf die Schliche gekommen? Er hatte stets alle Spuren verwischt, war immer vorsichtig gewesen. Immer. Sowohl im normalen Internet, im Deepnet wie auch im Darknet. Oder doch nicht? Gedankenverloren drückte er die Toilettenspülung, während sein Hirn noch verarbeitete, was seine Augen soeben gesehen hatten. Die Polizisten … Wenn ihn nicht alles täuschte, waren sie nicht auf sein Mietshaus zugekommen. Nein, sie hatten die andere Richtung eingeschlagen. Und die Streifenwagen? Er hatte ausschließlich ihre Hecks gesehen. Die Kühlerhauben der geparkten Autos zeigten also von seinem Haus weg, die

Straße hinunter. Kein durchschnittlich intelligenter Polizist würde dem Zielobjekt den Rücken zukehren. Die blöden wahrscheinlich auch nicht, dachte Maxi.

Sich zusammenreißend, hob er erneut das Rollo an. Vorsichtig spähte er hinaus. Tatsächlich: Mindestens drei Männer – schwarz maskiert, schwarzer Anzug, schwarzer Helm, Maschinenpistolen im Anschlag – rückten auf dem Gehweg vor, von Baumstamm zu Baumstamm huschend, immer wieder hinter Autos und den Verteilerkästchen der Stadtwerke Deckung suchend. Auf ihren Helmen waren herunterklappbare Nachtsichtgeräte angebracht. In sicherer Entfernung, circa 20 bis 30 Meter weiter die Straße hinab, standen ein zusätzlicher Notarztwagen und die Sanität von ›Schutz & Rettung Zürich‹. Die ganze Palette, die der Produzent eines typischen Hollywood-Actionfilms aufgefahren hätte.

So irreal sich die Szene auch ausnahm, so beruhigend war es zu wissen, dass nicht er das Ziel der Polizeiaktion war. Irgendwo – vielleicht im ›Tages-Anzeiger‹? – hatte Maxi einen Artikel über die ›Skorpione‹ gelesen. Im Schnitt rückten sie jeden zweiten Tag aus. Dass sie einmal in diesem Jahrzehnt just vor seinem Haus anzutreffen waren, konnte ein Zufall sein und wäre wohl von jedem halbwegs begabten Statistiker vorhergesagt worden, wie Maxi sich zu beruhigen versuchte. Ohne sich die Hände zu waschen, huschte er in den Gang zurück, eilte ins Schlafzimmer, wo er seine auf dem Boden verstreut liegenden Kleidungsstücke aufsammelte und sich anzog. In seiner Hast bemerkte er gar nicht, dass er das T-Shirt verkehrt herum trug: Die Vorderseite mit dem Aufdruck einer Guy-Fawkes-Maske und dem Spruch ›I went outside once, but the graphics weren't very good‹ spannte am Rücken.

Laptop, Tablet und ein Ersatzhandy lagen immer griffbereit auf dem Nachtkästchen. Maxi schnappte sich die Geräte und trug sie ins Wohnzimmer. Dann betrat er das Büro, um sich seine HD-Webcam zu schnappen, und kam mit ihr zurück zur Fensterfront, die – wie das Toilettenfenster – ebenfalls auf die Zypressenstraße hinausging. Er kurbelte die Storen hoch, nur etwas mehr als zehn Zentimeter, und befestigte die Kamera mit einem Vakuumring an der Scheibe. 15 Megapixel Auflösung, eine Full-HD-Videoaufnahme in 1920×1080 Pixeln – das war reinste Kinoqualität, die ihm da geboten werden würde.

Während auf dem Sofatisch die drei Geräte hochfuhren, holte Maxi eine XL-Packung Kartoffelchips aus der Küche. Sich gemütlich in eine Decke einmummelnd, setzte er sich schließlich auf die Couch.

Wenn sie es nicht auf ihn abgesehen hatten, dann auf den Chemielehrer, dessen war sich Maxi gewiss …

2

Der Chemielehrer hieß Peter Sommerhalder. Durch die Medien wurde er jedoch mit dem weit verbreiteten Vor- und Nachnamen Klaus Meier landesweit bekannt. Am

Ende der Zeitungsberichte folgte stets in Klammern der Vermerk: ›Name durch die Redaktion geändert‹. Er war 48 Jahre alt und stammte ursprünglich aus dem Kanton Solothurn, wo er 15 Jahre lang eine Stelle als Chemielehrer an einem Gymnasium innegehabt hatte.

Als er durch eine Unachtsamkeit ein Foto mit pornografischem Inhalt über den WhatsApp-Klassenchat teilte, wurde er fristlos entlassen. Trotzdem gelang es Sommerhalder, nach den Sommerferien eine Stelle in Zürich anzutreten. Gemäß Schulgesetz hätte ihm der Kanton Solothurn die Unterrichtsbewilligung entziehen und ihn auf die schwarze Liste der EDK, der Schweizerischen Konferenz der kantonalen Erziehungsdirektoren, setzen können. Da dies nicht geschah, wurde die Information über Sommerhalders Kündigung und das laufende Strafverfahren nicht aktenkundig. Mit seiner Familie – er war verheiratet und hatte zwei Töchter im Alter von acht und 14 Jahren – wechselte er über die Kantonsgrenze und unterrichtete weiter, erhitzte Kaliumnitrat, erklärte die Wirkung von Alkohol und Säuren auf Eiweiß und stellte leuchtende Eiswürfel aus chininhaltigem Tonicwater her, die er in den brütend heißen Augusttagen an die dankbaren Schülerinnen und Schüler verteilte. Sommerhalder war beliebt.

Nicht einmal dreieinhalb Monate hielt seine Anstellung, bis er erneut Nachrichten sexuellen Inhalts verschickte, diesmal an einen 14-jährigen Knaben. Bei der folgenden Hausdurchsuchung stellte die Polizei kinderpornografisches Material sicher. Zu dem noch laufenden ersten Verfahren gesellte sich ein zweites. Hatte Sommerhalders Frau bis anhin noch zu ihm gestanden, so packte sie nun ihre Koffer, nahm die beiden Töchter und zog mit ihnen zu ihren pensionierten Eltern nach Rümlang.

Der Beschuldigte indes gestand nicht. Er akzeptierte zwar jegliche Schadenersatz- und Genugtuungsforderungen, ohne dies als Schuldeingeständnis gewertet sehen zu wollen. Vehement bestand er darauf, unschuldig zu sein. Seine Anwältin beantragte eine bedingte Freiheitsstrafe, wohingegen der Staatsanwalt, ein aufstrebender lokaler SVP-Politiker, drei Jahre Freiheitsentzug forderte.

Dies alles war vor vier Monaten geschehen. Die Berichte der Boulevardpresse waren schwammig gewesen und hatten sich in nebulösen Andeutungen und Mutmaßungen ergangen. Von einem Tag auf den anderen jedoch war die Sache für Maxi fassbar geworden. Im Coop am Albisriederplatz, dem nächstgelegenen Supermarkt zu seiner Wohnung, stand er vor der Kasse Schlange, als die zwei Frauen hinter ihm aufgeregt zu tuscheln begannen.

»Das ist der, der Pädo!«

Die ältere zeigte auf einen verhärmt wirkenden Kunden, der soeben das Geschäft betreten hatte.

So war Maxi auf den Fall aufmerksam geworden. Er kannte den Mann vom Sehen, hatte ihn sogar schon mehrfach gegrüßt. Auch wusste er, in welchem Block er ein und aus ging. Auf dem Nachhauseweg blieb Maxi mit gezücktem Handy vor den Briefkästen des Wohnblocks stehen und ließ die Kamera bei eingeschalteter Videofunktion über die Adressschilder schweifen. Als er wieder daheim war und seine Einkäufe verstaut hatte, googelte er systematisch alle aufgenommenen Namen. Die fremdländisch klingenden ließ er weg, denn der Mann war eindeutig das, was die Amerikaner in ihren Thrillern und Polizeifilmen ›Caucasian‹ nennen. Die verbliebenen fünf Namen versah Maxi mit dem zusätzlichen Suchbegriff ›Schule‹. Beim dritten Versuch wurde er bei einer Kantonsschule fündig:

Die Liste der Lehrpersonen führte unter dem Stundenplankürzel SOP einen Peter Sommerhalder. Dessen Foto wies ihn eindeutig als »den Pädo« aus.

Maxi lehnte sich zurück und überlegte.

An den Broterwerb war nun nicht mehr zu denken. Noch als Minderjähriger hatte Maxi mit Website-Gestaltung begonnen und für Freunde und seinen Bekanntenkreis Blogs und Internetpräsenzen eingerichtet. Nach und nach war aus dem Hobby schleichend ein Beruf geworden. Er bot die Open Source CMS an und entwickelte zudem Online-Marketingkonzepte. Alles vom Homeoffice aus. Manchmal arbeitete er bis spät in die Nacht hinein, um am nächsten Tag bis in die Mittagsstunden auszuschlafen. Er war solo, hatte keine Kinder und konnte sich seine Kunden aussuchen. Ein Job, ganz nach seinem Geschmack. Hin und wieder fragten ihn auch Firmen an, ob er ihre Websites und die Softwaresicherheit testen wolle. Im Schnitt wurden ihm dann zehn Tage bis zwei Wochen zugestanden, um die gesamte IT zu überprüfen. Dann kontrollierte Maxi die Passwortrichtlinien und schlich sich mit gefälschten Mails ins Intranet der Firmen. Alles legal und gegen gute Bezahlung. Auf seinen Visitenkarten stand ›IT-Security-Analyst‹, doch letztlich war er das, was man in der Popkultur einen Hacker nannte.

Auf den Bildschirm starrend, rief er sich die wenigen Male ins Gedächtnis, an denen sich Sommerhalders und seine Wege gekreuzt hatten. War der Mann nicht verheiratet? Ihm war, als hätte er ihn im Sommer oft mit einer Frau zusammen gesehen. Auch zwei Mädchen waren ab und zu dabei gewesen. Auf dem Briefkasten stand: ›Fam. Sommerhalder‹. Wieso wurde jemand pädophil? Oder war das schon die falsche Fragestellung? Ist man es bereits von

Geburt an? Oder gibt es einen Auslöser – im übertragenen Sinn so etwas wie einen Schalter in der Psyche, den man anklicken konnte?

Maxi griff zum Tablet.

Zwei Stunden lang surfte er von einer Website zur nächsten, aber einen wirklich schlüssigen Erklärungsversuch zu seiner Fragestellung fand er nicht. Die Forschung ging davon aus, dass ungefähr ein Prozent der Männer diese Störung der sexuellen Präferenz aufwies. Studien zum weiblichen Teil der Bevölkerung existierten nur vereinzelt, sowohl auf nationaler wie auch auf internationaler Ebene. Pädophile Frauen gab es, doch nahm deren Anzahl niemals solche Ausmaße an wie beim sogenannten ›starken Geschlecht‹.

Und dann stieß Maxi auf eine Textstelle, die er einfach erschreckend fand: Internationalen Zahlen zufolge waren lediglich zwischen einem Viertel und der Hälfte der Personen, die Kinder sexuell missbrauchen, pädophil. Die anderen zwei bis drei Viertel der Täter besaßen ein schreckliches Motiv für ihre Übergriffe, nämlich das der ›Verfügbarkeit‹. Ihre Opfer hatten schlicht und einfach das Pech gehabt, in eine Situation zu gelangen, die vom Täter ausgenutzt werden konnte. Einfach so. Ohne, dass es zuvor geplant war. Es geschah in der Familie, im Sportverein, in der Kirche. Bei Freunden, bei Bekannten, in der Schule. Dass die Opfer jung waren, vereinfachte es, übergriffig zu werden. Ältere Opfer hätten sich ja wehren können …

Eine Freundin aus seinem virtuellen Zweitleben, die er vor drei Jahren über IRC kennengelernt hatte, dem Chat-System des Hacker-Kollektivs Anonymous, war gerade online. Maxi schrieb sie an, worauf sie ihn in einen speziell gesicherten Chatroom einlud. Vor einiger Zeit hatten sie gemeinsam spaßeshalber die Websites einiger Rechtsgesinnter lahmgelegt. AfD-Dumpfbacken, NPD-Spender, FPÖ-Fanpages. Klassische Wutbürger. Sie alle hatten sie massenhaft aus einem Botnetz heraus mit automatisierten Aufrufen bombardiert, einem DDoS-Angriff, der monatelang die Sicherheitsexperten alarmiert hatte. Die Spackos tappten noch immer im Dunkeln. Niemand war ihnen auf den Fersen.

Die Unbekannte, die den spöttischen Namen 73rror-h451m4u51 trug, kam ohne Umschweife zur Sache. Stets unterhielten sie sich im banalen Leet-Speak. Maxi war jetzt 21. Als Hacker angefangen hatte er mit 13. Zunächst war es ihm schwergefallen, immer wieder Buchstaben durch ähnlich aussehende Ziffern oder Sonderzeichen zu ersetzen, aber bereits nach wenigen Tagen hatte sich sein Teenagergehirn auf die seltsamen Schreibweisen eingestellt. Von 73rror-h451m4u51 – also von Terror-Hasimausi – bekam er wieder einmal Zugriff auf Spionagesoftware wie Galileo der in Mailand ansässigen Firma Hacking Team oder auf dessen Pendant Pegasus von der israelischen NSO Group.

»h457 w45 6u7 b31 m1r«, schrieb er.

»63rn 635ch3h3n«, antwortete sie, bevor sie sich ausloggte.

3

Noch in derselben Nacht hatte Maxi die Schadsoftware installiert. Über eine banale WhatsApp-Nachricht schlich er sich in Peter Sommerhalders Leben. Die Mobilfunknummer seines Zielobjekts fand er auf der Website des Gymnasiums. Es war derselbe ruchlose Trick, den der saudische Kronprinz Mohammed bin Salman, MbS genannt, angewandt hatte, um seinen strategischen Cyberkrieg gegen Amazon-Chef Jeff Bezos zu starten.

Mit einer präparierten Bilddatei, die der Chemielehrer bloß anzutippen hatte, provozierte Maxi ein Überlaufen des Speichers und führte eine Remote Code Execution aus: Alles, wirklich alles auf Sommerhalders Android-Handy schwappte auf einen Server, den Maxi eingerichtet hatte. Quasi ein Doppelgänger von Sommerhalders Google Drive. Sein Programm klinkte sich in alle legitimen Anwendungen des gehackten Handys ein, wo es systematisch die eigene Entdeckung verhinderte.

Maxi wunderte sich immer wieder aufs Neue darüber, wie sorglos die Leute mit ihren Daten umgingen. Da bekam der Lehrer eine Nachricht von einer ihm unbekannten Nummer – und was machte der Depp? Er öffnete sie. Na ja, zugegeben, wer würde das nicht tun? Und die einzige Entschuldigung, die Maxi durchgehen ließ, konnte Sommerhalder sogar ins Feld führen: Er war Lehrer, und da konnte es natürlich vorkommen, dass er von diversen Seiten kontaktiert wurde.

Am nächsten Morgen, es war ein Samstag, saß Maxi am Frühstückstisch und leerte einen Becher Waldbeerenjogurt von Emmi in eine Keramikschale, die er zuvor mit den ›Fitness Jogurt‹-Vollkornhaferflocken von Nestlé bis an den Rand gefüllt hatte.

Fuck Nestlé, dachte er, ganz der linksliberale Aktivist, der er war. Aber deren Cerealien knusperten einfach viel zu gut …

Während der Hacker geräuschvoll die Weizenstückchen kaute, installierte er einen direkten Link von seinem neu eingerichteten Server auf sein eigenes Handy. Er besaß nun eine Live-Schaltung in Sommerhalders Leben. Zwei Minuten benötigte er fürs Schreiben eines kleinen Programms, das ihm den Zugriff auf die Handyeinstellungen ermöglichte, und dann schob er es per Drag-and-Drop zu Sommerhalder rüber. Danach konfigurierte er dessen Einstellungen so, dass die Kamera permanent auf Video eingestellt war, ohne dass dies auf dem Display aufleuchtete.

»Oh Gott«, stöhnte Maxi auf.

Der Kerl, den er beobachtete, saß gerade auf dem Klo. Ein Blick auf den gespiegelten Bildschirm ließ Maxi erkennen, dass Sommerhalder gerade eine SMS schrieb.

Unter den Registern ›Verbundene Geräte‹, ›Sicherheit & Standort‹ und ›Konten‹ fand Maxi die abgespeicherten Benutzernamen und Passwörter für Sommerhalders Mailkonten und Computer sowie für seine Bankkonten bei der CS und der Julius Bär. Die Banken interessierten ihn nicht, er war ja kein Dieb. Aber E-Mails waren stets spannend und verheißungsvoll.

Nach einer Viertelstunde – Maxi hatte sich inzwischen einen Kaffee gegönnt – war er vollständig mit Sommerhalders Leben vernetzt. Fortan würde seine Malware die ein- und ausgehenden Anrufe mitschneiden und alle Daten von Facebook, WhatsApp und Skype abgreifen und zwischenspeichern. Sommerhalder war zum gläsernen Menschen geworden.

Maxi Winter schenkte sich ein Glas Orangensaft ein und schlenderte damit in die Stube. Er wischte ein paar Zeitschriften vom Sofatisch, um die Beine hochzulegen, und fläzte sich so, wie er es immer tat, auf die Couch. Gebannt verfolgte er nun den Live-Stream, der ihm das Geschehen aus dem Haus von der anderen Straßenseite mitten ins Wohnzimmer lieferte.

Der Chemielehrer hatte inzwischen sein Geschäft erledigt. Sein Handy musste er irgendwo auf einer Ablage deponiert haben, denn der Bildausschnitt, den Maxi zu sehen bekam, war starr zur Decke gerichtet. Diese bestand aus weiß gestrichenem, getäfeltem Kiefernholz; am oberen linken Bildrand war der Abschluss eines Wandpaneels auszumachen: Dekorelemente aus Beton, allesamt unterschiedlich lang und unterschiedlich breit, sodass der typische 3D-Effekt der aus der Mauer herausragenden Ziegel entstand.

Der Herr Pauker wohnte also modern.

Da sich im Bild nichts tat, ging Maxi mit dem Volume nach oben. Im Hintergrund waren Geräusche zu vernehmen: Explosionen, Musik, Maschinengewehrsalven, schließlich die unverwechselbare Stimme von Manfred Lehmann, dem deutschen Synchronsprecher von Bruce Willis, Gérard Depardieu und Kurt Russell.

»Nix zu tun am Samstagmorgen«, stellte Maxi fest, »keine Tests mehr zu korrigieren, keine Stunden vorzubereiten, seit du freigestellt wurdest. Alle faulen Hunde schauen dann fern.«

Und plötzlich hatte er eine Eingebung.

Welche TV-Box besaß der Typ? Wie konnte er das herausfinden? Maxi spulte die bereits aufgenommenen Videosequenzen zurück zum Anfang. Er beobachtete Sommerhalder auf dem Klo, bevor es dunkel wurde, als dieser das Handy in die Hosentasche steckte. Wenig später wurde das Handy wieder herausgenommen und irgendwo auf einer Ablagefläche deponiert. Seither hatte sich nichts am Bildausschnitt geändert. Dieser Weg führte also in eine Sackgasse.

In die Bankkonten einzudringen, um die Transaktionen durchzugehen, wäre zu aufwendig gewesen. Letzten Endes wäre der Hack zwischenzeitlich zum Stillstand gekommen, da das Programm wahrscheinlich einen QR-Code zum Abfotografieren angezeigt hätte. Die meisten Anbieter von Online-Banking lieferten zudem eine externe Access Card oder etwas Ähnliches mit – und die besaß Maxi nun mal nicht.

Also loggte er sich auf Sommerhalders Tablet ein, um dessen gedownloadete Dateien zu durchwühlen. Vielleicht fand sich darunter etwas. Er suchte spezifisch nach PDFs, ging alles durch, was irgendwie nach Rechnung oder Kontoauszug aussah, bis er auf eine Benachrichtigung der Swisscom stieß: eine automatisierte Push-Nachricht, die sich bei den Kundinnen und Kunden für den Kauf der neuen Swisscom-Box des ›Smart Home‹-Systems bedankte.

»Bingo!«, murmelte Maxi.

So etwas hätte er einem IKA-Lehrer zugetraut, aber keinem Chemiefritzen. Sommerhalders Wohnung war ein ›Smart Home‹, ein intelligentes Refugium, in welchem alle elektronischen Geräte über eine Zentrale verbunden waren und untereinander kommunizierten. Die wichtigsten technischen Prozesse ließen sich so steuern. Auch von außen. Ein Griff zum Handy, und schon konnte man die Heizung auf die gewünschte Temperatur einstellen, die Lampen dimmen, die Storen ausrichten, die Waschmaschine starten oder auf dem Nachhauseweg den Timer für den Latte macchiato stellen, damit ihn die Kaffeemaschine punktgenau aufs Eintreffen zu Hause zubereitet. Mit extra Sahnehäubchen und Karamellgeschmack. Das Internet der Dinge – ein Geschenk der Götter, das ein Janusgesicht trug.

Energieeffizienz und digitale Vernetzung waren die Eltern dieser Entwicklung, und Maxi Winter startete Schritt für Schritt die feindliche Übernahme. Alle kompatiblen elektronischen Geräte kamen nacheinander unter seine Kontrolle: Hätte er es gewollt, so hätte er Sommerhalders elektrische Oral-B-Zahnbürste beherrscht. Dank der intelligenten Positionserkennungs-Technologie erfuhr Maxi de facto sogar, dass Sommerhalder die linken Backenzähne im Vergleich zur rechten Mundpartie zu oberflächlich und viel zu kurz putzte.

Nach weiteren 30 Minuten überflog der Hacker die ›TV Air‹-App seines Nachbarn, wodurch er herausfand, welche Sendungen dieser neulich angeschaut beziehungsweise aufgenommen hatte. Außerdem stieß er auf einen Netflix-Anschluss sowie einen aktivierten HDMI-Ausgang für die neueste PlayStation VR.

Damit konnte man doch was anfangen.

Wenn der Typ eine VR besaß, hatte er auch ein Virtual Reality-Headset und, was weitaus wichtiger war, eine Kamera. Diese war schließlich die Grundvoraussetzung dafür, dass die Kopfbewegungen der Spieler ermittelt und kalibriert werden konnten. Das Beste daran: Dafür musste sie direkt auf dem TV-Gerät montiert sein, sodass ihr Bildausschnitt gezwungenermaßen den ganzen Raum zeigte.

»Fiat lux«, jubilierte der Hacker, als er die VR-Kamera auf ›On‹ stellte.

Der zuvor tote Bildschirm füllte sich mit Farben.

Peter Sommerhalder saß auf einem Schaukelstuhl, seine nackten Füße steckten in De Fonseca-Pantoffeln mit hässlichen weißen Bommeln an der Seite, die er wohl im Manor erstanden hatte. Der Stuhl wippte vor und zurück, vor und zurück. An den Wänden hingen diverse Kunstdrucke, die weitaus geschmackvoller waren als seine Hausschuhe: ein blau-weißes Zermatt-Poster von Henry Rivers im Vintage-Stil, aber auch Albert Ankers ›Schlafender Knabe im Heu‹ als Posterdruck auf Premium-Fotopapier. Die restlichen Bilder waren ebenfalls dazu angetan, dass Sommerhalder vom Blocher-Clan wohl ohne mit der Wimper zu zucken adoptiert worden wäre.

Ein braunes Fellknäuel im Hintergrund, das Maxi ins Auge fiel, entpuppte sich als dösender Kater. Ein zweites Fellknäuel daneben blieb undefinierbar, woraufhin Maxi es heranzoomte. Es war ein Spielzeug, ein moderner Toy-Fi-Teddy mit USB-Anschluss, Internetverbindung, Kamera, Mikrofon und Spracheerkennungsprogramm. Maxi machte ein Standbild und gab das geschossene Foto in der Google-Bildersuche ein, deren Suchfilter er auf kommerzielle Angebote beschränkte. Nach wenigen Hundertstelsekunden spuckte der Computer ein paar Dutzend Ergebnisse aus, die Maxi alle notwendigen Herstellerangaben brachten.

Weitere zehn Minuten später hatte er den Teddy gehackt und eine zweite Kameraposition für sich installiert. Maxi konnte immer wieder bloß den Kopf schütteln, wie arglos die Leute mit ihren Daten umgingen. Sommerhalders Benutzerprofil für den Teddy war der Klarname seiner jüngsten Tochter, das sechsstellige Passwort lautete: 123456. Weder war die W-Lan-Leitung passwortgeschützt noch waren die Zugriffsrechte eingeschränkt. Obwohl das Smart Toy unbenutzt am Boden lag, waren Kamera und Mikrofon lediglich auf Standby. Nach wenigen Klicks vernahm Maxi sogar klar und deutlich das Schnurren der schlafenden Katze.

Es war schon vorgekommen, dass sich Internetkriminelle problemlos ins Kinderzimmer hackten. Sie hauchten dem Teddy Leben ein, reagierten auf das, was die Kinder plapperten, interagierten mit ihnen, freundeten sich mit ihnen an und brachten sie schließlich dazu, ihnen mitten in der Nacht die Haustür zu öffnen. Die überfallenen Eltern waren am nächsten Morgen um ihre Barschaft ärmer und um eine Erfahrung reicher. Aber vielleicht nicht einmal das …

4

In den nächsten Tagen wurde Maxi zum obsessiven Spanner. Ohne sich einzumischen, beobachtete er das banale Treiben im Haus gegenüber. Der Familienalltag als Soap Opera. Maxi war zu jung, um sich an die Diskussionen um das TV-Format ›Big Brother‹ zu erinnern, als vor dessen Sendestart diskutiert wurde, ob dieses »Menschenexperiment« überhaupt mit dem Grundgesetz der Bundesrepublik Deutschland vereinbar wäre. Den Teilnehmenden wurde vom TV-Sender durch die Bildauswahl der Tageszusammenfassungen ein Image aufgedrückt, das sie selber nicht steuern oder beeinflussen konnten. Außerdem pushten die Medien ein Sozialverhalten, das in der Gesellschaft eigentlich geächtet war: das des Mobbings.

Doch Peter Sommerhalder wusste nichts von seiner Hauptrolle in Maxi Winters ganz privatem Menschenzoo. Er agierte unbefangen normal, wie man sich eben in den eigenen vier Wänden verhält, war weder prollig noch vulgär. Zugegeben, ab und an bohrte er in der Nase. Wer tut das nicht, wenn man sich unbeobachtet fühlt?

Sobald Sommerhalder anfing, zu seinen langweiligeren Tätigkeiten wie Putzen, Essen oder das Lösen von Kreuzworträtseln überzugehen, durchsuchte Maxi den Computer des Lehrers. Systematisch ging er die Festplatte durch, um verbotenes Material aufzuspüren. Er fand nichts.

Natürlich, fiel es ihm ein. Der Computer ist nagelneu.

Die Polizei hatte die ursprünglichen Geräte bei ihrer Razzia beschlagnahmt. In den Systemeinstellungen stolperte Maxi denn auch über das relativ neue Datum der ersten Inbetriebnahme, was seine Vermutung bestätigte. Trotzdem hatte Sommerhalder inzwischen bereits vier, fünf Dutzend Programme installiert und alle Dateien aus seiner Cloud mit den neuen Rechnern synchronisiert. Maxi ging den Browserverlauf durch. Er fand Fachportale zu Chemielaboratorien und Unterrichtsmaterial, Websites über Zinnsoldaten, diverse Anfragen zu Öffnungszeiten von Miniatur-Wunderwelten – was so einiges über Sommerhalders Hobby verriet – sowie die Internetpräsenzen der Boulevard- beziehungsweise Pendlerzeitungen ›20 Minuten‹ und ›Blick‹.

In den digitalen Fotoalben breitete sich ein ganzes Leben vor Maxi aus: Peter mit Frau, Peter mit Tochter, Peter mit der anderen Tochter. Schnappschüsse aus dem Wallis, Ferienerinnerungen aus Florenz, Rimini und Pisa. Das einzige Bild, das noch irgendwie in der Grauzone des Anrüchigen war, zeigte eine seiner Töchter, zum Zeitpunkt der Aufnahme geschätzte sieben oder acht Jahre alt, die ohne Bikinioberteil an einem Sandstrand saß. Mädchenhaft flache Brust, nichts Erotisches. Eine Alltagsszene, die laut Gesetz noch in sozialen Netzwerken hätte verbreitet werden dürfen, obgleich diverse Kinderschutzbünde mittlerweile schon davon abrieten.

Je tiefer Maxi sich in Sommerhalders Leben vergrub, desto seltsamer kam ihm vor, dass er keine Beweise für ein vermeintlich abartiges Sexualverhalten fand. Nicht eine einzige Pornoseite tauchte im Browserverlauf auf, auch keine Seite mit Kontaktanzeigen. In den ersten zehn Tagen, an denen er ihn inzwischen beobachtete, hatte der Typ nicht einmal onaniert. Ein Ausbund an Tugendhaftigkeit.

Ungemein spannender wurde das Geschehen an den Wochenenden, wenn die beiden Töchter auf Besuch kamen. Eine Mitarbeiterin der KESB Zürich, der ›Kindes- und Erwachsenenschutzbehörde‹, war stets anwesend und überwachte die Treffen mit Argusaugen. Erstaunlicherweise stellte sich die jüngere der beiden als umgänglich heraus. Ohne Scheuklappen herzte sie den Vater, während ihre ältere Schwester reserviert blieb. Es gelang Maxi, den Großteil des familiären Geschehens zu verfolgen. Nichts, was sich im offenen Flur, in der Küche und im Wohnzimmer respektive vor den Laptop- und Computer-Kameras abspielte, blieb ihm verborgen.

»Bekomme ich keine Umarmung?«

Sommerhalder stand vor seiner Ältesten, die Arme ausgebreitet wie ein Pfarrer, der seinen Schäfchen den Segen spendet.

Gebannt beugte sich Maxi vor. Mittlerweile hatte er die Übertragungen so eingerichtet, dass sie an der Stubenwand über seinen großen Flachbildschirm flimmerten. Heimkino par excellence. Der Ton war leicht scheppernd und auch nicht in Dolby Surround. Dennoch fühlte er sich gespensterhaft mitten ins Geschehen hineingeworfen.

Larissa, so hieß die Tochter, wandte sich ab. Sie murmelte irgendwas davon, kein kleines Kind mehr zu sein, und begann, mit quälender Langsamkeit die Jacke auszuziehen. Ein bewusster Affront, wie Maxi Winter fand. Der Vater stand hilflos daneben. Er streckte die Hand aus, um die Jacke entgegenzunehmen, doch Larissa griff selbst nach einem der Kleiderbügel, bevor sie aggressiv auftretend in die Stube stapfte.

Wenige Schritte entfernt notierte die KESB-Mitarbeiterin etwas auf einem Klemmbrett.

Die Tochter war ein typischer Teenie in verwaschenen Skinny-Jeans und orangefarbenem Longsleeve. Wahrscheinlich Bio-Baumwolle. Das pickelige Gesicht mit schlecht aufgetragener Schminke übertüncht. Die Jüngere hingegen sah richtig herzig aus. Ein unschuldiges Primarschulmädchen. Gepflegtes Aussehen. Man sah ihr an, dass sich irgendjemand – wahrscheinlich die Mutter – rührend um sie kümmerte.

»Und jetzt?«, versuchte es der Vater erneut. »Umarmung?«

Die Mimik, die Maxis Bildschirm einfing, als sich Larissa abrupt umdrehte, um zu ihrem Vater zurückzuschauen, erschreckte den jungen Hacker.

»Mich willst du auch noch umarmen? Genügt dir Luljete nicht?«

»Luljete?«

Sommerhalders Stimme ging leicht nach oben, Verwirrung huschte über sein Gesicht.

»Die albanische Tussi aus der 3c. Die kennst du doch so gut.«

»Natürlich weiß ich, wer Luljete ist.«

»Und?«

»Was ›und‹?«

Maxi schob sich eine Handvoll Popcorn in den Mund.

»Mirko hat euch gefilmt. In der ganzen Schule wird das Video rumgereicht. Irgendein Arsch hat es auf TikTok hochgeladen und mit einem Song von Gary Glitter unterlegt. Ausgerechnet Gary Glitter! Das geht viral, sag ich dir. Reicht es nicht, wenn dein Leben zerstört wird? Musst du auch noch unseres kaputt machen?«

»Es gibt einen Film, wie ich Luljete tröste?«

Peter Sommerhalders Gesichtsausdruck zeigte Verdutztheit. Mehr auch nicht. Kein Schuldeingeständnis, keine zerknirschte Ich-bin-ertappt-Mimik.

»Getröstet? Umarmt hast du sie!«

»Ihre Großmutter war an diesem Tag gestorben«, erwiderte der Pädagoge nüchtern. Es klang nach Fakt, nach Lexikoneintrag, nach Fantasielosigkeit.

»Und deshalb musst du sie knuddeln? Wie so ein alter Perversling?«

»Ich knuddle keine Schülerinnen, das weißt du.«

»Trotzdem! Musste das sein? Alle reden schon über mich. Ich bin die Tochter des Kinderschänders. Sogar die Spastis aus der Unterstufe zeigen mit den Fingern auf mich.«

Die KESB-Mitarbeiterin trat einen Schritt nach vorn.

»Herr Sommerhalder«, begann sie in einem undefinierbaren Singsang, den Maxi irgendwo zwischen Aargauer und Luzerner Dialekt verortete, »bitte erzürnen Sie Ihre Tochter nicht. Es ist niemandem damit gedient, wenn sie sich alteriert. Kinder sind sensibel.«

Bang! Das hatte gesessen.

»Nicht erzürnen? Sich alterieren? Ist das Pädagogen-Scheiß, oder was?«

»Herr Sommerhalder, bitte!«

»Lecken Sie mich! Wenn ich ein weinendes Kind nicht tröste, habe ich den Job verfehlt. Ich bin Lehrer, verdammt noch mal. Empathie. Schon mal was davon gehört? Wahrscheinlich nicht, Sie blöde Kuh.«

Das war besser als jede mexikanische Telenovela. Während die Sozialarbeiterin und der Chemiefritze sich immer mehr in die Wolle kriegten, rauschte Larissa davon. Maxi switchte auf die nächste Kameraeinstellung, doch er sah nur noch, wie ihr orangefarbener Longsleeve aus dem Bild huschte. Kurz darauf war das Zuknallen einer Tür zu vernehmen. Wahrscheinlich hatte sich das Mädchen in sein Zimmer zurückgezogen.

5

Das Einzige, was Maxis Kameras in den folgenden Tagen und Wochen ununterbrochen aufnahmen, war die Dokumentation einer stetig größer werdenden Vereinsamung. Die Besuche der Töchter wurden rarer, sonstige Sozialkontakte hatte der Lehrer keine. Je eintöniger Sommerhalders Tagesabläufe wurden, desto weniger schaltete Maxi seine illegalen Aufnahmen ein.

Im Gegensatz zu Seifenopern gab es im Real Life keine Cliffhanger oder parallel verlaufende Handlungsstränge mit Rückblenden. Irgendwann war Maxis Motivation, täglich durch die verpassten Aufnahmen zu spulen, erschöpft. Sie wich einem neutralen Desinteresse, sodass er sich wieder aufs Geldverdienen konzentrierte und vermehrt Kunden annahm. Hauptsächlich Unternehmen, die nach einer Website-Analyse fragten, um sicherzustellen, dass ihre Seiten auf aktuelle Suchmaschinenkriterien ausgerichtet waren.

Ein einziges Wort, das in Sommerhalders Wohnung gefallen war, hatte sich jedoch in Maxis Kopf festgesaugt: »Trotzdem.«

Immer wieder kam es in ihm hoch, dieses Wort. Wie ein Stück Plastikabfall im Meer versank es bisweilen, wurde verschluckt von den Wellengängen des Alltags, nur um dann, wenn man es am wenigsten erwartete, wieder an die Oberfläche zu kommen.

»Trotzdem.«

Wochen später, nachdem er auf dem Klo ›Slither.io‹ gespielt und einen Score von 14.655 Punkten geschafft hatte, fügten sich die Puzzleteile allmählich in seinem Kopf zusammen.

Maxis Fensterkamera, die auf die Zypressenstraße zeigte, hatte die drei maskierten Männer perfekt erfasst. Ihr Vorpreschen von Baum zu Baum, von Deckung zu Deckung, kam überaus martialisch daher. Seit einiger Zeit war eine zunehmende Militarisierung des Polizeiwesens auszumachen, nicht nur im politischen Europa, sondern auch in der behaglichen Schweiz.

Die Skorpion-Spezialeinheit war so ein Beispiel. Ob Amoklauf, Geiselnahme oder Ausschreitungen links- beziehungsweise rechtsradikaler Krawallmacher: Je brenzliger die Situation, desto gefragter waren die Elite-Polizisten. Als im Herbst 2019 christliche Abtreibungsgegner zum ›Marsch fürs Läbe‹ aufriefen, starteten liberale Selbstbestimmungs-Befürworter aus dem Schwarzen Block diverse Störmanöver. Auf der Josefswiese, wo sich Anhänger der nicht bewilligten Gegendemonstration aufhielten und sich inmitten zahlreicher Familien tummelten, die mit ihren Kindern den samstäglichen Nachmittag im Park verbrachten, sei es gemäß Augenzeugenberichten zum völlig unverhältnismäßigen Einsatz von Tränengas und Schrotkugeln gekommen. Rote Kinderaugen, geschockte Papis und Mamis waren die Folge.

Interessiert hatte Maxi damals die Worte des über die Kantonsgrenze hinweg bekannten langjährigen Polizeisprechers Cortesi verfolgt, der diesen Einsatz verneinte. Vielmehr hätten sich oben auf den nahen Viaduktbögen über dem Restaurant Markthalle Polizisten mit Tränengaskartuschen zur Wehr setzen müssen, nachdem sie von Unbekannten massiv mit Gegenständen beworfen worden seien.

Für einmal glaubte Maxi dem Staat. Je nach Windrichtung mochte es einfach die Gasschwaden über die Wiese geweht haben. So etwas nannte man Kollateralschaden.

Er starrte auf den Flatscreen.

Ohne sich darüber bewusst zu werden, was er tat, schüttelte Maxi den Kopf, als er den aggressiv vorrückenden Trupp beobachtete. Manchmal gerierten die sich wie John Rambo. Aber nicht wie der wortkarge, traumatisierte Antiheld aus dem intellektuellen und gesellschaftskritischen Original-Film von Ted Kotcheff, sondern vielmehr wie der tumbe Kämpfer aus dem dritten Teil, einem der unsäglichsten Propagandafilme, die Maxi je gesehen hatte. Auf beiden Oberarmen der Schutzkleidung war in Großbuchstaben ein POLIZEI-Schriftzug aufgenäht, die dunklen Helme waren am Hinterkopf lediglich mit einer Ziffer versehen, was eine namentliche Identifizierung der Männer durch Außenstehende verhindern sollte.

Aufgeregt zappte Maxi über die Swisscom-Box in Sommerhalders Wohnung hinein.

Das Bild blieb schwarz.

»Scheiße«, fluchte der Hacker.

Er probierte es über die Kameras von Computer und Tablet aus. Ebenfalls erfolglos. Da hatten die Bullen doch tatsächlich dem Wohnblock den Strom abgedreht.

Maxi versuchte es über die Handykamera des Lehrers. Die lief. Zumindest das Internet konnte der Rechtsstaat nicht einfach so abstellen. Noch nicht. Und der Toy-Fi-Teddy funktionierte ebenfalls über Batterien.

Die letzten zwei Kameras, die ihm verblieben, offenbarten ein diffuses nächtliches Bild aus der Wohnung gegenüber. Dunkelheit, durchbrochen von herumschwenkenden Lichtstrahlen, die Maxi erst nach und nach als jene von Taschenlampen ausmachte. Wenigstens die Tonübertragung klappte reibungslos.

»Trotzdem.«

Da war es wieder, dieses Wort.

Über die Fernbedienung fuhr Maxi den Ton höher, bis er die Stimme erkannte. Genauer gesagt, waren es mehrere Stimmen: die von Larissa, die von Sommerhalder und eine dritte von Sommerhalders Frau. Wie hieß die noch mal? Ach, egal. Die jüngste Tochter war anscheinend nicht da.

»... in Teufels Küche, wenn du das machst«, hatte die Mutter gerade gesagt. »Bitte hör auf, Peter. Das bringt nichts.«

»Ich will es einfach wissen. Nur von ihr. Sie soll es gestehen. Das ist alles, was ich will. Das ist ja wohl nicht schwer zu verstehen!«

Indem sie einen Schritt zur Seite trat, gab die Mutter den Blick auf das Zimmer frei, was Maxi den Atem stocken ließ. Im Hintergrund, an den Wohnzimmerschrank gelehnt, stand der Vater, eine gläserne Phiole in der Hand. Die giftig pfirsichfarbene Flüssigkeit darin schwappte hin und her, als er heftig gestikulierend auf seine Tochter zeigte, die weinend vor ihm auf dem Boden kauerte.

»Ach du Scheiße.« War das Säure? Einem Chemielehrer war das zuzutrauen. Einem in die Enge getriebenen sowieso.

In der Linken hielt Sommerhalder ein braun-grünes Metallgehäuse mit dem Elves-Schriftzug. Alles klar. Die Schweizer Militär-Taschenlampe. Was hatte Maxi auch anderes erwartet?

Eine weitere Lichtquelle störte ab und zu die Aufnahme, eine Linsenreflexion, als hätte J. J. Abrams Regie geführt. Da erst erkannte Maxi, dass die Frau ihr Handy hinter dem Rücken versteckt hielt. Der Bildschirm war erleuchtet, und Maxi drückte ein paar Knöpfe, um die Aufnahme einzufrieren. Danach zog er zwei Finger über das Multitouchpad, bis er den Handybildschirm herangezoomt hatte. Die Frau hatte die 117 gewählt; der Anruf lief. Gemäß Eintrag seit zwölf Minuten und 23 Sekunden.

»Verdammt schlaues Luder«, meinte der Hacker anerkennend.

Unter dem Eintrag ›Ausgehender Anruf‹ und der Telefonnummer stand ihr Name: Manuela Sommerhalder.

Ein Blick auf die Außenkamera: Die Polizisten waren vor dem Wohnhaus angekommen und verschwanden im Eingangsbereich. Es war 3.27 Uhr.

Im Innern standen sich die Kontrahenten weiterhin gegenüber. Plötzlich klingelte ein Telefon.

Das muss die Einsatzleitung sein, dachte Maxi. Die rufen Sommerhalder auf seinem Handy an, um mit ihm zu sprechen. Das machen die immer so, das wusste er. Wofür sonst hatte er ›Verhandlungssache‹ mit Spacey und Jackson gesehen?

Sommerhalder reagierte nicht. Das Läuten ebbte leicht ab, hob wieder an. Eine seltsame Melodie, die der Lehrer als Klingelton gewählt hatte.

Manuela fiel Peters ungepflegtes Äußeres auf. Im Schein der Taschenlampe wirkte sein unrasiertes Kinn struppig. Seit sie ihn das letzte Mal gesehen hatte, wirkte er geradezu verwahrlost. Wie einer der Obdachlosen, die ab und zu zwischen den Dealern und Nutten die Langstraße entlangschlurften. Sie verfluchte sich innerlich, dass sie eingewilligt hatte, Larissa zu ihm zu lassen. Aber ihre Anwältin hatte dazu geraten. Solang das Scheidungsbegehren am Bezirksgericht noch nicht durch war, würde jede Behinderung oder eigenmächtige Auslegung des noch nicht geklärten Besuchsrechts sich negativ auf einen endgültigen Entscheid auswirken.

Und jetzt das!

»Lass sie gehen, Peter. Beruhige dich. Wir können über alles reden. Soll ich wieder einziehen? Ist es das, was du willst?«

Der Mann reagierte nicht auf sie. Maxi blieb das Herz stehen, als dieser Verrückte die Phiole anhob und leicht schräg über den Kopf seiner Tochter hielt.

»Sie soll es erklären«, entgegnete Peter kühl. Mit einem ruckartigen Griff packte er Larissa an den Haaren und zog sie hoch.

Manuela drehte sich erneut. Die Ähnlichkeit mit ihrer Tochter war frappierend. Nicht nur, was den Phänotyp anbelangte, sondern auch, was das Entsetzen auf ihren Gesichtern betraf. Zu Grimassen verzogene Fratzen, auf denen sich Panik und Entsetzen Bahn brachen.

»Es ist nicht meine Schuld, Daddy«, stammelte Larissa. Ihre Stimme brach beinahe.

»Nicht deine Schuld?«, höhnte Peter. »Deinetwegen hassen mich alle. Ich bin der Paria, der Ausgestoßene. Man spuckt vor mir aus, wenn ich das Haus verlasse. In der Bäckerei bedienen sie mich nicht mehr. Gestern hat ma…«

Weiter kam er nicht.

Das Geschoss, das seinen Wortschwall unterbrach, traf ihn seitlich unterhalb des linken Schlüsselbeins und riss ihn um.

Für den Bruchteil einer Sekunde bildete sich Maxi eine Übertragungsstörung ein. Ein lauter Knall dröhnte durch seine Boxen. War das ein Schuss? Nein, Schüsse klangen doch anders. Eher wie das Geräusch, das ein langes Plastiklineal macht, wenn man es auf eine leere Zigarrenkiste schlägt. Oder doch nicht?

Real Life, fuhr es ihm durch den Kopf. Im gleichen Maße, wie er allmählich zu realisieren begann, was im Nachbarhaus gerade abging, war ihm, als täte sich allmählich der Boden unter ihm auf. Ihm wurde speiübel.

Weitere Lichtstrahlen erhellten jetzt die Aufnahme. Sie stammten von den Helmen dreier Polizisten in Kampfmontur, die wie aus dem Nichts erschienen waren und plötzlich im Zimmer standen.

»Finaler Rettungsschuss«, sprach jemand hastig in ein Headset. »Wiederhole: finaler Rettungsschuss abgegeben. Opfer schwer verletzt. Geiseln außer Gefahr. Notarzt vonnöten. Wiederhole: Notarzt vonnöten. Und schaltet den Strom an!«

Der zweite Skorpion trat mit dem Schuh die Phiole in die Ecke, sodass sie außer Reichweite des Verletzten geriet und keine Gefahrenquelle mehr bildete. Fast gleichzeitig flammte das Licht in der Wohnung auf. Auch Maxis Rechner bekamen wieder Zugriff auf die Kameras. Sommerhalders Laptop musste aufgeklappt auf dem Küchentisch stehen, denn die Übertragung zeigt eine Küchenzeile: Herd mit Ceranfeld, Dunsthaube, Geschirrschränke, Steamer und Ofen.

Auf der Arbeitsplatte stand eine angebrochene Flasche Pfirsichsirup von LeShop.

EINE WOCHE SPÄTER
TAG 8 | BERN

1

Die Redaktionssitzung sollte um 9 Uhr beginnen, doch der InterRegio 2172 von Aarau nach Bern blieb seit zehn Minuten im Abfahrtsbahnhof stehen. Nichts ging mehr. Keine ausfahrenden Züge. Keine, die einfuhren. An ein Aussteigen war auch nicht mehr zu denken, denn die automatischen Türen waren bereits geschlossen. Genervt blätterte Mia Abderhalden durch die ›20 Minuten‹-Ausgabe vom Vortag, die jemand auf dem gegenüberliegenden Sitz liegen gelassen hatte. Endlich fand sie das Kreuzworträtsel.

Nachdem sie die Hälfte der senkrechten Felder ausgefüllt hatte, kam über Lautsprecher die längst überfällige Erklärung für die Abfahrtsverzögerung. So oder so ähnlich hatte Mia sie eh schon erwartet: »Sehr geehrte Fahrgäste, aufgrund eines Personenunfalls kommt es zu Verspätungen im regionalen Schienennetz. Wir rechnen mit einer Reisezeitverlängerung zwischen 40 bis maximal 60 Minuten. Wir bitten um Verständnis. Detaillierte Auskünfte erhalten Sie über den RailService oder von unseren Zugbegleitern.«

Früher, als sie noch nicht gependelt und nur sporadisch Zug gefahren war, lief es ihr bei einer solchen Durchsage noch eiskalt den Rücken hinab. Personenunfall. Das war der gängige Euphemismus für einen Suizid. Seit Mia für ›GigaBites‹ arbeitete und fast täglich die SBB nutzte, war sie diesbezüglich abgestumpft. Im Schnitt kam es jeden zweiten bis dritten Tag auf dem Schweizer Schienennetz zu Personenunfällen.

Auf der anderen Seite des Mittelgangs hatte es sich eine Gruppe Jugendlicher bequem gemacht: zwei Mädchen, zwei Jungs. Beine ausgestreckt, die schmutzigen Schuhe auf den Polstern.

»So ein Opfer«, maulte einer der Burschen lauthals, sodass Mia und die anderen Fahrgäste im Waggon nicht umhin kamen, ihr Gespräch zu verfolgen. »Hätte sich daheim um die Ecke bringen können. Gabel in die Steckdose, Föhn ins Badewasser.«

Die Mädchen kicherten unsicher.

»Wisst ihr übrigens, weshalb das Zugpersonal neuerdings immer einen Raclette-Spachtel bei sich tragen muss?«

»Nein, warum?«

»Um die Selbstmörder schneller von den Gleisen zu schaben.«

»Pfui, du Grüsel.«

Auch wenn es ihr peinlich war, musste Mia grinsen. Eigentlich ging es ihr gegen den Strich, Scherze oder blöde Sprüche auf Kosten anderer zu machen, besonders über traumatisierende Tragödien wie der Verlust eines Menschenlebens. Es gab nichts Furchtbareres für die Angehörigen und den Freundeskreis. Und dennoch, manchmal waren Schicksalsschläge so abstrakt, dass man vergaß, es mit einem leibhaftigen Menschen aus Fleisch und Blut zu tun zu haben, dessen letzter Ausweg es gewesen war, sich vor eine nahende Lok zu werfen.

Um sich abzulenken und der Versuchung zu widerstehen, weitere makabre Witze zu hören, steckte sie sich ihre AirPods in die Ohren und suchte sich eine passende Songliste in der Mediathek: Tocotronic, Feine Sahne Fischfilet, The 1975, Iggy Azalea, Dua Lipa, Capital Bra.

Während der deutsch-russische Rapper Modern Talkings ›Cheri Cheri Lady‹ verhunzte, ploppte in der Statusleiste das WhatsApp-Symbol mit einer lautlosen Benachrichtigung auf. Die eingeblendete Telefonnummer war Mia unbekannt. Der Anfang der Nachricht bestand lediglich aus zwei Wörtern: »Profilbild anschauen!«

Sie verschob den Kontakt in ihr Telefonbuch, damit sie Zugriff auf den Status und das Profilbild des Absenders oder der Absenderin erhielt. Das Foto dort zeigte einen blutüberströmten Mann. Wild abstehende Barthaare, roter Fleck auf dem Hemd. Mia musste nicht einmal heranzoomen, um zu erkennen, dass es sich um den Chemielehrer handelte, der seit einer Woche auf der Intensivstation des Universitätsspitals im Koma lag. Die Medien waren noch immer voll damit.

Im Status stand: »Treffen? Interesse?«

Fuck, natürlich hatte sie Interesse. Welche Reporterin würde sich so einen Scoop entgehen lassen? Die Nachricht musste von einem der Polizisten stammen. Oder vielleicht von einem der Notärzte? Eher unwahrscheinlich. Die hatten keine Zeit, herumzustehen und Fotos zu schießen. Die Polizei schon eher. Viele von ihnen waren einstweilen mit Bodycams ausgestattet, die sie auf den Schultern trugen. Da war es ein Leichtes, im stillen Kämmerlein ein paar Clips zu kopieren. Aber waren die Aufnahmen nicht personalisiert? Ging die Person nicht ein Risiko ein?

Scheiß drauf, war ja nicht ihr Problem.

»Natürlich«, textete sie zurück. »Wann und wo?«

2

Die folgenden Textnachrichten trudelten in unregelmäßigen Abständen bei ihr ein, um sie wie bei einer Schnitzeljagd ans Ziel zu lotsen. Es schien Mia, als ob eine höhere Macht ein Auge auf sie hätte, sie verfolgte, über jeden ihrer Schritte im Klaren war. Als der Zug endlich im Berner Bahnhof einfuhr, lotste sie ihr WhatsApp-Partner auf die ›Welle‹, die Fußgängerüberführung mit den geschwungenen Perrondächern. Sie schob sich durch die entgegendrängende Flut von Reisenden, die von der Schanzenstraße kamen oder von der ›Welle 7‹, dem urbanen Konzeptcenter der Migros-Genossenschaft mit Co-Working-Space, Klubschulen und mehr als zwei Dutzend Shops und Restaurants.

Von dort weg ging es zum Hirschengraben hinab, wo sie die Tramlinie 7 in Fahrtrichtung Ostring bestieg. Kaum saß sie, erreichte sie die nächste Nachricht: »Beim HB sofort aussteigen!«

Verwundert erhob sie sich.

Bis zum gläsernen Baldachin beim Hauptbahnhof wären es nicht einmal zwei Gehminuten gewesen. Wie bestellt und nicht abgeholt stand sie nun gegenüber dem Warenhaus Loeb auf den Stufen der Heiliggeistkirche und starrte auf ihr Handy, ob nicht bald wieder eine Nachricht eintraf. Nicht einmal einen halben Kilometer weiter abwärts, hinter einem unscheinbaren Eingang unter den Laubengängen, war die Redaktion gelegen, gut versteckt zwischen all den Galerien, Boutiquen, Kuriositätenläden und Bars.

Ob sie anrufen sollte, um sich zu entschuldigen? Sie entschied sich vorerst dagegen. Murphy's Gesetz. Wahrscheinlich würde just dann, wenn sie am Hörer hing, die nächste Nachricht ankommen.

Als hätte der Unbekannte – für Mia war es ein Mann, das sagte ihr ein untrügliches Gefühl – es geahnt, schickte er eine WhatsApp-Info, die sie aufforderte, den Bus zu nehmen: »Nummer 10 Richtung Ostermundigen. Aussteigen beim Friedhof Schosshalde.«

Der Typ schrieb knapp und schnörkellos, so viel war mal klar.

Obwohl sie nicht in Bern aufgewachsen war, sondern nur dort arbeitete, war sogar Mia etwas aufgefallen: Eigentlich hätte sie in der Trambahn sitzen bleiben und bis zum Wankdorf Center fahren können; das lag nicht mal so unweit des Friedhofs.

Innerlich notierte sie, dass sich der Unbekannte nicht in der Stadt auskannte. Ein Ortsfremder. Jemand, der nicht von hier war.

Wenn es also raus nach Ostermundigen gehen sollte, hatte sie nun Zeit für einen Anruf. Sie bestieg den Bus, und kurz entschlossen telefonierte sie in die Redaktion, wo sie mit Markus Hollenstein verbunden wurde, dem stellvertretenden Redaktionsleiter, und entschuldigte sich in knappen Worten für ihr Fernbleiben.

»Natürlich schaue ich heute noch rein. Ich erkläre dir alles später. Tschau!«

Kaum hatte sie aufgelegt, ploppte eine WhatsApp-Nachricht auf: »Keine Anrufe an die Redaktion!«

Verdammt, der Typ beobachtete sie!

Hastig drehte sich Mia um. Sie saß im vorderen Drittel eines der roten Trolleybusse von BernMobil. Der hintere Teil entzog sich teilweise ihren Blicken, wenn das Gefährt um eine Ecke bog. Außerdem war das Gelenk mit Fahrgästen überfüllt, welche die Sicht völlig versperrten. Mindestens 50 Leute, so schätzte Mia, befanden sich in dem Bus. Sie waren schon am Bundeshaus vorbeigefahren und beim Theaterplatz abgebogen, nach links zum Zytglogge, wo der Chauffeur wie immer eine Horde chinesischer Touristen von der Fahrbahn hupte, und vorbei am Stadttheater. Nun ratterten sie gerade über die Kornhausbrücke.

Bei jeder Station merkte sich Mia die ein- und aussteigenden Personen. Wäre doch gelacht, wenn sie eine einfache Subtraktion nicht mehr schaffen würde: alle Passagiere minus die neu Zugestiegenen. So einfach war es. Alle über 50 und unter 20 beachtete sie sowieso nicht. Wenn es sich bei ihrem Kontaktmann um einen Polizisten handelte, wäre er in dieser Altersklasse nicht zu finden.

Die Fahrt ging weiter, vorüber am Kursaal und dem Grand Casino, schließlich am Rosengarten vorbei. Mia drückte den roten Stopp-Knopf, um dem Fahrer ihren

Haltewunsch zu signalisieren. Doch als der Bus anhielt, stieg sie zu ihrem Erstaunen als Einzige aus.

Ein Blick auf ihr Handy verriet die nächste Etappe: »Paul-Klee-Zentrum. Bildnis einer gefühlvollen Dame.«

Der hellbraunen Umgebungsmauer des Friedhofs folgend, spazierte Mia Abderhalden zum Glaspavillon des Restaurants Schöngrün und von dort zum nördlichen Eingang des Museums. Dabei blinzelte sie unentwegt auf ihr Display, um ja keine Nachricht zu verpassen. Doch der Bildschirm blieb schwarz.

Mia war noch nie hier gewesen. Es hatte sie bereits mehrere Male ans andere Ende der Stadt verschlagen, nach Bern-Betlehem, wo sie zuerst im Erlebnisbad Bernaqua planschen gegangen war, bevor sie sich im Einkaufszentrum Westside in den Abendverkauf stürzte. Paul Klee, der künstlerische Lokalmatador mit seinen traumhaft-unwirklichen Farbklecksen, hatte sie nie gereizt. Umso erstaunter war sie, wie beeindruckend die Anlage auf sie wirkte.

Das war kein Museum, das war eine Landschaftsskulptur.

Drei riesige hangarförmige Gebäude gab es, sie alle mit wellenförmig abgerundeten Dächern, sodass es von ihrer Rückseite her aussah, als ob sich drei Hügel nahtlos in die grüne Natur fügten. Vorn jedoch, bei der Hauptfassade, zeigte die mehr als 150 Meter lange Glasfront zur Autobahn hin, welche die Bauparzelle abrupt beschnitt. Die Lebensader Verkehr stand der geruhsamen ländlichen Umgebung gegenüber. Leben und Tod, Aktivität und Vergänglichkeit.

Die beim Bau verwendeten Stahlträger kumulierten sich zu einer Länge von über vier Kilometern, während die

Ausstellungsfläche, auf der rund 4.000 Kunstobjekte permanent zu besichtigen waren, 1.800 Quadratmeter betrug.

Fasziniert von dieser architektonischen Urkraft, betrat Mia die Eingangshalle, wo sie ein Einzelticket löste und sich nach dem Ausstellungsort der ›Gefühlvollen Dame‹ erkundigte.

»Das ist eines der bekannteren Hinterglasbilder, oder?«

Mia hob die Schultern.

»Keine Ahnung.«

»Mal sehen, was Kollege Computer sagt«, lächelte der Mann am Info-Desk. Wahrscheinlich ein Student, der sich die nächsten Semestergebühren zusammensparte.

Wenig später flanierte Mia durch die hellen, lichtdurchfluteten Kunstabteilungen. Weiße Stellwände mit Bildern begrenzten und durchbrachen immer wieder den Weg. An dünnen Metallseilen befestigt, waren sie mit der Decke verbunden, sodass es aussah, als hingen sie freischwebend im Raum. Kubistische Malereien wechselten sich mit surrealistischen ab, bisweilen auch mit expressionistischen.

Die ›Gefühlvolle Dame‹ sah überraschend gefühllos aus, eher wie ein bärbeißig dreinblickendes Weibsbild mit Karottenhaar und Mörderbusen. Man musste schon ein wenig näher herantreten, um das Werk in all seinen Einzelheiten aufzunehmen, war der Rahmen eh nur geschätzte 25 Zentimeter hoch.

Um den ganzen Raum unauffällig im Blick zu haben, bewegte sich Mia langsam von ihrer Stellwand zur nächsten und wieder zurück.

Geraume Zeit passierte nichts.

Ein älteres Paar – er am Stock, sie bei ihm eingehängt – schlenderte an ihr vorbei. Weiter hinten stolperte lärmend eine Schulklasse durch die Ausstellung.

Mit einem Mal erkannte sie den Fremdkörper: den sich offensichtlich fehl am Platz fühlenden Fleurop-Boten, welcher suchende Blicke durch den Raum schweifen ließ, bis er Mia mit den Augen erfasste. Einige Sekunden lang starrten sie sich an, bevor sich der Mann einen Ruck gab und geradewegs auf sie zusteuerte. Aufgeregt und nervös zugleich packte Mia ihre Umhängetasche fester. Wenn das ein Verrückter war, würde sie ihm ihre heißgeliebte Pier One an den Kopf hämmern.

Der Bote war jung, etwa in ihrem Alter, sie schätzte ihn auf 25 bis maximal 28. Die schwarze Basecap auf dem Kopf trug er verkehrt herum, mit nach hinten zeigendem Schirm. Auf der ebenfalls schwarzen Jacke prangte das bekannte goldene Logo mit dem göttlichen Blumenboten Merkur.

»Frau Abderhalden?«

Mia nickte.

»Ja.«

»Ich habe etwas für Sie. Zum einen das hier.« Er reichte ihr eine langstielige rote Rose, die ihr schon vorher aufgefallen war, als er sich ihr genähert hatte. Die Blume steckte in einer weißen Biedermeiermanschette und war in transparente Schmuckfolie eingewickelt.

»Danke. Und zum anderen?«

»Wie bitte?«

»Sie sagten, zum einen hätten Sie etwas für mich. Logischerweise haben Sie dann noch etwas zum anderen.«

Mia schenkte ihm ihr nettestes Lächeln.

»Natürlich, klar. Hm.« Er stockte.

»Also gibt es noch etwas, oder etwa nicht?«

»Ähm, ja«, druckste er herum. »Es ist ein wenig aus der Norm gefallen, Frau Abderhalden. Aber der Kunde hat einen Spezialwunsch geäußert. Ich soll Ihnen das hier geben.« Er hielt einen wattierten Briefumschlag hoch. »Ich weiß, das ist ungewöhnlich.«

»Schon gut, geben Sie her.«

»Die Rose sei ein Geschenk. Das Paket aber ist nur gegen Bezahlung abzuliefern«, beharrte er, während er reflexartig die Hand zurückhielt. »Porto zahlt Empfänger, wie es so schön heißt.«

Seufzend griff Mia nach ihrem Portemonnaie.

»Wie viel?«

»200.«

»200!«, entfuhr es der Journalistin.

»Vielleicht 100?«, meinte der Mann.

So war das also.

Egal. Sollte der kleine Betrüger auf seine Kosten kommen. Sie würde die Ausgabe als Spesen abrechen.

Mia reichte ihm zwei 50er-Noten und nahm den Umschlag entgegen. Ein entrüstetes »Abzocker« murmelnd, wandte sie sich brüsk ab und ließ den Mann stehen. Gespannt setzte sie sich auf eine der braunen Holzbänke, riss die Verschlusslasche auf und entnahm dem Kuvert ein zu 94 Prozent aufgeladenes Nokia 4.2, dessen Sicherheitseinstellungen anscheinend fast alle abgestellt waren. Es war ein Vorgängermodell ihres eigenen Handys. Keine Gesichtserkennung war erforderlich, kein Abgleichen eines Fingerabdrucks. Wie auch? Sie hielt das Smartphone zum ersten Mal in ihren Händen.

Auf einem gelben Post-it-Zettel, der an der Rückseite klebte, stand eine Zahlenkombination: 141195.

Verdammt, das war ihr Geburtsdatum, der 14. November 1995. An Zufälle glaubte sie längst nicht mehr.

Problemlos öffnete die Journalistin das Hauptmenü.

Ein Vibrieren zeigte einen eingehenden Anruf an, und Mia nahm ab.

3

Der klaffend weit geöffnete Mund eines Riesen, der gerade einen Computer schluckte, bildete zusammen mit dem Schriftzug ›GigaBites‹ die Wortbildmarke des gleichnamigen Online-Computermagazins. Werbefachleute hätten die Hände über den Köpfen zusammengeschlagen ob des furchtbaren Erscheinungsbilds. Weder wurden Visionen noch Botschaften oder Werte im Firmenlogo widergespiegelt. Das einzig Klare daran war wohl die Zielgruppe: Millennials, vielleicht noch ein paar Übriggebliebene aus der Generation X.

Auch dass die hauseigenen Grafiker den Schriftzug jeden Montag in einer anderen Farbgebung gestalteten, war dem Wiedererkennungseffekt abträglich. Aktuell leuchtete er in Neongrün. Das war etwas für Influencer, etwas für Nerds, etwas, das Mia gefiel. Und dass ›Bytes‹ falsch geschrieben wurde, war natürlich ein schlechter Wortwitz.

Die Redaktionssitzung hatte sie verpasst.

Als sie in der Marktgasse eingetroffen war, waren die meisten bereits essen gegangen. Wahrscheinlich in die Spaghetti Factory beim Kindlifresserbrunnen, vielleicht auch in eine der unzähligen Bars in der Aarbergergasse. Sie musste sich also gedulden.

Eine Dreiviertelstunde später saß Mia in Markus' Büro und berichtete ausführlich von ihrem vormittäglichen Erlebnis. Sie beschrieb haargenau, was sich ereignet hatte, wobei sie nicht vergaß, die Spesen zu erwähnen.

»Und das Foto ist kein Fake?«, vergewisserte sich Markus, der aufmerksam zugehört hatte. Mia wusste, dass es nicht die journalistische Ethik war, die aus ihm sprach, sondern vielmehr die Angst um den Ruf seiner Redaktion: Markus Hollenstein war einer der Teilhaber.

»Ich glaube nicht. Inzwischen habe ich es in besserer Auflösung erhalten. Wir können es auf Photoshop-Bearbeitungen hin überprüfen, wenn du auf Nummer sicher gehen willst.«

»Ja, veranlasse das.«

Mia nickte, und der stellvertretende Redaktionsleiter verzog das Gesicht, was leider dazu führte, dass die Altersflecke auf seinen Wangen zur Geltung kamen. Hollenstein ging auf Ende 50 zu. Ein Urgestein im helvetischen Boulevard. Unter Marquard und bei der Ringier Holding hatte er sich die ersten Sporen verdient. Er war auf Du und Du mit der ganzen Cervelat-Prominenz gewesen: Wanderausflüge mit Vico Torriani, Kuchen-Backen mit Nella Martinetti, bierselige Interviews mit Polo Hofer im Musigbistrot. Später dann Homestorys für die ›Glückspost‹ oder die ›Schweizer Illustrierte‹.

»Um noch einmal auf den Chatverlauf zurückzukommen«, hakte Hollenstein nach. »Wie lief der konkret ab?«

»Zuerst über WhatsApp. Auf mein privates Handy.«

»Und dann?«, meinte der Redakteur tonlos, während er auf einem Zettel überflog, was er sich bereits notiert hatte.

»Dann über dieses Nokia.«

Sie deponierte es auf dem Tisch. Es war ausgeschaltet. Hollenstein streckte kurz die Schultern durch, bevor er danach griff. Er stutzte, als er die überklebten Kameralinsen sowie die Unterkante bemerkte, die von seiner Mitarbeiterin beim Mikrofon mit Tesafilm abgedichtet worden war.

»Ist es das, was ich denke?«

»Der Typ wusste, wo ich war, wohin ich ging, was ich tat. Das war ein Hacker.«

»Aber zuerst hat er doch dein Handy gehackt, nicht dieses hier.«

»Deshalb liegt es auch draußen im Flur. In den Tiefen meiner Tasche, eingehüllt in meinen Schal.«

Ein Lächeln schob sich über Markus' Gesicht. »Dir kann man nichts vormachen. Erzähl weiter.«

»Übers Nokia kam lediglich ein kurzer Anruf. Eine männliche Stimme, sicher kein Erwachsener. Ich schwör dir, das war ein Jugendlicher, ein Heranwachsender. Höchstens 20, 21 Jahre alt. Er verlor keine unnötige Silbe und gab mir einen Benutzernamen und Zugangsdaten für Snapchat durch. Dann hängte er auf. Trotz seiner Jugend weiß der Typ, was er tut.«

»Wieso Snapchat?«

»Weil die den Chatverlauf nicht speichern.«

»Ah, alles klar.«

»Ja, der ist so abgebrüht wie 'ne McDonald's-Tomate. Jedenfalls hat er mir Snap für Snap zu erklären versucht, dass an der Sache mit dem Chemielehrer was faul sei.«

»Glaubst du ihm?«

»Das Foto ist ein gutes Argument, oder?«

»Hm.«

Die Arme verschränkend, ließ sich Hollenstein zurück in seinen Bürostuhl sinken.

»Und nun?«

»Er will mich treffen.«

»Weiß er, dass wir miteinander reden?«

»Ja. Ich konnte ihm klarmachen, dass ich mit der Redaktionsleitung sprechen muss, um grünes Licht für meine Recherchen zu bekommen. Ohne Rückendeckung des Magazins würde ich keinen Finger rühren.«

Markus grinste sie an.

»Glaubst du doch selbst nicht, Mia. Der hat dich angefixt. Ich sehe es dir an.«

»Mag sein. Ich weiß es, du weißt es – aber er weiß es nicht.«

»Verständlich«, kommentierte Markus und legte seine Notizen beiseite. Seine Kiefer mahlten einige Sekunden, als kaute er auf etwas herum. Dann verkündete er energisch: »So sei es! Klemm dich dahinter. Aber«, er hob den Zeigefinger, »wir brauchen noch einen Artikel für nächste oder übernächste Woche. Du kannst diesen Fall ja mit der Arbeit verbinden, die ich sowieso für dich vorgesehen hatte.«

Mia sah ihn an, als wolle sie widersprechen, schluckte den Ärger jedoch hinunter.

»Worum geht es?«, fragte sie schmallippig.

»Gefahren des Internets.«

»Ach herrje, nicht dein Ernst, oder?«

Seit einigen Jahren gab es keine Zeitung, keine Zeitschrift, kein Magazin, die nicht schon auf diesen Zug aufgesprungen waren. Das Schlagwort der Stunde hieß ›Medienkompetenz‹. Man warnte, man klärte auf. Man schrieb über Dinge, die eigentlich jedem vernetzten Menschen bekannt und bewusst sein sollten: Sexting, Grooming, Cybermobbing.

»Nicht das Übliche«, beschwichtigte Hollenstein. »Einer Freundin von mir ist neulich was Seltsames passiert. Bei ihrem Samsung waren plötzlich wildfremde Kontakte gespeichert. Auch der gesamte Chatverlauf war nicht von ihr, sondern der eines Mannes aus Fribourg. Alles auf Französisch. Inklusive gespeicherter Nacktfotos.«

»Was du nicht sagst.«

»Ja, ich weiß. Wir Männer sind Schweine. Aber zurück zum Thema. Geh dem mal nach. Woran liegt so was? Netzwerkstörungen, Wartungsarbeiten, Fehler in der Hardware? Das ganze Programm halt. Mach dich kundig.«

TAG 9 | LUZERN

1

Valérie Emmenegger und Mirko Kostić von der Luzerner SiPo Süd hatten ihren Wagen gerade am Bahnhofsparking vor dem Kunstmuseum abgestellt, als der Funkspruch aus der Zentrale kam.

»Diese Yvette Grüter wieder«, ertönte die Stimme eines Mannes aus dem Lautsprecher. »Könnt ihr das übernehmen? Ihr kennt die Dame ja. Aber ihr müsst halt wieder nach Kriens rausfahren. Die Kollegen sind gerade mit dem Autounfall beim Alpineum beschäftigt.«

»Nur die Kollegen?«, foppte ihn Valérie, die nach dem Handmikrofon gegriffen hatte. »Wo sind denn die Kolleginnen hin? Haben die Mittagspause?«

»Hör mir auf, du Gender-Tante«, kam es lachend zurück. »Also? Macht ihr das?«

»Geht klar.«

Valérie nahm den Finger von der Sendetaste und hängte das Mikrofon zurück in seine Halterung.

»Arme Frau«, sagte die Polizistin, während sie den ersten Gang einlegte und anfuhr.

»Berufsrisiko«, meinte ihr Kollege trocken.

Ihre Antwort bestand lediglich aus einem Geräusch, das irgendwo zwischen Grunzen und geringschätzigem Krächzen anzusiedeln war. Seit etwas mehr als vier Jahren arbeiteten sie schon zusammen. Sie, die blonde Urschweizerin aus einem alten Patriziergeschlecht; er, der in seiner Freizeit prollig aussehende Secondo, dessen Mutter, als sie mit ihm schwanger ging, als Kriegsflüchtling aus der Serbischen Autonomen Provinz Krajina Aufnahme in der Schweiz gefunden hatte und hier sozialisiert worden war.

Sie hatten sich auf Anhieb gut verstanden, arbeiteten professionell und schlagkräftig als eingespieltes Team miteinander. Ihr Umgangston war nicht bloß als kollegial, sondern sogar als freundschaftlich zu beschreiben. Seit dem Grüter-Fall, der sie vor fünf Wochen beschäftigt hatte, lag aber eine unterschwellige Missstimmung in der Luft. Sie hassten sich nicht – Gott bewahre! Bloß: Das klärende Gespräch war noch ausstehend.

Besagte Yvette Grüter war 45 Jahre alt. Bereits mit 20 – wahrscheinlich aus jugendlichem Trotz heraus – hatte sie ihren Jugendfreund Roger geheiratet, einen langzeitarbeitslosen Bauarbeiter, der das wenige Geld, das sie als frisch angestellte Sachbearbeiterin nach Hause trug, am liebsten versoff. Nicht einmal zwölf Monate nach der Eheschließung bereute Yvette dies als größten Fehler ihres noch jungen Lebens. Doch sie biss die Zähne zusammen, aber und abermals, und ließ sich nicht scheiden, »weil man das einfach nicht tut«, wie es ihre Mutter ihr ununterbrochen einbläute.

Nachwuchs stellte sich jahrelang keiner ein, und gerade, als sich Yvette damit abgefunden hatte, kinderlos zu bleiben, bemerkte sie, dass ihre Periode schon länger ausgeblieben war. Da war sie bereits 36. Bei der Geburt ihrer Tochter Noëmi war sie 37 und alleinerziehend. Roger hatte sich aus dem Staub gemacht. Unterhalt bezahlte er keinen.

Kein Geld in der Tasche, der Gang zur Sozialhilfe, zu Hause ein quengelndes Kind. Die ›drei rüüdigen Tage‹ kamen, die berühmte Luzerner Fasnacht. Eine willkommene Abwechslung, da ihre Eltern erstmals länger als Babysitter einsprangen. Am ›Schmutzigen Donnerstag‹ um 5 Uhr morgens, pünktlich zur traditionellen Tagwache der Fasnacht, zog Yvette in einem Catwoman-Kostüm los: Overall, Handschuhe, Augenmaske, Gürtel und Stiefel. Alle schwarz wie die Nacht, das Dekolleté beinahe bis zum Bauchnabel ausgeschnitten.

Tausende verkleidete Menschen in den Gassen zwischen Hofkirche und Kapellplatz. Skurrile Gestalten, fantasievolle Kostüme, furchterregende geschnitzte Holzmasken. Guggenmusik und ein Tanz der völligen Ausgelassenheit, um dem Winter den Garaus zu machen. Mittendrin ein Betrunkener, der Yvette einen Hunderter unter die linke Brust schiebt.

»Miau«, macht sie, ebenfalls leicht angeheitert, und geht mit ihm beim Schwanenplatz in ein Dixi-Klo.

Was folgt, ist der Traum vom schnell verdienten Geld, von Luxusartikeln und Freiheit. Der Straßenstrich in Ibach, das weiß sie, kommt nicht infrage. Zu kalt, zu einsam, zu gefährlich. Und gegen die minderjährigen Rumäninnen kommt sie eh nicht an. Also mietet sie eine diskrete Dachgeschosswohnung in Küssnacht, 18 Fahrtminuten außerhalb der Stadt, damit ja niemand, schon gar nicht ihre Eltern, von ihrem Vorhaben erfährt, und inseriert auf den einschlägigen Kontaktforen:

Geile Milf Zora, Französisch bis zum Schluss, GV nur mit Kondom, Küssen bei Sympathie. Preise auf Anfrage.

Ich bin eine heiße Lady mit Erfahrung. Bei mir findest du Entspannung pur. Ein Ort für Genießer in gehobenem Ambiente. Private Wohnung. Diskretion wird großgeschrieben.

Leider gab es diesen einen Kunden, der Diskretion nicht großschrieb.

2

In Internetforen und auf Buchungsportalen, wo sich Freier tummeln und ihre Erfahrungsberichte aus dem Rotlichtmilieu in widerlichster Wortwahl austauschen, tauchte plötzlich eine negative Bewertung der geilen Milf Zora auf.

Der Sex mit ihr gleiche einem gelangweilten Rumgezappel. Sie sei lustlos, nicht bei der Sache, manchmal völlig desinteressiert. »Wofür bezahle ich die Alte eigentlich?«, fragte ein User rhetorisch. »Außerdem hat sie einen schlabbrigen Bauch. Voll der Abtörner.«

Der siebte Eintrag war es schließlich, der Yvette Grüters Leben völlig aus dem Ruder laufen ließ. Schwarz auf weiß wurde sie dort mit ihrem bürgerlichen Namen enttarnt. Keineswegs waren ihre konservativen Eltern naiv gewesen, doch nun, da die Art ihres Broterwerbs offiziell war, brachen sie mit der Tochter. Yvette wurde beschimpft, Freier blieben aus. Finanziell ging es ans Eingemachte. Und da auch Kinder grausam sein können, wurde Noëmi, die das Ganze nicht verstand, in der Primarschule von den Oberstuflern als Hurentochter abgestempelt.

Vor diesem Hintergrund hatte sich die Prostituierte an die Polizei Luzern gewandt und war an Mirko Kostić und Valérie Emmenegger verwiesen worden, welche die Anzeige gegen Unbekannt aufnahmen. Valérie war erst irritiert gewesen – von einem solchen Fall hatte sie noch nie gehört –, dann jedoch Feuer und Flamme für die Sache dieser Frau, der so übel mitgespielt worden war.

»Diese Scheinheiligkeit, unfassbar!«, entfuhr es ihr in der Mittagspause, als sie bei einem Dönerstand Halt gemacht hatten. »Eine Nutte bloßstellen, sich aber selbst bei der Bewertung hinter einem Pseudonym verstecken. Diese Internetforen sind das Letzte.«

Wenn es etwas gab, was sie wirklich hasste, dann Doppelmoral.

Mirko sah es etwas anders.

»Liegt überhaupt ein Gesetzesverstoß vor?«, fragte er mampfend, wobei ein Salatblättchen an seiner Unterlippe hing. »Ich meine, Prostitution ist legal. Der Typ hat einfach ihren Namen und ihren Beruf genannt. Das kann vielleicht etwas für die Datenschutzstelle sein. Aber wenn sie sich durch ein paar Postings gekränkt fühlt, hat sie den falschen Job.«

»Er hat sie bewertet, Mirko. Bewertet. In abscheulichen, widerwärtigen Worten«, fuhr ihn Valérie an. »Als Mann verstehst du das nicht.«

»Me too, oder was? Was soll denn das heißen: als Mann?«

»Genau, was es bedeutet. Du bist ein Mann. Du begreifst nicht, was es heißt, tagtäglich von älteren, notgeilen Herren der Schöpfung taxiert zu werden. Wenn sie dich mit ihren Blicken ausziehen, dich wie ein Stück Fleisch betrachten. Dass ich Uniform trage, macht einige noch geiler. Wir Frauen können nicht ohne Aufpasser in eine Bar gehen. In der Nacht benutzen wir keine öffentlichen Verkehrsmittel. Wir ziehen unsere Lieblingsklamotten nicht an, weil wir Angst haben, es könnte als Einladung zum Betatschen aufgefasst werden. Wir überlegen uns ständig, wo wir das Auto parken, um nicht überfallen oder belästigt zu werden. – Und jetzt unterbrich mich nicht«, sagte sie scharf, als Mirko etwas entgegnen wollte, »sondern zähle mir aus dem Stand heraus zehn deiner männlichen Freunde auf, die immer einen Pfefferspray dabei haben!«

»Äh …«

»Eben.«

Mirko seufzte theatralisch auf und hob entschuldigend die Hände, völlig auf Deeskalation bedacht. »Schon gut, schon gut«, meinte er, worauf er sein angebissenes Dönersandwich auf den Stelltisch legte. »Zurück zum Thema. Und ich meine es sachlich: Wenn jemand eine Ware anbietet, soll er oder sie bewertet werden können. Das ist Meinungsfreiheit. Wozu gibt es denn Tripadvisor, Kommentarspalten und all das Zeug?«

»Du vergleichst jetzt aber nicht tatsächlich die Bewertung einer Touristendestination mit dem ›Daumen runter‹ für einen bezahlten Fick?«

»Doch, Valérie. Diese Prostituierten werben meist mit Fakefotos irgendwelcher Hochglanz-Pornostars und versprechen den Männern Girlfriend-Sex mit Gefühl und

Leidenschaft. Die Realität sieht anders aus. Kein Wunder, ziehen die Kunden dann vom Leder. Wenn ich eine schlechte Dienstleistung bekomme, bin ich geneigt, eine Ein-Stern-Bewertung abzugeben. Der Autohändler wird bewertet, auch mein Zahnarzt, falls er mir beim Bohren den Nerv reizt. Sogar das Schnäppchen auf Ricardo. Wenn das auf Amazon oder eBay kein Problem ist, wieso plötzlich hier?«

»Weil die Frauen gesellschaftlich stigmatisiert sind«, entgegnete die Polizistin und legte ihren Döner ebenfalls vor sich hin. Der Appetit war ihr inzwischen gründlich vergangen. »Sie haben keine Möglichkeit, dagegen vorzugehen. Es ist einfach abstoßend, wie die Frauen auf ihr Äußeres reduziert werden. Ich will gar nicht erst wissen, welche Mängel ihr Männer aufweist. Ihr seid auch nicht alles Märchenprinzen. Und keine Frau hat sich diesen Beruf freiwillig ausgesucht.«

»Bist du sicher?«

»Ja.«

»Hat nicht deine Schwester vor zwei Monaten geheiratet?«, wechselte Mirko Kostić abrupt das Thema.

»Ja, warum?«

»Du hast mir vom Junggesellinnenabschied erzählt, weißt du noch? Ihr Mädels habt einen Stripper bestellt. Macht der das auch unter Zwang?«

»Die Frage ist Blödsinn, und das weißt du.«

»Nein, ist sie nicht. Ihr habt dafür bezahlt, ihn nackt zu sehen und anzufassen. Wahrscheinlich haben einige der Weiber auch so richtig gegeifert. Auf der Website, über die ihr ihn gebucht habt, war sicher ein Foto drauf. Wahrscheinlich ein knackiger Kerl, oder? Stell dir vor, am Abend wäre dann ein bierbauchiger, stinkender Typ in schmutziger Unterwäsche aufgetaucht, der sich lustlos ausgezogen hätte. Würdest du seine Vorstellung trotzdem gut bewerten?«

Valérie schwieg.

It's a Men's World! Innerlich kochte sie vor Wut. Wut gegen sich selbst, da sie im Moment keine besseren Argumente fand, und Wut gegen ihren Partner und die Gesellschaft, in der sie lebten und die so etwas zuließ.

3

Zu Valérie Emmeneggers Verdruss hatten sie Yvette Grüter nicht helfen können. Da die Sache die Polizistin nicht losließ, hatte sie sich in ihrer Freizeit bei einem befreundeten Rechtsanwalt erkundigt. Die Bezeichnungen ›lustlos‹, ›gelangweilt‹ und ›desinteressiert‹, meinte der Jurist, seien an sich nicht unnötig verletzend. Auch liege keine üble Nachrede vor, wenn der Wahrheitsgehalt bewiesen werden könne. Falls die Prostituierte vor Gericht ginge, stünde wohl Aussage gegen Aussage, und im Zweifelsfall müsste für den Angeklagten entschieden werden.

»Aber was ist mit dem ›schlabbrigen Bauch‹?«, insistierte Valérie. »Ist das keine Beleidigung?«

»Da sieht es tatsächlich etwas anders aus. Die Justiz spricht hier von einem gemischten Werturteil, das persönlichkeitsverletzend sein kann, weil es unnötig beleidigend ist. Damit das klar ist, Valérie, es kann als beleidigend aufgefasst werden, muss es aber nicht. Das ist eine Gratwanderung. Der eine Richter sieht das so, der andere so.«

Valérie Emmenegger atmete tief durch.

»Das Strafgesetzbuch schützt lediglich den menschlich-sittlichen Aspekt des sozialen Zusammenlebens«, erklärte der Freund. »Die berufliche Ehre ist nicht geschützt. Deine Anzeige-Erstattende ist Prostituierte, das ist Fakt. Damit muss sie leben.«

Vor fast vier Wochen hatte dieses Gespräch stattgefunden, und nun fuhren Valérie und Mirko in den Kreisverkehr, der die lange Horwerstraße in zwei Teile trennt, und bogen bei der ersten Ausfahrt rechts in die Arsenalstraße ab. Yvette Grüter wohnte hier im Erdgeschoss einer Einliegerwohnung.

»Auch schon gespannt darauf, was es Neues gibt?«, fragte Mirko, um das Eis, das sich schleichend zwischen ihnen zu bilden begann, vorsorglich zu brechen.

»Ja«, antwortete die Polizistin einsilbig.

Sie hielten vor einem beige gestrichenen Haus aus den 1970ern. Es war eine belebte Gegend. Autowerkstätten und Tankstellen neben seelenlosen Industriehallen. Pkws, die pausenlos vorbeifuhren. Wie trostlos musste es sein, hier aufzuwachsen, dachte Valérie.

Mirko klingelte. Es dauerte keine halbe Minute, da ertönte der Summer, der das Schloss automatisch öffnete und sie einließ. Sie betraten einen dunklen, engen Flur. Rechts stand ein Fahrrad im Weg, links ging es in den Keller hinab. Am Ende des Gangs stand Yvette Grüter unter einem Türsturz. Sie war klein, maß circa 160 Zentimeter. Ihre Kleidung war unscheinbar und von der Stange, wahrscheinlich aus dem Manor oder von Vögele.

»Kommen Sie«, winkte sie. »Kaffee? Tee?«

Mirko, der voranging, reichte ihr die Hand.

»Grüezi, Frau Grüter. Gern, ein Tee wäre nicht schlecht.«

Sie wurden hereingebeten, und Valérie fiel auf, dass sich seit ihrem letzten Besuch nichts augenfällig verändert hatte. Küche, Wohn- und Esszimmer bildeten einen einzigen großen Raum. Alles war ordentlich aufgeräumt, eine geöffnete Tür gab den Blick auf ein Kinderzimmer frei. Globi und Globine, die zwei schrägen blauen Vögel, die Valérie noch nie hatte ausstehen können, hingen als Poster an der Wand. Der runde Micasa-Teppich auf dem Laminatboden war mit Barbie-Utensilien übersät.

»Ich hab nur Pfefferminz und Frauenmänteli«, sagte Yvette und hielt zwei Teebeutel hoch.

»Pfefferminz ist ganz okay«, antwortete Mirko Kostić.

»Für mich nichts«, meinte seine Kollegin.

Die zwei Gäste setzten sich an den Küchentisch. Valérie zog ihren Notizblock hervor und legte einen Fineliner bereit.

»Es ist schon über einen Monat her, seit wir das letzte Mal hier waren«, begann Valérie Emmenegger mit einfühlsamer Tonlage. »Ist etwas Gravierendes passiert?«

Im alten Plastikwasserkocher, den ihre Gastgeberin eingeschaltet hatte, begann es zu sprudeln. Ohne sich darum zu kümmern, trat Yvette an eine Regalwand, aus der sie ein Klarsichtmäppchen hervorzog, das sie mit einer lässigen Bewegung auf den Tisch warf. Wortlos ging sie zurück zum Wasserkocher, um ihn abzustellen.

Kostić drehte die Hülle zu sich her. Ihr Inhalt entpuppte sich als Farbausdrucke diverser Bildschirmfotos. Emmenegger und er warfen sich einen Blick zu. Sie kannten das Motiv: Es zeigte das Internetforum, in dem ein anonymer User sich über Grüters Service beschwert hatte.

»Schauen Sie genau hin«, erklärte die Prostituierte. »Fällt Ihnen was auf?«

Valérie beugte sich vor.

Tatsächlich. Da waren keine Nicknames mehr zu lesen, sondern seltsame Zahlenfolgen – jeweils vier Zahlenblöcke, die durch einen Punkt voneinander getrennt waren.

»Was ist das?«, wollte Mirko wissen.

Doch Valérie wusste die Lösung bereits: »Das sind IP-Adressen!«, entfuhr es ihr. »Woher haben Sie das?«

Grüter zuckte die Achseln. »Steht seit gestern Abend so im Netz.«

»Einfach so?«, fragte die Polizistin ungläubig.

»Ja. Keine Ahnung, warum das so ist. Die müssen irgendein Problem mit der Verschlüsselung haben. Nicht meine Baustelle. Was mich aber freut, ist das dumme Gesicht, das die Typen jetzt wohl machen.«

»Warte, warte«, unterbrach Mirko die Prostituierte, ohne zu bemerken, dass er sie gerade unbewusst geduzt hatte. »Habe ich das richtig verstanden: Da sind alle Freier mit ihren IP-Adressen offen im Netz einsehbar?«

»Nur diejenigen, die uns nach dem Sex bewertet haben«, erklärte Yvette, während sie Mirkos noch ziehenden Pfefferminztee auf die Tischplatte stellte. »Und ehrlich gesagt, finde ich das nicht in Ordnung. Es gibt nämlich auch anständige Kunden. Solche, die nett sind, uns loben und weiterempfehlen. Einige fragen uns über WhatsApp an, um ein Schäferstündchen abzumachen. Denen ist gar nicht bewusst, dass wir ihre Profilbilder sehen, sobald wir ihre Nummer unseren Kontakten hinzugefügt haben. Früher, als man einfach noch SMS über ein Prepaidhandy geschickt hat, war alles anonym. Heute posten die Leute private und berufliche Statusmeldungen, sodass es nicht lange gehen würde, bis wir ihre richtigen Namen und Adressen herausgefunden hätten. Aber die meisten unserer Freier sind nette Kerle. Ich will nicht, dass die Probleme bekommen. Und deshalb habe ich Sie heute angerufen.«

»So eine IP-Adresse ist relativ anonym, oder?«, meinte Mirko unsicher.

Irgendwann in den letzten zwei, drei Jahren hatte er auf einem Weiterbildungswochenende davon gehört. In einem der Vorträge war es um Internetkriminalität gegangen, und die Dozentin hatte von Phishing, Identitätsdiebstahl und Verstößen gegen das Verbreitungsverbot gesprochen. Mirko hatte nicht so recht aufgepasst. Er tat die Veranstaltung als lästigen Pflichttermin ab, den es abzusitzen galt. Das Einzige, was ihm geblieben war, waren die lustigen Symbolbildchen, auf denen Hacker immer eine schwarze Ski- oder Strumpfmaske tragen, wenn sie in den eigenen vier Wänden vor dem Computer sitzen. Realismus pur.

»Eigentlich schon«, sagte Valérie. »Soweit ich weiß, läuft das alles unter Datenschutz. Es ist gar nicht so leicht, die IP-Adresse eines Rechners einem bestimmten Teilnehmer zuzuordnen. Ich denke, das müsste man schon gerichtlich erzwingen. Und dann haben wir bereits das nächste Problem. Vielleicht erfahren wir, auf welchem Computer ein Text abgeschickt worden ist, aber das stellt uns noch immer vor das Rätsel, wer ihn geschrieben hat. Stammt die IP-Adresse von einer Firma, kommen theoretisch alle Angestellten infrage.«

Yvette Grüter, die das Gespräch interessiert verfolgte, setzte sich nun ebenfalls zu ihnen an den Tisch. »Es sind nicht nur die IP-Adressen«, warf sie ein. »Auch die Standortfreigaben sind vorhanden. Hier auf dem Ausdruck sieht man es nicht. Aber im Internet, wenn ich die Adressen anklicke, erscheinen sie.«

»Oh, oh«, grinste Valérie.

Yvette und die Polizistin sahen sich verschwörerisch an.

»Moment, Moment.« Kostić blickte verwirrt von den Farbausdrucken hoch. Er deutete auf einen Laptop, der auf der Küchenzeile stand. »Zeigen Sie mir das doch bitte einmal, Frau Grüter.«

Die Angesprochene stand auf, nahm den Rechner von der Ablagefläche neben dem Ceranfeld und tippte ein paar Buchstabenfolgen ein. Im geöffneten Browserfenster erschien der Name der Website: Stiftung Hurentest Schweiz.

Valérie grauste es ein ums andere Mal, als sie den misogynen Titel las, der mit der Holzhammermethode eine Assoziation zur Stiftung Warentest hervorrufen sollte.

»Ich habe die Auswahl für den Kanton Luzern getroffen«, erklärte Yvette.

Mirko scrollte auf einen beliebigen Eintrag hinunter und tippte die IP-Adresse an. Sofort erschien eine Standortbestimmung: ›Eingeloggt in der Nähe von: Küssnacherstraße, 6044 Udligenswil‹. Seine Stirn legte sich in Falten. Irgendwie kam ihm das noch immer zu schwammig vor. Er sah das Problem nicht. Aber vielleicht hatte er auch nur Tomaten auf den Augen. Riesige Tomaten.

»Wovor genau sollten sich die Männer nun fürchten?«, fragte er nach.

»Wir Sexworkerinnen tauschen uns regelmäßig aus«, erklärte Yvette. Sie sprach langsam, wie zu einem begriffsstutzigen Kind, wie Valérie amüsiert bemerkte. »Wir warnen uns gegenseitig vor irgendwelchen perversen Kunden oder vor Leuten, die uns übers Ohr hauen wollen. Kerle, die nicht bezahlen möchten. Typen, die prügeln oder würgen. Das Übliche halt. Oder wir geben Tipps zur Wohnungssuche oder zum Umgang mit den Migrationsämtern.«

»Wie machen Sie das?«, warf Valérie interessiert ein. »Wie tauschen Sie sich aus?«

»Meist über Facebook oder WhatsApp-Gruppen. Die meisten Kontaktbars, Saunaklubs, Massagesalons oder Cabarets sind inzwischen vernetzt. Da machen eigentlich alle mit. Wie es beim Straßenstrich aussieht, kann ich nicht sagen. Wahrscheinlich nicht so organisiert, da es viele Illegale drunter hat.«

Der Polizist nickte.

»Gestern Abend, wie gesagt, ging auf unserer WhatsApp-Gruppe die Post ab. Manche der Mädels sind nicht auf den Kopf gefallen. Über die Facebook-Personensuche können die ein Gebiet eingrenzen. Wenn die wissen, dass ein Freier aus Udligenswil stammt und vielleicht in der Nähe der Küssnachterstraße oder sogar direkt dort wohnt, geht es nicht lang, und die finden sein Foto. Die meisten Freier verplappern sich sowieso beim Poppen. Wir Nutten sind die besten Psychologinnen, sag ich Ihnen, und bei uns ist es sogar noch billiger als in der Therapiestunde.«

»Unterm Strich«, resümierte Mirko Kostić, als er den Laptop zurück zu seiner Gastgeberin schob, »wollen Sie uns sagen, dass Sie wissen, wer diese fiesen Kommentare geschrieben hat?«

»Nicht nur das. Einige der Mädels wollen zurückschlagen.«

»Wie?«

»Mit gehässigen Antworten auf die Kommentare. Sie wollen die Leute mit ihren bürgerlichen Namen ansprechen und auf ihr mangelndes Stehvermögen hinweisen. Spitze Bemerkungen à la ›Zu früh abgespritzt‹ oder ›Bringt ihn nicht hoch‹. Ein richtiger Online-Pranger soll es werden.«

»Das wäre aber auch illegal«, bemerkte Mirko.

»Na ja«, grinste Valérie mit hämischer Genugtuung. »Aussage gegen Aussage.«

Zum ersten Mal lächelte auch die Prostituierte, bis sich ihre Miene wieder verdüsterte. »Trotzdem, das ist nicht gut. Gar nicht gut. Ich brauche ein Auskommen für Noëmi und mich. Wer soll denn noch zu uns kommen, wenn man Angst haben muss, im Netz als Puffgänger geoutet zu werden?«

TAG 10 | BERN

1

Um 22 Uhr sollte sich Mia Abderhalden in der Berner Reitschule einfinden, und sie wusste genau, weshalb ihr Kontaktmann diese Lokalität gewählt hatte. Das 1897 erbaute Gebäude hätte mit seinen pittoresken Türmchen und Giebeln eigentlich den Charme einer weitläufigen Jugendstil-Villa besessen, wenn nicht ein äußerst umstrittenes alternatives Kulturzentrum darin untergekommen wäre. In den Anfangsjahren nach ihrer Errichtung hatte die Lokalität dem Reitsport gedient. Elegante Herrenreiter trabten auf ihren Rössern über das Gelände, auf der großflächigen Schützenmatte davor folgte ein Großereignis auf das andere: Zirkusvorstellungen, Gewerbeausstellungen, Jahrmärkte.

Danach geschah jahrzehntelang nichts. Beschauliche Ruhe kehrte ins Quartier ein, solange die weitläufigen Räumlichkeiten als Lagerhallen benutzt wurden. Dies änderte sich in den 1980er-Jahren im Zuge der Jugendunruhen. Von ihrem Vater wusste Mia so einiges über diese bewegte Zeit. Es musste wohl ein Kampf der Generation gewesen sein, ein Aufeinanderprallen von Lebensansichten und moralischen Werten. Als der Zürcher Stadtrat unglaubliche 60 Millionen Franken für die Renovation des Opernhauses billigte, während er gleichzeitig den Forderungen nach einem autonom verwalteten Jugendzentrum eine Abfuhr erteilte, zementierte die Classe Politique damit ihren Ruf als Vertreter der Bonzen und Speichellecker der oberen Zehntausend.

»Die Jugend ging auf die Straße«, hatte Mias Vater Toni Abderhalden erzählt. »Sie demonstrierte, sie machte auf ihre Anliegen aufmerksam, sie warf Farbbeutel und zündete Abfallcontainer an. Aber einige von uns haben es auch übertrieben.«

»Du sprichst den Sprengstoffanschlag auf das Haus von Bundesrat Friedrich an?«, wollte Mia wissen.

»Ja, das war idiotisch. Die Reaktion der Polizei war denn auch gewaltig. Massenverhaftungen noch und nöcher. Nicht protokollierte Verhöre. Dutzende Hausdurchsuchungen, sogar in Gebäuden, für die gar keine Bewilligung vorlag. Übertriebene Anklageschriften, willkürliche Beweisführungen. Illegale Beugehaft. Da haben sie sich nicht mit Ruhm bekleckert. Na ja, was soll's? Tempi passati.«

Mia kannte ihren Vater zu gut. Sie wusste um den verklärten Blick, der sich auf sein Gesicht zu schleichen drohte, wann immer er von früher sprach, und so gab sie dem Gespräch vorsichtshalber eine andere Richtung: »Aber eure Sprüche damals waren echt cool, oder?«

»Ja«, lachte er und deklamierte voller Inbrunst: »Freie Sicht aufs Mittelmeer – sprengt die Alpen! Macht aus dem Staat Gurkensalat! Der ist von mir, meine Erfindung.«

Mia glaubte ihm nicht so ganz, da der Spruch auch in der Sponti-Szene in der DDR benutzt worden war, aber während ihrer Unterhaltung hatte sie artig genickt.

Vom Hauptbahnhof aus spazierte sie gemächlich an der Velostation Bollwerk vorbei Richtung Lorrainebrücke, wo ihr ein paar Jugendliche entgegenkamen. Wahrscheinlich würden sie in die Neuengasse einbiegen, um sich im Burger King mit Fett und Kalorien vollzustopfen, wie es die sorglose Jugend von heute eben so tat. Weiter vorn war eine Gruppe Studierender unterwegs. Soziologen oder Ethnologen, schätzte Mia, denn sie trugen fast schon klischeehafte Jutetaschen und bunte Strickmützen, unter denen verfilzte Dreadlocks hervorschauten. Einige rochen nach Gras. Die typischen Nachtschwärmer im Bereich der Schützenmatte.

Nach den Zürcher Opernkrawallen und den Winterthurer Ereignissen war es auch in Bern zu Unruhen gekommen. Hier war die gewaltsame Räumung eines illegalen Zelt- und Wagendorfes, das ›Freie Land Zaffaraya‹, ausschlaggebend gewesen. Die Autonomen, die Unzufriedenen, die Kiffer und Junkies besetzten die Reitschule – und gaben sie seither auch nicht mehr frei.

Bei der Bollwerk-Kurve bog Mia links in die Neubrückstraße ein. Kurz sah sie in beide Richtungen, um sicherzugehen, dass kein Auto kam, und überquerte die Straße. Unter der riesigen grauen Betonbrücke der SBB durchgehend, trat sie auf das alternative Kulturzentrum zu. Über ihr ratterte ein Schnellzug hinweg, während ein paar Vermummte ihre Pieces und Tags an einen Betonpfeiler sprayten. Aus einigen Lautsprechern wummerte ihnen der Bass eines Live-Konzerts entgegen.

Als Mia unter der SBB-Trasse hervortrat, erhob sich vor ihr die bunt bemalte, verwitterte Frontfassade der Reitschule. Antikapitalistische Graffitis, obszöne Sprüche, ›Reclaim the Streets!‹-Parolen und andere weltfremde

Forderungen stachen unvermittelt ins Auge. Schlagartig konnte die Journalistin sowohl nachempfinden, was die Gegner der Reitschule an ihr auszusetzen hatten, als auch nachvollziehen, was ihre Befürworter so begeisterte.

Die Reitschule war ein Schandfleck, ohne Zweifel, das merkte Mia, als sie das Gebäude betrat. Mit dem für alle sichtbaren Drogenproblem, mit den besinnungslos herumliegenden Betrunkenen, mit den ungezählten Entreiß-Diebstählen, mit den Chaoten, welche die anrückenden Polizeipatrouillen jedes Mal mit Flaschen und Steinen bewarfen. Die Reitschule war aber auch ein bunter Fleck inmitten des Berner Kulturangebots. Mit all den Konzerten und Stand-up-Performances, mit den Theaterstücken und Kinonächten, mit all den queer-feministischen Workshops und kulinarischen Spezialitätenabenden. Ein Leuchtturm gegen Rassismus und Intoleranz.

2

Noch während Mia Abderhalden die Eisentreppe über dem Innenhof der Reitschule erklomm, bot man ihr zweimal Gras und Koks an. Sie schüttelte freundlich den Kopf und beobachtete das Treiben unter ihr: dick eingemummte

Partygänger in einer zwischen versifft und cool changierenden Umgebung.

Es dauerte nicht lang, und ihr Kontaktmann, der sie hierher aufgeboten hatte, stand neben ihr. Ein Glas Gin Tonic und eine Eisteeflasche in den Händen haltend, forderte er die Journalistin zur Auswahl auf.

Mia lächelte, als sie den Jungspund ansah.

»Echt jetzt?«, meinte sie belustigt. »In Zeiten von GHB und K.-o.-Tropfen soll ich von einem Wildfremden einen Drink annehmen?«

»Müssen Sie ja nicht«, antwortete der Junge locker-cool. »Ich nehme ihn schon. Dann den Eistee?«

»Zu kalt«, lehnte sie ab.

Achselzuckend deutete er hinter sich. »Kommen Sie mit, gehen wir runter.«

Sie folgte ihm. Als er die Eisentreppe in den Hof hinabstieg, nahm er auf jeder dritten Stufe einen Schluck. Von den Wänden ringsum hingen die braun verfärbten Blätter einer Kletterstaude. Zwischen gestapelten und mit Erde aufgefüllten Autoreifen, in denen Blumen eingepflanzt waren, spendeten offene Feuerstellen Wärme und flackerndes Licht. Maxi Winter schlug den Weg Richtung Kinoeingang ein, wo er vor einer gusseisernen Feuerschale stehenblieb und die Hände über die Flammen hielt.

»Sie haben Interesse an der Story«, stellte Maxi fest. »Sonst wären Sie nicht hier.«

»Vielleicht wollte ich auch nur den Whistleblower kennenlernen«, entgegnete Mia.

Die beiden sahen sich an. Zwei Verschwörer wie in einem billigen Spionagefilm. Er war groß, schlaksig, mit leicht gewellten honigbraunen Haaren, die ihm auf die

Schultern fielen. Seine dünnen Beine in den engen schwarzen Hosen glichen Pfeifenreinigern. Die Nase leicht krumm; nicht gebrochen wie bei einem Boxer, bloß etwas schief. Genau die Portion Unvollkommenheit, die ein Gesicht vollkommen machte. All das steckte in einem viel zu weiten Mantel, einem Crombie Coat mit über einem Dutzend Taschen und Öffnungen, um diverse Mitbringsel zu verstauen. Mia Abderhalden hingegen war ein wenig kleiner, vielleicht vier, fünf Zentimeter nur. Auch ihre Haare waren braun, eher Richtung Haselnuss, aber als Pixie-Cut, wobei sie die längeren Haarpartien streng zur Seite gekämmt trug. Wie Charlize Theron bei einer der letzten Oscar-Verleihungen.

Es gab keinen Zweifel, dass sie sich sympathisch waren.

»Ich habe auf einen Polizisten getippt«, brach Mia schließlich das Schweigen. »Einer aus dem inneren Zirkel.«

»Manning und Snowden mögen vielleicht coole Hunde sein, aber ich bin wohl eher der Typ Christoph Meili«, erklärte der Hacker. »Einer von außen, der zu der Story kam wie die Jungfrau zum Kind. War ganz klar 'ne Eintagszwetschge.«

»Das kannst du mir nicht erzählen. So rein zufällig hackt man sich nicht in eine Polizeiaktion hinein.«

Maxi zuckte lässig mit den Schultern. Eine Nonchalance, die Mia irgendwie anmachte.

»Ich wusste nicht, dass es eine Polizeiaktion geben würde«, sagte er lakonisch.

»Aber dieser Chemielehrer war auf deiner Abschussliste«, konstatierte sie.

»Abschussliste ist das falsche Wort. Er war auf meinem Radar, eben weil er auf dem Radar der Öffentlichkeit war. Kommen Sie schon, da wohnt ein Pädophiler in der Nachbarschaft. Wer wüsste da nicht gern, was der so treibt? Bei uns in der Straße gibt es viele Kinder. Jemand musste die beschützen und ein Auge auf ihn haben. Wenn der bei ihnen ablaicht, graust es einen doch.«

Die Journalistin sah ihn interessiert an. Ob ihm bewusst war, dass sie ihn duzte, wohingegen er sie siezte? Lag es am Altersunterschied? Sie überlegte, ob sie den jungen Mann mit dem gewöhnungsbedürftigen Wortschatz einfach reden lassen sollte. Der einfachste Trick der Welt. Nichts sagen und abwarten. Kommunikation war ein Grundbedürfnis des Menschen. Spricht jemand nicht, dauert es nicht lang, bis sein Gegenüber das Schweigen bricht – und viel zu oft Geheimnisse preisgibt. Maxi schien gar nicht bemerkt zu haben, dass er sich verraten hatte: Peter Sommerhalder lebte also in seiner Nachbarschaft, notierte sich Mia in Gedanken.

Der Hacker nahm einen weiteren Schluck Gin Tonic und erzählte: »Ich hab mich also mit der Wohnung des Typen vernetzt. Trojaner, Spyware, volles Programm. Und was sehe ich? Nichts. Wochenlang keine Hinweise auf nackte Kinder oder irgendwas Perverses. Kein Knallen und Knattern. Der war nicht mal juckig. Kein Einhandsegeln. Bloß die Ödnis eines Lebens, das allmählich bachab geht. La vie est dure sans confiture. Wenn Sie mich fragen, ist Sommerhalder unschuldig.«

»Hast du Beweise? Und bitte, duze mich doch. So alt bin ich nun auch wieder nicht.«

Maxi Winter lehnte sich an die Wand und schenkte ihr ein Lächeln. Den Rest seines Drinks hinunterkippend, meinte er: »Es ist eher eine Ahnung als ein Beweis. Vielmehr bloß ein Wort.«

»Ein Wort?«, wiederholte Mia. »Ich glaube, ich verstehe nicht.«

Und so erzählte ihr Maxi Winter die Geschichte von Anfang an …

3

Als er geendet hatte, starrte sie ihn an. Das war harter Tobak, wenn es denn stimmen sollte.

»Noch einmal: Hast du stichhaltige Beweise?«, kam sie auf ihre Frage von vorhin zurück. »Etwas, das vor Gericht Bestand hätte?«

»Beweise?« Er lachte auf. »Ich habe eine 24-Stunden-Soap. Rundum-Überwachung. Alles auf Band. Alles digital. Soundtapes, Filme. Eine ganze Cloud voll.«

»Auch die Szene mit dem ›Trotzdem‹?«

Wortlos hielt er ihr erst sein Handy hin, auf dem ein Videoplayer geöffnet war, und reichte ihr danach ein Kopfhörerkabel. Mia steckte sich den passenden Stöpsel ins rechte Ohr, während Maxi auf Play drückte.

»Und jetzt? Umarmung?«, sagte ein Mann mit ausgebreiteten Armen. Er sah aus wie der Cristo Redentor in Rio de Janeiro.

»Das ist Sommerhalder«, erklärte Maxi unnötigerweise.

Der Rücken eines Mädchens in orangefarbenem Longsleeve war ebenfalls im Bild zu sehen. Jählings drehte sie sich um. Ein Gesicht, so voller Hass und Wut, wie es Mia noch selten gesehen hatte.

»Mich willst du auch noch umarmen? Genügt dir Luljete nicht?«, fragte Larissa Sommerhalder ihren Vater.

»Luljete?«

»Die albanische Tussi aus der 3c. Die kennst du doch so gut.«

»Natürlich weiß ich, wer Luljete ist.«

»Und?«

»Was ›und‹?«

»Mirko hat euch gefilmt. In der ganzen Schule wird das Video rumgereicht. Irgendein Arsch hat es auf TikTok hochgeladen und mit einem Song von Gary Glitter unterlegt. Ausgerechnet Gary Glitter! Das geht viral, sag ich dir. Reicht es nicht, wenn dein Leben zerstört wird? Musst du auch noch unseres kaputtmachen?«

»Es gibt einen Film, wie ich Luljete tröste?«

»Getröstet? Umarmt hast du sie!«, entgegnete die Tochter. Jedes Wort ein Hieb, der saß.

Maxi Winter drückte auf Pause. »Gleich kommt sie, die Szene«, warnte er Mia, bevor er erneut auf Play schaltete.

Auf dem kleinen Display fuhr der Lehrer fort: »Ihre Großmutter war an diesem Tag gestorben.«

»Und deshalb musst du sie knuddeln? Wie so ein alter Perversling?«

»Ich knuddle keine Schülerinnen, das weißt du.«

»Trotzdem! Musste das sein? Alle reden schon üb…«

An dieser Stelle stoppte Maxi den Film. Das Standbild zeigte Larissa Sommerhalders eingefrorenes Gesicht. Eine

Momentaufnahme, die dazu angetan war, eine ungeahnte Faszination auf Mia auszuüben.

»Sie wusste, dass er unschuldig ist«, stellte sie schließlich fest.

Maxi nickte. Diese zwei Silben, dieses ›Trotz–Dem‹, drückten Mitgefühl und Verachtung zu gleichen Teilen aus.

»Aber woher?«

»Das weiß ich auch noch nicht. Aber ich bin dem Geheimnis auf der Spur.«

»Sag jetzt bloß nicht, du hast …«

»Doch.«

»Einmal Hacker, immer Hacker, was?«, grinste Mia Abderhalden und rieb sich die Hände.

»Frierst du?«

»Ein wenig.«

»Gehen wir rein.«

4

Kurz darauf, als sie im Rössli saßen, der Bar der Reitschule, tauschten sie sich über dem Gegröle der Gäste und dem Geschrei einer heimischen Punkband namens ›Kampffussel-Kommando Köniz‹ hinweg aus. Es war ein Höllenlärm, sodass sie gezwungenermaßen zusammenrückten, Kopf an Kopf, Mund an Ohr.

»Hast du keine Angst, dass ich die Polizei rufe?«, scherzte die Journalistin. Ihr Gegenüber roch nach Kérastase Homme, einer erotisierenden Mischung aus Kokosnuss und Arganöl, was ein leichtes Kribbeln in ihr auslöste.

»Hierher?« Mit weit ausholender Geste umfasste Maxi den Raum. Mia verstand. Hier schlug das Herz des roten Blocks, hier feierten Rebellion und Nonkonformismus Urstände. Aus allen Gästen strömte eine ›Fick-den-Staat-Attitüde‹ sondergleichen. Wie so oft schon in der Vergangenheit würde sich die Polizei nicht einmal ins Gebäude wagen. Manch altes Müeti aus dem Emmental, einmal im Leben in die Bundeshauptstadt gepilgert, würde erschrocken die Hände überm Kopftuch zusammenschlagen, sähe sie die Szenen, die sich beinahe schon monatlich im Umfeld der Reitschule abspielten: brennende Lieferwagen, eingeschlagene Schaufenster, Gummischrot, Tränengas und Wasserwerfer. Kaum rückte die Staatsmacht an, flüchteten die Randalierer in den gesetzlosen, rechtsfreien Raum des Kulturzentrums. Allzu oft in den letzten Jahren wähnte man sich im gemütlichen Bern in die Pariser Banlieue versetzt.

»Touché! I see!«

Maxi fingerte den Eistee aus den Tiefen seines Mantels und stellte die Flasche auf den Tresen vor sich. Auf die Folienbanderole des Herstellers deutend, meinte er: »Das hat Parallelen zu unserem Fall.«

»Der Eistee?«

»Das Ice-Tea-Video«, konkretisierte er, dabei gegen den Punksong ankämpfend, der von der Bühne ins Publikum geschmettert wurde. Das war kein Gesang, vielmehr ein aggressives, unmoduliertes Krakeelen.

»Weißt du, wieso das Getränk bei uns in der Schweiz ›Fusetea‹ heißt, während es auf der ganzen restlichen Welt von der Coca Cola Company als ›Fuzetea‹ beworben wird? Also mit einem Z statt des Buchstabens S.«

Mia schüttelte den Kopf.

»Vor ein paar Jahren hat eine 15-jährige Ostschweizerin aus dem Sarganserland ein privates Sex-Video erstellt. Man sieht darauf den Intimbereich der jungen Frau, die sich den Verschluss einer PET-Flasche aus der Migros in die Vagina einführt. Das arme Ding war so naiv, das Filmchen ihrem Freund zu schicken. Als es mit der Beziehung aus war, hat es dieser armselige Wicht auf Facebook gepostet. Binnen 24 Stunden hatten Tausende Leute den Film gesehen, gelikt, kommentiert und verbreitet.«

»Ja, jetzt hat's klick gemacht«, meinte Mia. Auch in ihrem Freundeskreis war das Video zirkuliert. Sie erinnerte sich sogar an einen unanständigen Reim aus den sozialen Medien, den einige ihrer männlichen Bekannten damals gern vom Stapel ließen: »Ist dein Freund im Bett ein Lappen, kauf dir Ice Tea für 95 Rappen.«

»Bis Facebook das Posting löschte, kursierten bereits Kopien davon«, fuhr Maxi fort. »An praktisch jedem Schulhof zeigten sich die Kids die Ice-Tea-Sequenzen. Fast kein Handy, auf dem das Video nicht gelandet wäre. Ein beispielloser Fall von Jugendmobbing. Jetzt noch, Jahre später, löst das Wort ›Eistee‹ in der Schweiz Assoziationen aus. Und dann kommen die Manager von Coca Cola, die völlig ahnungslos in Atlanta auf dem faulen Arsch sitzen, und möchten ihre Eisteemarke ›Fotzentee‹ nennen. Blöder geht's nimmer. Das Re-Naming soll den Konzern über eine Million Franken gekostet haben. Angefangen bei den Verpackungen über die Banderolen bis hin zur digitalen Nachbearbeitung von Plakaten und Werbespots.«

»Worauf willst du hinaus?«, unterbrach ihn Mia.

»Darauf, dass sich heutzutage alles Mögliche auf den Handys der Jugendlichen tummelt. Da helfen weder Rudolf-Steiner-Schulen noch Schulsozialarbeiter. Damals, beim Eistee-Fall, kam eine Handvoll Teenager wegen des Besitzes beziehungsweise der Verbreitung von Kinderpornografie vor Gericht. Selbst die Urheberin des Videos wurde angeklagt. Ein vernünftigerer Medienumgang seither ist auch bei unseren Digital Natives nicht auszumachen. Von dieser Prämisse ausgehend, habe ich Sommerhalders Handy unter die Lupe genommen.«

»Wie?«, hakte Mia nach.

»Die Cloud«, erklärte Maxi, als sei es das Logischste auf der Welt. Da es das irgendwie auch war, nickte Mia. Eine unvorhergesehene Stille legte sich über den Raum. Der Leadsänger der Punkband hatte aufgehört zu grölen, während der Bassist und der Schlagzeuger wie wild gestikulierten. Auf der Bühne war der Strom weg. Nach ein paar Handgriffen ließ eine akustische Rückkoppelung des Mikrofons die Gäste die Ohren zuhalten.

»Die Cloud«, wiederholte Mia.

»Ja, die Cloud«, nahm der Hacker den Faden auf. Ich habe den Inhalt von Sommerhalders Google Drive kopiert und seine Fotoalben durchgesehen. Schau her.« Er legte sein eigenes Smartphone auf den Tresen und wischte im Sekundentakt durch eine Ansammlung von Bilddateien. Die vorherrschende Farbe war Weiß. Schneeweiß. Jugendliche inmitten eines Dorfplatzes, rote JUSKILA-Banner im Hintergrund und Gebäudefronten, die mit dem Logo J+S beflaggt waren.

»Das ist in Lenk!«, entfuhr es Mia.

Ohne auf sie einzugehen, wischte Maxi weiter. Fotos von 13- und 14-jährigen Knaben und Mädchen. Ein buntes Farbenmeer aus Mützen, Skibrillen, Hosen, Handschuhen und vorwiegend schwarzen Skihelmen. Selfies von Larissa Sommerhalder mit ihren Freundinnen.

»Sommerhalder hat sein Handy der Tochter mit ins Jugendskilager gegeben«, stellte die Journalistin fest.

»Genau. Und in der Woche davor hat sie auch eine SMS-Nachricht an einige ihrer Kontakte abgeschickt.«

Maxi rief den Text auf: Hey du, wmds? Lari hier. guk. Handy verloren. Mist, mist, mist, mistiger Mist. Kackscheiße! Aber thx 2 dad, hab jetzt sein Handy. Plz kurzfristig auf diese # schreiben. Peace! @Tim: wayne! Haha, Loser!

»O Gott, ich werde alt«, lachte sie. »Wer soll denn das verstehen?«

»Wäre einen Beitrag für deine Zeitung wert, oder?«, schlug Maxi belustigt vor. »Jugendsprache und wie man sie dechiffrieren kann. Der Leitfaden für frustrierte Eltern und Pädagogen. Ein Artikel von Mia Abderhalden.«

»Gibt es noch mehr Fotos?«, fragte Mia aus einer dunklen Vorahnung heraus.

Maxi Winter blätterte weiter in der digitalen Bibliothek.

Fotos aus Lenk, die wohl den Eröffnungstag der Schneesportwoche des Ski-Verbands Swiss-Ski in Adelboden-Lenk zeigten. Mia erblickte ein paar wenige offizielle Vertreter inmitten 600 Jugendlicher. Die meisten Erwachsenen standen auf einem Podest oder etwas Ähnlichem, ab und zu sprachen sie in ein Mikrofon. Schließlich auch zwei bekannte Gesichter: eine fotogene Profi-Skifahrerin aus der Kaderselektion der Nationalmannschaft und die Bundesrätin, die dem VBS vorstand.

Die nächsten Bilder waren Schnappschüsse, die den Einzug in die Unterkünfte zeigten. Während die Knaben in den Militärbaracken im Dorf untergebracht waren, durften die Mädchen in den wohlig-warmen Zimmern des Kurs- und Sportzentrums schlafen, direkt an der Langlaufloipe. Mia studierte die Sujets. An den Wänden standen rote Kästen, in denen das Gepäck verstaut werden konnte. Die metallenen Etagenbetten – fünf an der Zahl, wenn sie richtig gezählt hatte – waren ebenfalls rot. Helles Kiefernholz an der Decke, graues Linoleum am Boden. Nackte Mädchenbeine hingen von einer der oberen Matratzen ins Bild hinein. Auf der unteren Matratze saßen drei Mädchen, die der Fotografin zulächelten. Die Brünette in der Mitte trug eine auffällige Zahnspange.

Maxi wischte weiter. Dunklere Fotos, am Abend geschossen. Ausgelassene Teenager, Fackeln im Schnee. Gruppenbilder mit alten oder neu gefundenen Freundinnen. Ab und zu auch Fotos von Jungs. Wieder hellere Fotos vom Tag. Skipisten, Sessellifte, Alphütten, Leute auf Carving-Skiern oder grellbunten Snowboards. Ein sportliches Potpourri. Ab dem zweiten Tag tauchten vermehrt Aufnahmen eines blonden Jungen im neongelben Zweiteiler auf, eines Skianzugs von 46 Nord. Wahrscheinlich von den Eltern bei Ochsner Sport gekauft.

Derart in diesen kurzen Ausschnitt aus Larissa Sommerhalders Leben vertieft, merkte die Journalistin erst jetzt, dass die Punkband längst wieder zu singen begonnen hatte.

»Das waren die gespeicherten Fotos. Nun kommen die aus dem Postausgangs-Ordner, also die gesendeten«, erklärte Maxi zur Vorwarnung und überließ Mia das Handy.

Sie griff danach und machte weiter.

»Ach herrje!«, entfuhr es ihr. Unwillkürlich hielt sie die Hand auf das Display und blickte hoch, um sich zu vergewissern, dass niemand zu ihnen hinschaute. Langsam zog sie die Handfläche weg, wobei das Foto eines Teenagerkörpers offenbart wurde: schlank und rosig, kein Mädchen mehr, aber auch keine ausgewachsene Frau. Young, skinny and innocent. Ein typisches Girlie eben, das sich unter ihrem Schlafsack mit Blitzlicht ablichten ließ und dabei ein Duckface zog. Vielleicht sollte das lasziv wirken. Mia war sich da nicht sicher. Die Zahnspange zumindest machte jeden Plan zunichte, den das Mädchen in dieser Hinsicht gehabt haben mochte. Erotik sah anders aus.

»Die Datei wurde in der vorletzten Nacht vor der Rückreise erstellt. Was denkst du? Wie ist das abgelaufen?«, erkundigte sich Maxi. »Ich habe mir da etwas zusammengereimt, möchte aber gern deine Meinung dazu hören.«

»Die mit der Zahnspange ist in den Kanarienvogel verliebt«, mutmaßte Mia.

»Kanarienvogel, das ist gut«, erwiderte Maxi. »Ja, denke ich auch. Und weiter? Wie kommen die Mädels von heute auf solche Ideen?«

»Sie selbst hat kein Handy dabei, also wird Larissa ihre Schaltstelle«, spann Mia ihren Gedankengang weiter. »Jeglicher Kontakt läuft über sie. Im Schnelldurchlauf zusammengefasst, wird es sich wohl folgendermaßen abgespielt haben: Die Zahnspange und der Kanarienvogel flirten, was das Zeug hält. Die Mädchen kichern, tauschen sich aus, geben einander Tipps, was Jungs so antörnt. Über Larissas Handy schreiben sich Zahnspange und Kanarienvogel. Aus ersten Textnachrichten werden bald mal Fotos. Die zwei Girlies schaukeln sich gegenseitig hoch. Was kann man dem Typen noch schicken? Wie verhalte ich mich, damit er auf mich aufmerksam wird? Wie wird er spitz? All diese Dr.-Sommer-Fragen. Wenn man verliebt ist, tickt das Hirn eh nicht richtig, erst recht nicht in diesem Alter. Da spielen nicht nur die Hormone verrückt.«

Der Hacker gab einen Ton von sich, der wohl ein zustimmendes Murmeln sein sollte, und meinte: »Es gibt eine ganze Session davon, und es wird noch schlimmer. Die Brünette heißt übrigens Leah.«

Mit gerunzelter Stirn sah sich Mia die Serie an.

Auf dem nächsten Foto war aus dem Duckface ein Fish Gape geworden. Leah inszenierte ihren Mund wie ein offenes Fischmaul, wodurch er im Gesicht breiter und voller wirken sollte – ein Trick, den auch Selena Gomez, die Kardashians und eine ungezählte Armee an Influencerinnen anwandten, aber bei einer etwa 14-Jährigen mit Zahnspange völlig deplatziert war. Die nächsten zehn Bilder zeigten die klassische Belfie-Position: Leah in enganliegenden Leggings, den Hosenbund bis zum Bauchnabel hochgezogen, damit ihr Bauch noch flacher wirkte – und stets reckte sie der Kameralinse den Po entgegen. Da sie in den Skiferien kein bauchfreies Top trug, hatte Leah kurzerhand den Pulli ausgezogen.

»Das wird ja immer verruchter«, schüttelte Mia den Kopf.

Tatsächlich zeigte Leah auf dem nächsten Bild noch mehr Haut. In gewagter Pose, den rechten BH-Träger locker auf Höhe des Oberarms baumelnd, ließ sie tief blicken. Das Körbchen stand leicht ab, sodass der dunkler pigmentierte Ansatz ihres Warzenhofes zu erkennen war.

»Den Chatverlauf konnte ich nicht nachvollziehen«, bemerkte Maxi. »Sie hat definitiv nicht über ihr eigenes WhatsApp geschrieben, denn momentan gibt es technisch keine Möglichkeit, einen Account auf zwei Telefonnummern zu verwenden. Sie müssen also gesimst haben, und die Fotos wurden als MMS gesendet. Als das Jugendskilager zu Ende war, muss Larissa alle Fotos vom Handy ihres Vaters gelöscht haben, bevor sie es ihm nach den Ferien zurückgab. So schlau war sie zumindest.«

»Leider nicht schlau genug.«

»Sie hat die Fotos aus dem Handy gelöscht«, ergänzte der Hacker, »aber nicht aus Google Drive. Vielleicht hat sie vergessen, die Cloud ihres Vaters zu säubern. Wahrscheinlicher ist, dass sie gar nichts von den Backups wusste.«

»Und er auch nicht.«

Maxi griff nach dem Handy, um ein paar Einstellungen anzuwählen. Als er es Mia zurückgab, fügte er an: »Bisher hast du bloß ein paar der ausgehenden Fotos gesehen. In diesem Ordner habe ich sie um die eingehenden MMS ergänzt und alles in die chronologisch richtige Reihenfolge gebracht. Wie gesagt, die Texte dazu fehlen leider. Wie der Typ heißt, konnte ich nicht herausfinden.«

»Wahrscheinlich ein Kevin«, antwortete Mia sarkastisch.

Erneut sah sie die Dateien durch. Diesmal entwickelte sich eine Art erotisches Ping-Pong-Spiel zweier Pubertierender. Als Reaktion auf Leahs Shootings kamen einige Fotos des Jungen zurück. Schmachtender Blick, hochgezogene Augenbrauen, teilweise Instagram-Filter über das Motiv gelegt. Früher haben die Backstreet Boys so verliebt geschaut, heute tun es die K-Pop-Stars, dachte Mia.

Auf Leahs Fish Gape folgte ein Oben-Ohne-Pic des Kanarienvogels, auf ihr Bild mit dem verrutschten BH-Träger folgte ein …

»Oh – mein – Gott!«, entfuhr es der Journalistin. »Ein richtiges Dick-Pic! So ein Arsch.«

Sie deutete auf den Bildschirm, auf dem in Großaufnahme ein erigierter Penis erschienen war. Definitiv nicht das Geschlechtsteil eines Jugendlichen. Allein die Hautfarbe war schon anders, viel zu gebräunt, als dass sie zum eher hellen Gesicht des Jungen gepasst hätte.

»Das hat er aus dem Internet. Wetten, sie war so dumm und hat es nicht mal gemerkt?« Mia sah zu Maxi auf und registrierte, wie sich dessen Augen kurzzeitig zu Schlitzen verengten. Sie holte tief Luft, bevor sie das Foto nach links wischte.

Maxi erkannte die blanke Wut, die sich auf das Gesicht der Journalistin geschlichen hatte. Mit zusammengekniffenen Lippen starrte die Frau neben ihm die Bilderfolge an, während sie erfolglos versuchte, ihr wachsendes Unbehagen zu verbergen.

Was nun kam, warf alles über den Haufen, was Mia schlimmstenfalls befürchtet hatte. Sieben Bilder waren es insgesamt. Eine Fotoserie, gestochen scharf und mit kristallklarer Auflösung. Man konnte in die JPG-Datei hineinzoomen, bis jede Pore an Leahs Körper sichtbar wurde, jede Hautunreinheit, jede Talgdrüse wie ein Krater aussah. Hatte das Mädchen auf den ersten drei Aufnahmen zumindest noch einen Slip an und die Hände in gespielter Keuschheit vor dem Busen verschränkt, war sie auf dem vierten und fünften Bild oben ohne zu sehen, mit kindlichen, rosigen Brüsten.

Mia Abderhalden wurde es übel. Einen Moment lang

hielt sie inne, um zu Atem zu kommen und damit der Trubel um sie herum den Trubel in ihrem Innern verdrängte. Doch es half nur wenig. Sie konnte nicht anders, als auf die letzten zwei Bilder zu wechseln. Vor vier Jahren, als Mia frisch von der Unitobler kam – eine 5.8 mit dem Prädikat ›summa cum laude‹ im Institut für Kommunikations- und Medienwissenschaften im Gepäck –, hatte sie als Volontärin ihre ersten Berichte für ›GigaBites‹ geschrieben. Es war um Sexting gegangen, ein Thema, das im Digitalzeitalter immer aktueller wurde. In der Altersgruppe der 18- bis 20-Jährigen, so hatte Mia recherchiert, nutzten 43 Prozent der Snapchat-User die App, um erotische Selbstaufnahmen zu versenden – entweder an den Schatz oder für den heimlichen Schwarm, quasi als Auftakt zum Flirt. Wer tat dies nicht? Sexy und frech posierten die Millennials vor dem Spiegel, bevor ein einziger Klick ihrem Leben eine andere Wendung geben konnte.

Es mochte vielleicht reizvoll sein, die eigene Sexualität zu erforschen, Grenzen auszuloten und sich erstmals für andere zu entblättern. Die meisten waren jedoch so schlau, Close-ups zu schießen anstelle einer Ganzkörperaufnahme, auf dem das Gesicht zu erkennen war.

Nicht so Leah.

Die Bilder sechs und sieben hatten nichts mehr mit naiv-unschuldigen Doktorspielen zu tun, sondern zeigten reinste Pornografie. Schockiert schloss die Journalistin das Programm.

Da sie nichts sagte, brach Maxi Winter mit einer unbeholfenen Floskel das Schweigen: »Das arme Kind.«

Mia nickte, erst zaghaft, schließlich heftig, als ob sie durch ihre Zustimmung alles ungeschehen machen könnte, was in der Zwischenzeit geschehen war.

»Für erfahrene Sexter ist das einfach eine zusätzliche Spielart der Sexualität«, meinte Maxi. Er klang fast so, als ob er einen Wikipedia-Eintrag abläse. »Die verwenden aber andere Apps. Threema zum Beispiel. Oder Confide und Signal.«

»Weißt du, was das Traurigste an der ganzen Sache ist?«, unterbrach ihn Mia. Ohne eine Erwiderung abzuwarten, gab sie selbst die Antwort: »Dieses verliebte Mädchen weiß gar nicht, was es angerichtet hat.«

»Es war nicht ihre Schuld, ganz und gar nicht. Ihr Foto ist auf Sommerhalders Cloud gelandet, das stimmt. Dass es von dort an seine Gymnasialklasse weitergeschickt wurde, weiß Leah wahrscheinlich nicht einmal.«

Wie aus einer Trance erwachend, rang sich Mia ein Lächeln ab.

»Wenn nicht Peter selbst – wer hat es dann verschickt?«, fragte sie in den Lärm der dumpf hämmernden Punkmusik hinein.

TAG 11 UND 12 | BERN UND LUZERN

1

Das Treffen zwischen Mia und Maxi in der Reitschule hatte am Samstagabend stattgefunden und war bis weit nach Mitternacht gegangen. Als das Kulturzentrum seine Tore schloss, schlenderten die beiden inmitten einer kleinen Gruppe Nachtschwärmer hoch zum Bahnhof. Hinter der Heiliggeistkirche blieb die Journalistin stehen und deutete vage zur Spitalgasse hinüber.

»Ich muss in diese Richtung. In der Redaktion gibt es eine Couch für solche Notfälle. Wie steht es mit dir? Kommst du irgendwo unter?«

»Airbnb«, antwortete der Hacker, ohne Genaueres über seine Übernachtungsmöglichkeit zu verraten. Als sie sich die Hand reichten, ertappte sich Mia zu ihrem eigenen Erschrecken dabei, wie enttäuscht sie war, diesen um einiges jüngeren Mann nicht abzuschleppen. Verfluchte professionelle Arbeitsethik!

Später, als sie es sich auf dem ausziehbaren Redaktionssofa halbwegs gemütlich gemacht hatte, rekapitulierte sie das Gespräch. Sie schloss das Ladekabel ihres Handys bei der Steckdose an, um keinen leeren Akku zu riskieren, falls sie einschlafen sollte, und bei angeschalteter Aufnahmefunktion sprach sie ihre ungeordneten Gedanken aus, wie sie ihr gerade in den Sinn kamen. Die Sofalehne war auf Fensterhöhe. Mia hatte die Vorhänge extra nicht zugezogen, denn ihre unsteten Blicke schweiften hin und wieder hinaus. Bern war wie ausgestorben. Lediglich ein Taxi mit einer Leerfahrt rollte unten vorbei.

Maxi hatte davon gesprochen, wie seltsam dieser Fall war. Dabei hatte er nicht einmal die menschlichen Verwicklungen im Sinn, sondern vielmehr irritierte ihn dessen technische Seite. Auf dem gemeinsamen Spaziergang hatte der Hacker von einer Häufung außergewöhnlicher Störfälle bei Telekommunikationsmedien berichtet.

»Seit einer Woche passieren die seltsamsten Dinge«, hatte er gesagt. »Zeitweilige Totalausfälle des Mobilnetzes, unautorisierte PayPal-Abbuchungen, irrtümlich zugestellte Mails, Klarnamennennungen bei Pornoseiten. Die Störmeldungen gehen durch die Decke. Es ist von Kanton zu Kanton verschieden, aber in ihrer Häufung eher abnormal. Ich vermute, der Chemielehrer hatte schlichtweg Pech.«

Auch Markus Hollenstein hatte Mia auf einen außergewöhnlichen Fall hingewiesen: die Freundin, in deren Samsung plötzlich falsche Kontakte gespeichert waren. Die Mutmaßungen des stellvertretenden Redaktionsleiters waren dahin gegangen, dass es sich um Wartungsarbeiten, Netzwerkstörungen oder Fehler in der Hardware handeln musste. Nun, da sich Mia ihr Gespräch mit Maxi in Erinnerung rief, war sie da nicht mehr so sicher. Wenn eine Firma Netzwerkprobleme hatte, wieso sollten es andere Firmen auch haben?

Ihr journalistischer Instinkt sagte ihr, dass der Fall Sommerhalder nur ein Teilaspekt eines größeren Ganzen war.

Die von Maxi erwähnte Nennung von Klarnamen auf Pornoseiten interessierte sie am meisten. Sex sells, das wussten alle. Das würde was hergeben, das versprach, zum perfekten Clickbait zu werden. Den Sonntag, so nahm sie sich vor, würde sie mit Recherche verbringen, um dann am Montag ein paar der Betroffenen persönlich aufzusuchen und um Interviews oder Stellungnahmen zu bitten. Unter diesen Überlegungen schloss Mia die Augen. Was folgte, war ein fließender Übergang zwischen Wachen und Schlaf.

2

Aus journalistischer Sicht war das war ein Jackpot! Es war später Montagnachmittag, ein feiner Nieselregen zog vom Vierwaldstättersee über das Land und auf dem Esszimmerstuhl vor Mia Abderhalden saß ein kleines Häufchen Elend – ein Mann, der zerknirscht und aufgebracht zugleich wirkte, während seine Gattin mit vor Wut verzerrtem Gesicht in einer Pfanne Risotto herumstocherte. Der Raum füllte sich mit dem beißenden Geruch von angebranntem Reis, doch die Frau mit dem Kochlöffel machte keinerlei Anstalten, das Essen vom Herd zu nehmen.

Ein prüfender Blick zur Decke sagte Mia, dass dort zumindest kein Rauchmelder angebracht war. Er hätte eh schon längst anschlagen müssen …

Den Sonntag hatte die Journalistin in der Berner Redaktion verbracht. Schnell war ihr klargeworden, dass es sich bei den Websites mit dem Datenleck nicht um Pornoseiten handelte, wie Maxi irrtümlich gemeint hatte, sondern um ein Bewertungsportal für Freier. Ein äußerst ekliges sogar, denn statt Punkte oder Sterne konnte man bei den Kritiken Penisse vergeben: schlaffe, die nach unten hingen, bis hin zu prall aufgerichteten, welche einer Topbewertung entsprachen. Mia fragte sich, wer sich so etwas ausdachte. Was für ein Hirn steckte dahinter? Kreativ zwar, das musste sie zugeben, aber irgendwie krank. Den Leuten hinter der Website fehlte jegliche gute Kinderstube, und sie hätte ein Jahresgehalt darauf verwettet, dass die Programmierer allesamt männlich waren. Eine Frau war sich für so etwas viel zu schade.

Was sie dann entdeckte, bescherte wohl allen Unterstützerinnen und Unterstützern der MeToo-Bewegung einen Freudentag. In Zeiten von Alltagssexismus, Machtmissbrauch und Übergriffen hatte sich hier im Netz eine Handvoll Prostituierte eingeloggt, um es ihren unanständigen Freiern zurückzuzahlen. Das war kein respektvolles Miteinander, wie es sonst die Chatiquette in Foren und Kommentarspalten vorschrieb; die Einträge waren aber auch kein Hate Speech. Viele waren humorvoll, ein bisschen von oben herab. Jedoch waren sie fies und trafen die Herren der Schöpfung dort, wo es sie wohl am meisten schmerzte: bei ihrer angeblich omnipotenten Männlichkeit.

Nachdem sie etwa vier Dutzend Einträge durchgelesen hatte, notierte sich Mia einige der in den Kommentaren genannten Namen und Adressen der Freier. Schließlich machte sie sich daran, die Personen auf Facebook ausfindig zu machen. Einer fiel ihr besonders ins Auge, da er ironischerweise Mitglied der Mittefraktion und ursprünglicher CVPler war: Martin Opliger, 46, verheiratet, Lokalpolitiker aus Schwarzenberg. Und der saß ihr nun gegenüber.

»Solcherlei Verfehlungen interessieren die Leserschaft nun mal«, führte Mia Abderhalden aus. »Promi-Trennungen, Skandale und Skandälchen, spektakuläre Gerüchte. In der Welt der Stars und Sternchen ist alles wichtig. No news is bad news, Herr Opliger. Sie bekommen exklusiv die Chance, Ihre Version der Geschichte auf ›GigaBites‹ kundzutun und die Dinge geradezurücken. Sehen Sie's positiv.«

»Positiv?« Vor der Küchenzeile schnaubte Opligers Frau Mirjam verächtlich. Der Kochlöffel, wie eine Pike gegen den Politiker gerichtet, fuhr durch die Luft. »Der Scheißkerl betrügt mich öffentlich. Wären nicht die Kinder, ich wäre schon längst weg!«

»Aber Schatz«, versuchte Martin erfolglos, auf sie einzureden. Er trug eine Krawatte sowie ein christdemokratisch-konservatives Hemd, das so gar nicht zu seinen heimlichen Ansichten bezüglich Prostitution passte. Ein kleines Grübchen am Kinn machte ihn Mia vordergründig sogar ein wenig sympathisch. Noch vor zwei Tagen hätte sie sich sogar für seine Politik erwärmen können oder ihn zumindest nicht von den Wahllisten gestrichen.

»Mit Schatz ist es aus, du Arsch!« Mirjam nahm die Pfanne vom Herd und pfefferte sie samt Inhalt in die Spüle. Das Scheppern ließ Martin zusammenfahren.

Überrascht stellte Mia fest, dass sie die Situation

genoss. Frauen sollten zusammenhalten, immer und überall, besonders wenn sie es mit Arschlöchern zu tun hatten. Und dieser Opliger war eine De-luxe-Version davon. Die zweistündige Zugfahrt von Bern über Luzern nach Schwarzenberg hatte sich allein deshalb gelohnt.

Ihre einfühlsamste Miene aufsetzend, kam sie auf das Thema zurück: »Herr und Frau Opliger, ich weiß, die Umstände sind schrecklich, einfach furchtbar. Wer in der Öffentlichkeit steht, hängt wie eine Marionette an den Fäden machtvoller Medienakteure. Je früher wir reagieren, desto besser behalten wir die Deutungshoheit über das Geschehene.« Ob den beiden auffiel, dass sie von einem ›Wir‹ sprach? Ein rhetorischer Kniff, um Nähe und Verbundenheit zu suggerieren: Sie alle saßen im selben Boot. »Die Boulevardmedien werden Sie durch den Schmutz ziehen«, nahm Mia den Faden wieder auf. »Denken Sie an Christophe Darbellay, an Markus Hürlimann, an all die anderen Politiker, die mit außerehelichen Aktivitäten in Verbindung gebracht wurden.«

Mirjam Opliger stöhnte auf. Mit verschränkten Armen vor der Anrichte stehend, meinte sie: »Sie nehmen das doch nicht heimlich auf, oder?«

»Unser Gespräch?«

»Ja.«

Mia verneinte. »Erst, wenn Sie mir das Okay dazu geben.«

»Das bekommen Sie sicher nicht.«

»Um Gottes willen, Mirjam, die Frau will uns helfen«, kam es flehend aus Martins Richtung. Seine Hände hatten zu zittern begonnen, wie Mia auffiel.

»Ich bin nicht der Feind, Frau Opliger«, sagte sie einfühlsam.

»Nicht der Feind? Mein Mann kann seinen Schwanz nicht in der Hose behalten, und Sie stellen sich noch auf seine Seite? Dass ich nicht lache!«

Mia entgegnete nichts. Ihr Blick wanderte zwischen den Eheleuten hin und her. Die stumme Beobachtung irritierte die Frau offenbar, denn nach einiger Zeit begann sie von Neuem: »Scheiße, er ist zu einer Nutte gegangen. Einer Nutte! Das ist so erniedrigend. Als ob ich ihm nicht gut genug wäre.«

Sie hätte ihr sagen können, dass dem sicher nicht so war, doch hätte ihr Mirjam Opliger geglaubt? Ihre Erfahrung als Journalistin hatte Mia gezeigt, dass Prostitution mehrere Seiten hatte. Einige aus ihrem Kollegenkreis – natürlich ausnahmslos Männer – hatten sich zur Behauptung verstiegen, der Gang ins Bordell sei vielleicht als Ventil der Gesellschaft notwendig. Das starke Geschlecht lebe nun mal nicht monogam. Mia dachte da anders. Mit der Zeit kommen die ganz typischen Beziehungsprobleme. Die Verliebtheit und die sexuelle Gier lassen nach, auf einmal merkt man, dass man sich fast nichts mehr zu sagen hat. Die Lebenskreise überschneiden sich nicht mehr völlig. Was meistens folgt, ist eine Affäre – oder eben der Gang zu einer Hure. Danach das erneute Zusammenraufen oder eine Trennung. Egal, ob der Partner oder die Partnerin vom Betrug wussten.

»Wollen Sie auch was essen?«, wechselte Mirjam Opliger abrupt das Thema.

»Äh, wie bitte?«

»Ob Sie was essen wollen? Risotto ist gestrichen. Ich bestelle jetzt was beim Italiener. Pizza Prosciutto? Oder sind Sie Vegetarierin?«

»Prosciutto ist okay.«

Durch einen offenen Durchgang, durch den man in die Stube sehen konnte, verließ Mirjam Opliger den Raum. Auf einer Anrichte stand dort die Ladestation eines schnurlosen Festnetztelefons. An den Wänden hingen in gerahmten Rahmen die Fotos zweier Kinder: ein Knabe und ein Mädchen. Beide sportlich, beide beim Tennisspielen, beim Fußballtraining oder mit Skiern. Nach einigen Pieptönen gab die Frau die Bestellung auf. Mia nutzte ihre Abwesenheit für ein Gespräch mit dem Politiker.

»Was glauben Sie? Wie ist das passiert? Wo haben Sie Ihre Bewertung abgegeben?«

Nach den Gründen fragte sie nicht einmal. Das sollte ruhig der ›Blick‹ oder ›Watson‹ zum Thema machen. Ihr ging es um die technischen Aspekte.

»Im Büro«, antwortete er matt.

»Der Ort ist mir egal, ich meinte das Medium. Über WLAN? Über das eigene WLAN oder ein fremdes? Haben Sie Ihr Handy benutzt oder eine fix installierte Computerstation mit Internet übers Telefon- oder TV-Kabel?«

»Mein Handy. Das Salt-Netz. Ich habe ein Abo für unlimitiertes Highspeed-Internet.«

»Darf ich einen Blick in Ihre Einstellungen werfen?«

Martin Opliger erhob sich, um sein Handy aus der Hosentasche zu fingern. Mia nahm es entgegen und überprüfte die Anruf- und Downloadoptionen. Auch in der Datennutzung fand sie nichts Auffälliges. Das Warnlimit für den mobilen Datenverbrauch sowie das Datenlimit selbst wurden vom Gerät automatisch berechnet. Nur leicht wichen die beiden von den Angaben des Mobilfunkanbieters ab, was aber normal war. Bei der Datennutzung durch Apps lag Chrome an oberster Stelle, gefolgt von Google Play-Dienste, dem Play Store, WhatsApp, Youtube, Netflix, Kalender, Kontakte, Gmail, Notizen, Files, Maps und Google Partner Setup. An letzter Stelle schlug mit lediglich 34.09 Kilobyte ein Eintrag namens UMM zu Buche. Im Gegensatz zu den grafisch professionell gestalteten Icons der anderen Apps sah dieses hier seltsam dilettantisch aus. Entfernt erinnerte es an eine trashige Mischung aus den Logos der Extinction Rebellion und des Voluntary Human Extinction Movement.

Mia Abderhalden klickte darauf, um mehr zu erfahren. Zu ihrer Enttäuschung zeigte die App-Info lediglich einen Satz an, der auch als Teil des Logos diente: Unsocial Media Matters. Wohl die Vollform der Abkürzung UMM, mit welcher das Icon beschriftet war. Aus Angst vor einem Virus erschien es ihr zu gefährlich, die App auf ihr eigenes Gerät zu kopieren. Die Journalistin griff deshalb nach ihrem Handy, um das Display abzufotografieren.

Dabei überprüfte sie gleich noch, ob Familie Opliger ein eigenes WLAN besaß, indem sie in den Systemeinstellungen nach Netzwerken suchen ließ. Sie fand sechs Stück. Zuerst folgten:

XB-495729de-299d

CD-234-dck-9223-fc

Opliger family wlan

Dann kamen zwei der etwas amüsanteren Art:

Mama, Papa, klickt hier für Internet.

It smells funny when IP.

Schließlich ein weiterer Router, der ASCII-Emoticon-Textzeichen unterstützte:

(͡° ͜ʖ ͡°)

»Benutzen Sie ab und zu das WLAN Ihrer Nachbarn?«

Der Politiker schüttelte den Kopf. Sicherheitshalber

versuchte Mia, sich nacheinander in die Netzwerke einzuloggen. Erfolglos. Für jedes einzelne hätte sie ein Passwort benötigt.

»Ich auch nicht.« Mirjam Opliger war erneut ins Zimmer getreten. »Falls das hilft.«

Ein erstes Zeichen der Versöhnung, dachte Mia. Oder zumindest einer Waffenruhe. Sie wollte gerade antworten, als es an der Tür klingelte.

»Der Pizzakurier?«, wunderte sich Martin. »Das ging ja schnell.«

3

Es war nicht der Pizzakurier. Durch den geöffneten Türspalt erkannte Mia einen Dienstwagen der Polizei, der direkt vor dem Haus parkte. Zwei Beamte – ein Mann, eine Frau – hatten sich zum Schutz vor dem Unwetter unter das Vordach geflüchtet. Von ihren blauen Mützen tropfte der Regen.

»Frau Opliger?«

»Ja bitte?«

»Mein Name ist Mirko Kostić«, stellte der Mann sich vor. »Das ist meine Kollegin Valérie Emmenegger. Wir sind von der Sicherheitspolizei Süd und hätten einige Fragen an Ihren Gatten, falls er denn zu Hause ist.«

»Kommen Sie rein.« Ein größeres Maß an Verzagtheit hätte ihre Stimme wohl nicht fassen mögen, als sie die beiden ins Haus bat. Vom Flur führte Mirjam sie durchs Wohnzimmer in die angrenzende Küche. Opligers Frau bedachte Mia mit einem flüchtigen Blick, während sie ihren Mann kaltherzig ignorierte.

»Da ist er.« Als sei er ein lästiges Insekt, deutete sie auf ihren Angetrauten. »Ich warte derweil im Flur. Sie auch, Frau Abderhalden. Sobald die Pizza da ist, können Sie sich ein Stück mitnehmen.«

Innerlich fluchte Mia. Diese Frau war so durcheinander, so widersprüchlich in ihren Aussagen und Handlungen, dass sie sich geschlagen geben musste. Die betonte Langsamkeit, mit der Mia vom Tisch aufstand, trug ihr einen unterkühlt abweisenden Blick ein.

»Machen Sie schon«, sagte Mirjam, ihre Ungeduld nicht länger zügelnd.

Emmenegger und Kostić traten einen Schritt an die Wand, um die Journalistin vorbeizulassen, und wandten sich schließlich an Martin. Dieser saß noch immer am Tisch. Zitternd, das Gesicht bleich wie die Tapete hinter ihm.

Da Mirjam die Tür schloss, war es unmöglich, etwas zu verstehen. Zu gern hätte Mia Mäuschen gespielt, aber alles, was sie hörte, klang nur mehr leise und dumpf. Sie schlüpfte in ihre ledernen schwarzen Damenstiefel. Als sie sich bückte, um den Reißverschluss zuzuziehen, streifte ihr Blick die Fotos.

Mit einem Mal brandete eine Woge der Aufregung über Mia hinweg. Dass ihr das nicht schon beim Eintreten aufgefallen war!

»Richtige Sportskanonen«, bemerkte sie. Über Kinder zu reden, war der perfekte Small Talk.

Mirjams Gesicht hellte sich auf.

»Sie lieben es.«

Zwei der Bilder präsentierten eine verschneite Winterlandschaft: Gebirgszüge im Hintergrund, vereinzelt noch von Wald bestanden. Diverse Chalets mit den für sie so typischen flachen Satteldächern, aber auch andere Ferienhäuser standen dicht an dicht bis hinauf zum Saum des Waldes. Am rechten Bildrand war ein kleiner Ausschnitt des Simmentals mit seinen wild zerfurchten Graten zu erkennen. Auch das zweite Foto zeigte reinste, ursprüngliche Bergromantik. Holzhäuser, deren von der Sonne ausgebleichte Fassaden von Schnitzereien geziert wurden, sowie Blockhütten, die sich mit dicker Schneehaube präsentierten. Bei beiden Motiven war im Vordergrund der sportliche Nachwuchs der Opligers abgelichtet.

»Dieses Foto hier. Darf ich raten? Das wurde in Lenk geschossen.«

TAG 13 | AARAU

1

Maxi Winter war unmöglich zu kontaktieren. Kaum war Mia Abderhalden vor Opligers Haus auf der Straße gestanden, hatte sie versucht, den Hacker übers Telefon zu erreichen. Ein ums andere Mal lief es schief, denn nach maximal einem Klingeln endete der Anruf von selbst. Während sie fluchend an dem geparkten Polizeiauto vorbei durch den strömenden Regen hastete, um bei einer Postautohaltestelle Unterschlupf zu suchen, fragte sich die Journalistin, ob ihre Nummer von Maxi blockiert worden war.

Aber wieso sollte er dies tun?

Trotz seiner Jugendlichkeit schätzte sie ihn als intelligent ein, als eine bedacht handelnde Person, die ein gewisses Maß an Menschenkenntnis besaß und ihr demzufolge auch vertraute. Oder gehörte er zu jenem Typus Internet-User, der in seiner eigenen Filterblase gefangen war? Inmitten von Trollen, Verschwörungstheoretikern, Preppern und militanten Globuli-Anhängern mit Aluminiumhüten auf dem Kopf? Wahrscheinlicher war, dass er schlicht auf Nummer sicher ging. Oder sie verwechselte die Anrufsperre mit dem Nicht-stören-Modus. Die zwei klangen ja auch fast identisch.

Einer der Vorteile davon, bei ›GigaBites‹ zu arbeiten,

war der Umstand, es immer wieder mit kleinen technischen Gimmicks, Life Hacks oder Tricks zu tun zu bekommen. Wenn man bei Handys aus amerikanischer Produktion beim Wählen die 67 der eigenen Nummer voranstellte, so konnte man damit den Status des angerufenen Telefons überprüfen.

Mia wählte. Nichts tat sich, und es schüttete noch immer wie aus Eimern. Wenig später, als sie bis auf die Knochen durchnässt in einem Bus der Linie 211 saß, wurmte sie der Gedanke an die Tücken der schönen neuen Digitalwelt. Sie hatte zwar ein Handy und ein Abo, das ihr eine schrankenlose Erreichbarkeit versprach – aber all dies nutzte ihr nichts im Moment. Was sie jetzt brauchte, wäre eine der guten alten Swisscom-Telefonkabinen, um Maxi von einer anderen Nummer als der ihren aus anzurufen. Noch Mitte der 1990er-Jahre, vor dem Siegeszug der Mobiltelefonie, standen schweizweit mehr als 58.000 öffentliche oder privat betriebene Publifone in Betrieb. Die letzte Kabine des Landes wurde 2019 abgerissen und nach Bern ins Museum für Kommunikation überstellt. Und nun? Einfach eine wildfremde Person im Bus ansprechen, ob man kurzerhand ihr Handy benutzen dürfe? Nein, so etwas ziemte sich nicht bei den verklemmten Helvetiern.

Ein letzter Versuch sollte es sein, nahm sich Mia vor.

Sie wählte erneut. Der an die Scheiben prasselnde Regen überdeckte beinahe die Töne in ihrer Ohrmuschel. Schon wieder fiel sie aus der Verbindung. Genervt öffnete Mia die App ihres Mailprogramms und schickte Maxi eine Bitte um Rückruf. Gerade als sie das Handy in ihre Handtasche weglegen wollte, sah sie aus den Augenwinkeln die Pop-up-Info aufspringen, dass ihre Nachricht nicht zugestellt werden konnte.

»Was zum Teufel …?«

Die ältere Busreisende im Vierersitz weiter vorn, mit dem Rücken in Fahrtrichtung sitzend, funkelte sie böse an. Bünzlis gab es also auch in Schwarzenberg.

2

Das war am Montag gewesen. Stunden später, nach einer ÖV-Odyssee von Luzern nach Aarau, die wegen einer Stellwerksstörung über 300 Minuten gedauert hatte, zeigte Mias Handy noch immer keine eingegangenen oder verpassten Anrufe an. Selbst in der Nacht noch nicht, als sie vor dem Zubettgehen ein letztes Mal auf das Display schaute.

Am Dienstagmorgen riss sie das Klingeln ihres Handys, das auf einer Kommode lag, aus dem Tiefschlaf. Sie schrak hoch, starrte für einige Sekunden leicht verwirrt zur Wand gegenüber, bis sie allmählich in der Gegenwart ankam. Der verschwommene Nebel in ihrem Kopf lichtete sich, bis sie klarer sah. Mia schwang die Beine aus dem Bett. Ohne in ihre Pantoffeln zu schlüpfen, hastete sie nackt zum Telefon und nahm ab.

»Endlich. Das lief aber nicht hoppeldihopp.«

»Maxi?«

Sie hätte nicht einmal nachfragen müssen, Stimme und Wortwahl waren ihr auch so seit Samstagnacht im Gedächtnis haften geblieben. Im schummrigen Dämmerlicht des Morgens betrachtete sie sich in dem Standspiegel aus beigefarbenem Eschenfurnier, den sie neben ihrem Kleiderkasten aufgestellt hatte.

»Schon wach?«, erkundigte er sich, ohne auf die Frage einzugehen. »Angezogen? Fit und munter? Ich sitze im InterRegio Richtung Basel. Um 8.35 Uhr hält der in Aarau. Wie wär's mit einem Kaffee? Wir müssen reden.«

»Du weißt, dass ich in Bern arbeite«, versuchte sie, ihn aufs Glatteis zu führen, doch er unterbrach sie sogleich: »Komm schon, für so blöde hältst du mich?«

Der Schlingel wusste, dass sie noch daheim war; er hatte sie tatsächlich getrackt. Wenn er sie schon aufspüren konnte, dann besaß er vielleicht sogar Zugriff auf ihre Kamera. Instinktiv schob sie die Handfläche vor die Linse. Über Privatsphäre und Datenschutz hatte sie noch ein Wörtchen mit Maxi zu reden.

»Wie spät ist es? Ich habe noch nicht geduscht.«

»Knapp vor 8 Uhr. Nimm dir alle Zeit der Welt. Ich warte entweder auf dem Bahnhofsplatz oder drinnen im Gebäude. Wir finden uns schon. Die Aarauer Bahnhofsuhr soll ja eines der größten Zifferblätter Europas haben. Das wollte ich mir schon immer mal ansehen. See you!«

3

Sie liefen sich schließlich im Gebäude über den Weg. Maxi, eine PET-Flasche mit Cola in der Hand haltend und eine anthrazitfarbene Umhängetasche geschultert, trat soeben aus dem Bahnhofskiosk, als er Mia Abderhalden erblickte. Beinahe wären sie übereinander gestolpert. Die Begrüßung fiel kurz aus, befangen irgendwie, wie Mia meinte. Aber vielleicht war das bloß ihre eigene Empfindung, während Maxi ganz anders fühlte, wer weiß?

Sie führte ihn nach draußen. Die berühmte Bahnhofsuhr war stehen geblieben, fiel als Attraktion also peinlicherweise aus, doch auf dem Vorplatz, zwischen herumwuselnden Passanten, an- und abfahrenden Bussen und Taxis, erhob sich die Stützkonstruktion eines wolkengleich über ihren Köpfen schwebenden Luftkissendachs. Das Sonnenlicht brach sich in den mit abstrakten Formen bedruckten Folien, sodass man sich bisweilen unter einen Wolkenhimmel, dann wieder in eine Waldlichtung versetzt fühlte. Im lauen Wind bewegte sich die Konstruktion. Zum Glück hatte sich der Regen über Nacht verzogen.

»Cool«, bemerkte Maxi lakonisch, was Mia als stolze Bürgerin ihres Heimatorts zufrieden lächeln ließ.

Aarau, noch vor Jahren vorwiegend als Durchgangsstation bekannt, hatte sich zu einer lebenswerten Stadt gemausert, wobei der Um- und Ausbau des Bahnhofs wesentlich zu dieser Entwicklung beigetragen hatte. Das Schäbige, Miefige eines düsteren Bahnhofareals mit versifften Böden und herumlungernden Alkoholleichen und Gammlern war verschwunden und hatte dem Neuen, dem

Modernen Platz gemacht. Es mochte wohl ein gewollter Effekt des Bahn-2000-Projekts der SBB sein, dass die hellen Schweizer Bahnhöfe mit all ihren Shops und Restaurants zu stark frequentierten Tempeln des Konsums geworden waren.

Mia gab die Richtung vor, Maxi folgte ohne Einwände. Ihr gefiel es, dass er sich treiben ließ, sich nicht einmal erkundigte, wohin es ging. Noch unter der Dusche war sie im Kopf die Lokalitäten durchgegangen, an denen sie mit Maxi besprechen konnte, was sie in Schwarzenberg herausgefunden hatte. Kein banales Café sollte es sein, kein 08/15-Platz. Vielleicht in die Meyerschen Stollen? So etwas war schließlich einzigartig, ein vorindustrielles Grubensystem direkt unter der Stadt. Aber da hinein gelangte man nur auf Voranmeldung und mit Führung. Blieben noch das Krematorium Rosengarten, einer der berühmteren Drehorte der SRF-Kultserie ›Der Bestatter‹, oder vielleicht die Pferderennbahn.

Während sie sich die Haare schamponiert hatte, war Mia allmählich bewusst geworden, wie ausgesprochen absurd ihre Planung war. Wann hatte sie sich das letzte Mal so den Kopf zerbrochen, nur weil sie aus beruflichen Gründen einen Informanten traf?

Sollte sie ihn ins Kunsthaus schleppen? Ins Naturama? In die Altstadt? Die zumindest machte immer was her, sommers wie winters. Als Mia Abderhalden, frisch geduscht sowie parfümiert und mit Body-Milk eingerieben, in der Garderobe stand und sich partout nicht entscheiden konnte, welches Paar Schuhe sie anziehen sollte, trat ihr die Tragik ihrer Situation vor Augen: Sie war verliebt.

4

Es wurde schließlich doch das Naturama.

Für den Einlass waren sie zu früh dran, weshalb Mia den jungen Hacker zuerst in den Tea Room der Confiserie Brändli führte, wo sie sich bei einem Glas heißer Schokolade aufwärmten. Der junge Schnaufer trug doch tatsächlich ein T-Shirt, auf dem Orko der Trollaner abgebildet war. Mit jedem Schluck versuchte die Journalistin, ihre Verlegenheit hinunterzuspülen. Am besten ging es noch immer, nicht auf dieses Kribbeln zu achten und einfach die Fakten durchzugehen, rief sie sich zur Ordnung. In der Folge erzählte sie derart ausführlich von ihrem Abstecher nach Luzern und Schwarzenberg sowie dem anschließenden Besuch, dass darüber die Zeit verging. Als sie das nächste Mal auf die Uhr schaute, hatte das Naturama bereits geöffnet.

»Ich bezahle«, meinte Maxi.

Wenig später – ein paar Hundert Schritte die Bahnhofstraße hinab, gleich neben der Alten Kantonsschule – betraten sie das naturkundliche Museum. Diesmal übernahm Mia die Tickets. Gleich im Untergeschoss starteten sie eine Art Zeitreise, die erst zu Dinosaurierskeletten und dann zu lebensecht nachgebauten Mammuts führte. Mädchen und Jungs einer Primarschulklasse rannten um sie herum, und Mia beobachtete fasziniert, dass Maxis Interesse an den Exponaten dem der Schulkinder in nichts nachstand.

Auf ihrem Gang durch die Ausstellung sog er alles in sich auf: die ausgestopften Biber, die lebenden Frösche, die überdimensionierte Blumenwiese, in der man sich selbst winzig wie ein Käfer vorkam – aber auch alles, was Mia zu berichten wusste. Hin und wieder unterbrach er sie, wollte ein Detail genauer wissen, hinterfragte etwas, bat um Aufschluss.

»Es steht außer Frage, dass die Gören der Opligers in Lenk waren?«, hakte er nach, als sie gerade vor den zwei ausgestopften Hirschen standen. Die kundigen Museumsmacher hatten die braunfelligen Tiere so aufgestellt, dass ihre Geweihe frontal aufeinanderprallten und es aussah, als ob sie sich gegenseitig über den Brunftplatz schoben.

»Definitiv. Das wollte ich dir gestern schon schreiben. Aber du hast ja nie geantwortet.«

»Ich habe deine Nachrichten nicht angeschaut, da dein Handy verseucht ist«, meinte er ungezwungen.

»Wie bitte?«

Verwundert sah sie ihn an.

Er deutete auf seine Umhängetasche. »Da drin ist alles, was wir brauchen, um das Gerät zu säubern. Aber das machen wir später. Vielleicht unten im Café Friedrich. Fakt ist, dass mein Virenschutzprogramm alle deine Nachrichten blockiert. Das ist wie ein Schnupfen. Irgendwas hast du aufgeschnappt, und ich vermute, ich weiß auch schon, wo das war und wie das passiert ist.«

»Sprich's nicht aus«, seufzte Mia. »Es war das WLAN bei den Opligers, stimmt's?

»Vermutlich. Aber vorerst interessiert mich diese App namens UMM, von der du gesprochen hast. Kannst du sie mir zeigen?«

»Klar.«

Mia öffnete die Bildergalerie ihres Handys und suchte nach dem abfotografierten Icon der UMM-App. Mit zwei

Fingern wischte sie nach oben, um die Zoomstufe anzupassen, und vergrößerte schließlich die Datei. Gebannt starrte Maxi Winter auf den Bildschirm.

»Sieht aus, als hätte ein drittklassiger Künstler die Logos des VHEMT und der Extinction Rebellion zusammengequetscht«, wiederholte Mia den Gedanken, der ihr tags zuvor schon durch den Kopf gegangen war.

»Hm«, brummte Maxi. »Der Mensch erscheint im Holozän.«

»Was?«

»Ist von Max Frisch«, erläuterte er. »Cooler Titel, aber inhaltlich leider falsch. Der Mensch erscheint nämlich im Pleistozän. Trotzdem benutzen die Leute von Extinction Rebellion den Kreis als Symbol der Erde sowie eine von diesem Kreis umschlossene stilisierte Sanduhr, die das Holozän-Artensterben darstellen soll. Das VHEMT, also die Bewegung für das freiwillige Aussterben der Menschheit, greift ebenfalls auf das Symbol der Erdkugel zurück.«

Mia Abderhalden beugte sich vor, um das Icon auf ihrem Handy noch einmal zu betrachten. Ein schlecht gezeichneter Kreis, leicht ins Ovale abdriftend, wurde von dem Schriftzug ›Unsocial Media Matters‹ umspannt. Jeden Kinogänger hätte es unweigerlich an das Logo der Universal Pictures erinnert. Noch während sie das Icon betrachtete, fiel Mia auf, dass Maxi ungewohnt still geworden war. Hinter ihnen ertönten Kinderschreie, die auf Begeisterung schließen ließen.

»Sagt dir das was?«, erkundigte sich Mia.

»Kann sein«, meinte er wortkarg und senkte den Blick auf den Bildschirm. Es schien, als wollte er eintauchen in diese Welt aus Nullen und Einsen.

»Kann sein? Oder ist es so?«

»Ich will dir keine Angst machen«, antwortete er hochschauend, »aber wenn es das ist, was ich befürchte, stecken wir metertief in der digitalen Scheiße.«

FREITAG, 13. MÄRZ 2020 | BASEL

1

Die Welt war verrückt geworden, alle waren sie verrückt geworden: die Politiker, die Industriebosse, die Bonzen, die Wissenschaftler, die Hausfrauen und -männer, die Büezer und schlichtweg alle, die man an einem normalen Tag auf der Straße antraf – sofern Herr und Frau Schweizer sich noch nach draußen getrauten, diese Schisser.

»Fuck Corona!«, rief Hamid durch den Raum.

»Prost!«, kam es unter Flaschenklirren zurück. Natürlich waren es Corona-Bierflaschen, was denn sonst? Wenn schon Humor, dann rabenschwarzer, besonders an einem Freitag, dem 13. Bereits auf der Anreise vor zwei Tagen hatte Hamid, dieser Kindskopf, für fragwürdige Unterhaltung gesorgt, indem er an allen möglichen und unmöglichen Orten eine Corona-Flasche deponierte und abfotografierte. Eine beinahe kindische Freude war ihm anzusehen gewesen, als er den Bildern grinsende Emojis hinzufügte oder immer wieder mit den Fingern auf dem Handy nach rechts strich, um einen einfachen Farbfilter für sie anzuwenden. Jedes einzelne Pic hatte er auf Instagram Stories hochgeladen und mit markig-lustigen Sprüchen getaggt. Seine Favoriten waren: »Bahnhof Basel wie leergefegt – Corona ist schon hier« und »Corona matata«.

Mit einer skurrilen Mischung aus Enttäuschung und einer Jetzt-erst-recht-Attitüde überblickte Maxi Winter die Turnhalle. Bloß zwei Dutzend Leute hatten sich hier eingefunden. Eine ernüchternde Anzahl, wenn man die ganze Vorarbeit in Betracht zog. Ganze 14 Monate lang hatten Maxi und die restlichen Vorstandsmitglieder des Cyber-Teams Schweiz die LAN-Party geplant. Neun Kilometer Elektro- und Netzkabel hatten sie verlegt, über 300 Tische gemietet und in ihrer Freizeit in die riesige Mehrzweckhalle getragen. Es gab einen Kiosk, an dem sie Gratis-Kaffee ausschenken und selbstgemachten Kuchen verkaufen wollten. Die Teilnahme an dem Event sollte einen Hunderter kosten; abgerechnet pro Tisch, nicht pro Computer. Mitte Januar lag der Stand der Anmeldungen bei 327 Personen.

Und dann kam das Virus.

2

Am ersten Tag der Convention hatten sich die Gamer noch dem ursprünglichen Zweck der Veranstaltung verschrieben: Abwechselnd spielten sie Counter Strike, Quake oder Fortnite, wobei sie WWCL-Punkte für das weltweite Ranking sammelten. Doch Spaß kam nie so richtig auf. Wie ein Leichentuch legte sich die trübe Endzeitstimmung über Basel. Nach einer außerordentlichen Sitzung des Bundesrats, bei der die Situation in der Schweiz aufgrund der grassierenden Ausbreitung des Coronavirus als »besondere Lage« gemäß Epidemiegesetz eingestuft worden war, war bereits die Basler Fasnacht abgesagt worden.

Nach und nach kam das soziale Leben zum Stillstand. Während im deutschen Lörrach, nicht einmal zehn Kilometer jenseits der Grenze, munter Fußball gespielt und Theatervorstellungen und Kinos besucht wurden, erfasste eine Absagewelle die Schweizer Veranstaltungskalender.

›Social Distancing‹ war das Schlagwort der Stunde.

Die Empfehlung lautete, Abstand von den Mitmenschen zu halten, größere Menschenansammlungen zu meiden, den obligaten Handschlag wegzulassen und – was manche Schweizerinnen und Schweizer womöglich am meisten schockierte – sich nicht mehr traditionell mit den berühmten drei Wangenküsschen zu begrüßen. Dass dies leichter gesagt war als getan, bewies Gesundheitsminister Alain Berset gleich selbst, indem er unmittelbar nach Verkündung der neuen Verhaltensregeln sich vor laufender Kamera von seiner Parteigenossin Heidi Hanselmann per Handschlag verabschiedete.

Die ganze Nation sah zu und wunderte sich.

Dass das Coronavirus nicht nur Kranke und Tote mit sich brachte, sondern auch eine Verunsicherung der Bevölkerung, die mit jener nach den Terroranschlägen vom 11. September 2001 zu vergleichen war, merkte Maxi an den Absagemails, die laufend bei ihm eintrudelten.

Aus dem harten Kern der Truppe waren schließlich außer Maxi nur vier weitere an der LAN-Party aufgetaucht: der Bündner Andrin Caviezel, die beiden aus dem Rheintal, nämlich die Grabserin Lara Eggenberger und der Heerbrugger Kilian Eugster, sowie Hamid Khader, dessen maghrebinisches Aussehen leicht darüber hinwegtäuschen konnte, dass er, wie Maxi Winter, ein Stadtzürcher war und in der breitesten Zürischnurre Sprüche vom Stapel lassen konnte.

Alle waren sie auf derselben Strecke angereist. Spätestens ab Sargans saßen Andrin, Lara und Kilian gemeinsam in einem geschlossenen Sechserabteil eines alten ÖBB-Waggons, der von Wien über den Arlberg nach Zürich fuhr. Ab Zürich Hauptbahnhof waren sie dann zu fünft.

Andrin Caviezel schlenderte auf Maxi zu. Der Bündner führte den Schraubdeckel einer Edelstahl-Thermoskanne an den Mund. Es war der x-te Kaffee, den er an diesem Tag schlürfte. Sein Manowar-T-Shirt war mit irgendeiner undefinierbaren roten Soße bekleckert.

»Beängstigend, nicht?«, begrüßte ihn Maxi, wobei seine ausgestreckten Hände in einer Kreisbewegung die fast menschenleere Halle umschlossen.

»Deprimierend«, entgegnete Andrin. »Dabei ist das Virus für unsere Altersgruppe ungefährlich. Bei Kindern und Jugendlichen tritt die Erkrankung vergleichsweise selten auf. Falls es mal passiert, dann mit mildem Verlauf.«

»Stimmt schon, aber vielleicht ist es trotzdem falsch, dass wir hier sind«, gab sich Maxi selbstkritisch. »Wir alle sind potenzielle Überträger, eigentlich sollten wir die Schwächsten in der Gesellschaft schützen.«

Die Eintönigkeit der Tischreihen wurde lediglich durch einen bunten Fleck unterbrochen, wo sich die Spielenden mit ihren Laptops eingerichtet hatten. Ausnahmslos saßen sie in der strategisch günstigen Ecke nah beim

Hallenausgang, damit es schnell ging, wenn man auf die Toilette musste. Einige hatten sogar ihre Schlafsäcke auf Sportmatratzen ausgerollt.

»Hast du die Börsenkurse angeschaut?«, fragte Andrin zwischen zwei Schlucken. »Krass, was da abgeht.«

Maxi nickte. Es war eine weltweit rabenschwarze Finanzwoche. Im Einklang mit allen anderen europäischen Börsen sackte der Swiss Market Index, kurz SMI, um fast zehn Prozent in die Tiefe, die schlimmste Talfahrt seit über 30 Jahren. Verluste, die in die Milliarden gingen.

»So eine Krise wird die Gesellschaft wahrscheinlich auf Jahre hinweg prägen. Das ist ein Stresstest für uns alle. Homeoffice wird nicht mehr verschmäht werden, Unis und weiterführende Schulen werden den Sinn von Präsenzveranstaltungen überdenken müssen, die Leute flüchten sich noch mehr in soziale Netzwerke, als sie es jetzt schon tun.«

»Und es ist gut fürs Klima«, ergänzte der Bündner in der für ihn typischen arglos-naiven Weltsicht.

»Das auch.«

Vor drei Tagen hatte Maxi aktuelle Bilder der NASA gesehen, die einen deutlichen Rückgang der Luftverschmutzung über dem Reich der Mitte zeigten. Zunächst war die Abnahme der Belastung nur bei der zentralchinesischen Millionenstadt Wuhan erkennbar gewesen, wo höchstwahrscheinlich der Ursprung der Pandemie lag. Schnell breitete sie sich aber im ganzen Land aus, eine für alle Augen sichtbare Erholung der Umwelt. Gestrichene Flüge, gedrückte Emissionen, gesunkene Produktivität: Staatlich verordnete Quarantäne sowie freiwillige Selbstisolation halfen dem Klima- und Naturschutz. Was Greta Thunberg und die Klimajugend nicht zustande brachten, gelang vielleicht dem kranzförmigen, mikroskopisch kleinen SARS-CoV-2. Neuesten Satellitenfotos zufolge war auch die Luft über Süd- und Westeuropa sauberer geworden. In der Atmosphäre über mehreren europäischen Ländern ging der Anteil an Stickoxid und ähnlich gefährlichen Substanzen zurück.

»Also, ich find's geil.«

»Ich will ja kein Spielverderber sein«, meinte Maxi, »aber freu dich nicht zu früh. Nach jeder Wirtschaftskrise ist es früher oder später zu einem Anziehen der Konjunktur gekommen. Inklusive steigender Emissionswerte. Man könnte meinen, eine Katastrophe bringe die Menschen zum Umdenken. Aber dem ist nicht so. Business as usual. It's all about the money.«

»Meinst du?«

»Leider«, bekräftigte Maxi, »sonst hätten wir schon längst flächendeckend Windräder, Wärmepumpen und Fotovoltaik-Anlagen. Oder zehnmal höhere Preise für Flugreisen, Offroader und Streamingdienste. Ja, wenn ich's mir recht überlege, Streamingdienste, das ist es. Vor allem fürs Internet müsste man tief in die Tasche greifen.«

»Wieso?«

Verblüfft sah ihn Andrin Caviezel an.

»Die Sache ist die«, erklärte Maxi mit zusammengekniffenen Augen, während er Lara, Hamid und Kilian beobachtete, die von ihren Plätzen aufgestanden waren und auf sie zukamen. »Eine halbe Stunde Streaming entspricht etwas über eineinhalb Kilogramm freigesetztem Kohlendioxid.«

»So viel?«

Maxi trat zwei Schritte zurück, um sich mit dem Rücken an die hölzerne Sprossenwand zu lehnen. Lara, inzwischen bei ihnen angekommen, mischte sich ungeniert ins Gespräch ein: »Andrin, du Schluchtenscheißer, so was weißt du nicht? Ihr Bündner seid ja wirklich Hinterwäldler. Maluns, Capuns und Pizokel kennt ihr, aber keine Ahnung von Treibhausgasen.«

Laras Anwesenheit beruhigte Maxi, sie erdete ihn. Wenn Kilian in der Nähe war, dessen Naturschutzfimmel zuweilen etwas Missionarisches an sich hatte, musste er sich stets zusammenreißen. Nie konnte der Rheintaler den Mund halten. Allen rieb er auf wenig subtile Art seine Ansichten unter die Nase – und die ließen manchmal keinen Widerspruch zu, so streitbar, wie er sie vertrat.

»Ihr habt sicher Kompensation bezahlt für eure Anwesenheit hier?«, stellte er mit barschem Ton eine Frage in den Raum, die eher etwas von einem Vorwurf hatte.

»Kompensation? Wofür?«

»Fürs Klima, du Honk.«

»Verstehe ich nicht«, meinte Andrin.

Um einer weiteren, womöglich noch schlimmeren Beleidigung zuvorzukommen, schritt Maxi ein: »Wenn wir einen Film schauen, zum Beispiel auf Netflix, Amazon Prime oder Swisscom TV, verpesten wir die Luft. Ein Zwei-Stunden-Film ist ungefähr so schädlich wie eine Autofahrt von 25 Kilometern.«

»Da kommt doch nur Luft aus dem PC. Das ist die Kühlung. Da wird doch kein Benzin verbrannt oder so …«

Die drei anderen Gamer sahen sich an. Manchmal mussten sie sich zusammenreißen angesichts Caviezels Naivität.

»Die Kühlung verbraucht Strom, du Hirni«, meinte Lara und stupste Andrin freundschaftlich in die Rippen. Den Corona-Sicherheitsabstand von mindestens zwei Metern hielt niemand von ihnen ein.

»Der eigene Computer ist nicht das Problem«, ergänzte Hamid. »Es geht um die Server, auf denen die Originaldateien liegen. Die verschlingen eine Unmenge an Energie. Alle Rechenzentren müssen auf eine bestimmte Temperatur abgekühlt werden, damit die Server nicht überhitzen. Irgendwo habe ich mal gelesen, dass der weltweite jährliche Energieverbrauch durch Streaming so groß ist wie der von ganz Spanien.«

»Und er steigert sich ohne Unterbruch«, warf Kilian ein. Seine Frage nach der Klimakompensation schien er zum Glück vergessen zu haben. »Das Abkühlen der extern gelagerten Unternehmens-Server verbraucht selbst an kleineren Rechenzentren pro Tag Tausende von Litern Wasser. Eigentlich müssten wir bewusster surfen, bewusster Mails verschicken und bewusster gamen. ›Back to the Roots‹ wäre gar nicht mal so schlecht fürs Klima. Kennt jemand von euch noch die alten Sega-Konsolen? Die mit den Spiele-CDs? Oder die von Nintendo mit den klobigen Modul-Kassetten, die man einschieben musste? Die Dinger waren zwar hauptsächlich aus Plastik, aber nach ihrer Produktion waren sie zumindest nicht mehr klimafeindlich. Das war dann nur noch Abfall, was fürs Recycling. Heutzutage hat jeder Idiot Zugang zum Internet. Im Prinzip müsste man eine Aufnahmeprüfung verlangen. Wie beim Autofahren.«

»Und was soll das bringen?«

»Was das bringen soll? Schau mal in dein Handy! In den letzten Tagen wurde ich nur noch zugemüllt. Der reinste Datenscheiß, der da reinkommt. Blöde Fotos und GIFs zu den Themen Pandemie, Seuchen und Corona. Und du, Hamid, bist der Erste, der bei dieser Idioten-Stafette mitmacht.«

Der Angesprochene grinste dümmlich. Er wollte etwas erwidern, doch Kilian ließ ihm keine Chance. In einem Tonfall, der leicht höhnisch klang, fuhr er mit seiner Tirade fort: »Wisst ihr, was man früher, als es noch kein Internet gab, in so einer Situation gemacht hat? Da hätte man um 19.30 Uhr die Nachrichten angesehen, auf die Experten gehört und kommentarlos deren Ratschläge befolgt. Händewaschen, ins Taschentuch schnäuzen und das ganze Zeugs.«

Zu gern hätte Maxi seinen Vereinskollegen darauf aufmerksam gemacht, dass sie alle in den letzten 24 Stunden mehr als 15 Minuten in nächster Nähe aufeinandergesessen hatten, ließ es aber sein. Einen Streit vom Zaun zu brechen, war es nicht wert. Das soziale Zusammenleben in der Schweiz würde in den nächsten Wochen eh vor die Hunde gehen.

»Habt ihr das von Indien gehört?«, fuhr Kilian Eugster fort. »Eine Politikerin der Regierungspartei hat doch tatsächlich ihrem Wahlkreis den Rat erteilt, Kuhfladen zu verbrennen und den Rauch zu inhalieren. Kühe seien heilig, und dieses Heilmittel schütze deshalb vor Viren. Hier in der Schweiz hat ein FDP-Nationalrat getwittert, man möge sich doch mit homöopathischen Kügelchen eindecken, die würden schon helfen, wenn es hart auf hart komme. Dieser Stuss wird digital verbreitet, geteilt und multipliziert, Tag für Tag, Stunde für Stunde. Jetzt. In diesem Moment. Es ist zum Weinen.«

»Leb damit, Kilian«, meinte Lara mit der ihr eigenen Gelassenheit. »Was willst du schon dagegen machen? Chill mal. Das Problem mit diesen Fake News ist, dass sie sich schneller verbreiten, als sie entlarvt werden können. Menschliche Dummheit ist wie das Coronavirus: Die lässt sich nicht aufhalten.«

»Wie ein Virus?«, horchte Eugster auf.

Der neuartige Tonfall in seiner Stimme erinnerte an das Erhabene eines bekehrten Christen.

3

Für den Rest des Tages separierte sich Kilian Eugster von der Gruppe. Während die LAN-Party allmählich zum Erliegen kam, je näher die neueste, diesmal wohl denkwürdige Pressekonferenz des Bundesrats rückte, saß der Rheintaler allein vor seinem Laptop und starrte unentwegt auf den Bildschirm.

Maxi Winter indes hatte sein iPhone per Airplay an zwei Lautsprecher und einen LCD-Beamer angeschlossen, dessen Objektiv er auf die grauweiße Ziegelmauer richtete. Mittels Fernsteuerung fuhr er die Storen der Turnhallenfenster herunter, sodass der Raum abdunkelte. Über seinen Account bei Swisscom TV Air schaltete er auf SRF1. Das Bild aus dem Medienzentrum des Bundeshauses zeigte vier der sieben aktuellen Magistrate. Am leicht gebogenen Konferenztisch saßen – von links nach rechts – Guy Parmelin, Karin Keller-Sutter, die Bundespräsidentin Simonetta Sommaruga und Alain Berset; die fünfte Person am rechten Bildrand war der Vizekanzler und Bundesratssprecher André Simonazzi, der die Leitung der Pressekonferenz innehatte.

»Lauter«, maulte ein Gamer, woraufhin Maxi den Lautstärkeregler nach oben schob.

»Pump das Volume voll ume!«, zitierte Hamid Khader grölend aus dem ›Hippie-Bus‹ des Reggae-Musikers Dodo.

Für die folgenden 90 Minuten legte sich eine bedrückende Stille über die Halle. Sobald die Politikerinnen und Politiker auf Deutsch sprachen, lauschten alle; wechselten sie ins Französische, um das eben Gesagte auch für die Romandie zu wiederholen, erhob sich sogleich Gemurmel. Zwei der Gamerinnen umarmten sich, andere hielten Händchen, wiederum andere blickten verstört zur Projektion an der Wand, wo der Gesundheitsminister eben noch von Schulschließungen und einer noch nie dagewesenen Einschränkung von öffentlichen und privaten Veranstaltungen gesprochen hatte.

Einige riefen wild durcheinander. Im Sekundentakt hagelte es Kommentare, Mutmaßungen und Galgenhumor, auch irritiertes Nachhaken und unbedarft ausformulierte Unsicherheiten. Was sie einte, war die Frage, was all dies für die unmittelbare Zukunft zu bedeuten hatte. Die Pressekonferenz holte sie aus der virtuellen Welt in die reale zurück.

»Das Virus ist doch schon längst hier, oder nicht?«, meinte Lara Eggenberger. »Oder steht das jetzt in Chiasso vorm Zoll? Was bringt es, die Teilnehmerzahl von Veranstaltungen auf 100 zu beschränken? Wieso nicht gleich verbieten?«

»Das kommt schon noch«, prophezeite Maxi düster. »In spätestens zwei Wochen ist alles dicht. Restaurants, Läden, Museen, die Grenze zum Ausland.«

»Glaubst du?«

Im Hintergrund sah Kilian Eugster zum ersten Mal von seinem Computer hoch. Mit vor der Brust verschränkten Armen verfolgte er das Gespräch.

»Ja.«

Das Licht des Laptop-Screens, das in der dunklen Halle intensiv leuchtete, brachte Kilians Wangen zur Geltung. Wie bei einer Lagerfeuergeschichte, während welcher man das eigene Gesicht von unten anstrahlte, damit es ebenso gruselig wirkte wie die Figuren, von denen man erzählte. Kilian räusperte sich, bevor er sich einmischte.

»Du bist wirklich der Meinung, dieser kleine Scheißer von Virus wird uns die Hölle heißmachen?«, rief er dazwischen.

»Sieht so aus.«

»Die Flieger werden am Boden bleiben, das Wasser im Canal Grande wird plötzlich glasklar sein und in den Millionenmetropolen kann man wieder die Fenster öffnen, ohne zu ersticken?«

Noch immer registrierte Maxi Winter einen veränderten Gesichtsausdruck bei seinem Vorstandskollegen des Cyber-Teams. Im Fernsehen hatte Keller-Sutter das Wort übernommen. Etwas an Kilian erinnerte an die gesteigerte Wachsamkeit eines Beutetiers, was in dieser Situation nicht mal so abwegig war. Oder war es vielmehr die Wachsamkeit eines Raubtiers? Unmöglich, es einzuschätzen.

»Ein Virus schafft, was die Fridays-for-Future-Bewegung bisher nicht geschafft hat«, bemerkte Eugster, den Blick bereits gesenkt und wieder auf den Computer gerichtet.

TAG 14 | AARAU-BERN

1

Wie das digitale Ziffernblatt ihres Weckers verriet, erwachte sie gegen 4 Uhr in der Früh. Ihre Blase drückte, und schnell schlüpfte Mia in ihre Pantoffeln, diese bequemen Henry-the-Sloth-Hausschuhe, die ihr ein Ex-Freund vor zwei oder drei Jahren geschenkt hatte. Wenn man von oben auf die Schuhe herabschaute, sah es aus, als läge ein zu einem wolligen Knäuel zusammengerolltes Faultier auf Mias Füßen. Zudem war die Farbe ihres Pyjamas fast gänzlich ausgewaschen. Zum ersten Mal seit Langem empfand es die Journalistin als unangebrachte Herausforderung, dass sie im Grunde so wenig auf Äußerlichkeiten gab. Nun rächte es sich, denn draußen, auf der Couch in der Stube, lag Maxi. Himmel, wenn er sie in diesem Aufzug erblickte!

Den ganzen gestrigen Tag hatten sie miteinander zugebracht. Nach dem Besuch des Naturamas hatten sie stundenlang in der Altstadt verweilt und waren anschließend zu Mia nach Hause gegangen, wo sie schier endlos in die Weiten des Internets abtauchten, um nach Meldungen über die UMM-App zu recherchieren, bevor ihnen vor Müdigkeit fast die Augen zufielen.

Nun tänzelte die Journalistin von einem Bein aufs andere, bis sie es nicht mehr aushielt. Leise öffnete sie die Tür, um an dem Schlafenden vorbeizuhuschen. Sie schärfte sich ein, ja kein Geräusch zu machen, doch Maxis Tasche und seine Kleider, die in wilder Unordnung auf dem Boden lagen, erschwerten das Vorhaben. Den halben Weg zum Klo bereits hinter sich, stieß sie mit dem Knie an die Kante des verrutschten Stubentischchens. Es tat höllisch weh.

»Alles in Ordnung?«

»Scheiße. Ich meine – tut mir leid«, entfuhr es ihr.

»Schon okay.«

»Hab ich dich geweckt? Oh, mein Gott, hab ich etwa geschrien?«

Eine Sekunde später war ein gedämpftes Klopfen aus der Mansardenwohnung über ihnen zu hören.

»Antwort genug?«, grinste Maxi.

Ohne bemerkt zu haben, dass sie sich weiterbewegt hatte, fand sich Mia in der Toilette wieder. Erschöpft und beschämt zugleich sank sie auf die Keramikschüssel.

»Soll ich einen Tee aufsetzen? Oder einen Kaffee machen?«

Tee? Kaffee? Um 4 Uhr morgens? Sie wollte gerade ablehnen, als ihr müder Geist doch noch auf Touren kam. Ihr Besucher gab ihr so die Möglichkeit, ihr Geschäft ungestört zu verrichten. Wie süß war das denn?

»Ähm, ja. Ein Tee wäre nicht schlecht.«

Geraschel vor der Tür. Schritte, die sich entfernten, gefolgt von einem kurzen: »Ich finde schon alles. Komm einfach nach in die Küche.«

2

Wenige Minuten später, nachdem sie sich auf die Schnelle vor dem Toilettenspiegel schick gemacht hatte, saßen sie an der robust wirkenden Bar. Tisch und Hocker bestanden aus lackiertem Akazienholz. Die klobigen Einzelteile waren derart gut zusammengeschraubt, dass es mehrere Axtschläge gebraucht hätte, um die Fußablage abzuhacken. Mia konnte es Maxi gar nicht hoch genug anrechnen, dass er ein Teelicht in einem Stövchen entzündet hatte, anstatt die grelle Deckenbeleuchtung anzuknipsen.

»Habe ich dich geweckt?«, wiederholte sie die Frage von vorhin.

»Du hast zwar geschrien, aber ich war schon wach.«

»Schlafprobleme?«

»Nicht chronisch, keine Sorge, bloß akut. Ich hab nachgedacht.«

»Über gestern? Über das, was du mir von diesem Rheintaler erzählt hast?«

Maxi hatte sein Smartphone vor ihnen auf den Tisch gelegt und schob es so hin, dass sie gemeinsam auf den Bildschirm sehen konnten. Als er nacheinander drei Tabs öffnete, wirkte seine Miene verbissen-grimmig. Zugleich erschien sie Mia auch voller asexueller Unschuld, zumal er nicht den geringsten Blick zur Seite wagte. Ihr Pyjama war ein rosa Kapuzenoverall mit weißen Tupfen, der vollständig aus warmem Fleece bestand. Es sah aus, als spielte die Journalistin gedankenverloren mit ihrem Reißverschluss, den sie mal hochzog, mal wieder öffnete, doch insgeheim war es pure Berechnung.

Dass der Hacker immun gegen diese Spielchen war, erregte Mia umso mehr. Sowohl im positiven wie auch im negativen Sinn.

»Das ist die Website von Downdetector«, erklärte Maxi. »Sie sammelt Statusberichte in Echtzeit und zählt auf, wo es Ausfälle oder Dienstunterbrechungen gibt und welche Unternehmen Probleme haben. Die listen einfach alles: Mobilfunk- und Internetanbieter, Onlinespiele, den Finanzbereich. Schau mal die Störungsmeldungen für die Schweiz an. Das hier war die Nummer eins im letzten Monat.«

Mia beugte sich vor.

»Escape from Tarkov«, las sie. »Was ist denn das?«

»Ein First-Person-Shooter. Die hatten Probleme mit der Server-Verbindung und mit dem Einloggen. Peanuts. Aber jetzt schau dir mal die Top drei der vorletzten Woche an.«

Maxi öffnete das zweite Tab.

»Kantonale Viehschau Appenzell, Kopierverbot, Die braune Schweiz – Informationsplattform gegen Rechtsextremismus«, las die Journalistin vor, völlig ahnungslos, worauf Max aus war.

»Schau genauer hin: Da steht Kupierverbot, nicht Kopierverbot.«

Im Gegensatz zum flackernden Kerzenschein machte der Screen eindeutig jegliche aufkommende Romantik zunichte: im Keim erstickte Erotik.

»Okay. Ku–pier-ver-bot«, wiederholte Mia, jede Silbe einzeln betonend. Ihre Gedanken kreisten in Slow Motion durch ihr Hirn, so müde war sie noch.

Unbeirrt begann Maxi zu erläutern, was den Webseiten widerfahren war: »Bei allen dreien gab es enorme Datenlecks und Sicherheitslücken. Jeglicher Mailverkehr der User war öffentlich einsehbar, ebenso ihre Namen und Adressen. Bei der Viehschau wurden Tausende von Dokumenten an irgendwelche Personen verschickt, zum Beispiel Begleitschreiben zur Sömmerung auf Allmenden und Maiensäßen oder Infos zu TVD-konformen Ohrmarken, Milchentschädigung und Krautgeld. Was immer das auch ist, dieses Krautgeld.«

»Und bei den Hunden?«

»Bei der Tierschutzwebsite wurden vor allem Daten gemailt, bei denen es um das Importverbot für Hunde ging, die an der Rute oder an den Ohren kupiert wurden. Außerdem gab es Begleitschreiben zur Tollwutimpfung und sonstige Einfuhrbestimmungen. Hauptsächlich aber wurden im Attachment JPGs verschickt: Fotos von kupierten Ruten. Eine ausführliche Dokumentation von Verstümmelungen, Infektionen und Wucherungen an den besagten Stellen.«

Maxi Winter brach kurz ab, um einen Schluck Tee zu nehmen. Ein einziger vertikaler Strich zierte Mias Stirn, als sie nachdenklich vom Handybildschirm hochblickte.

»Worum geht es hier, Maxi?«

»Salopp gesagt, um pralle Euter und beschnittene Schwänze.«

»Hä?«

»Ich denke, wir haben es mit so etwas wie einem umgekehrten Schulfilter zu tun«, dozierte er beinahe schon lehrerhaft. »Das ist ein relativ neuer Begriff aus der Pädagogik. Mit dem sogenannten Bildungsinternet ist man bestrebt, jegliche verstörenden Inhalte von Schulkindern fernzuhalten. Ein Drittel des Datenverkehrs im Web besteht nämlich aus Pornografie, und die häufigste Abfragezeit ist zwischen 9 Uhr morgens und 17 Uhr abends, wenn unsere lieben Kleinen eigentlich Mathe und Deutsch büffeln sollten. Unentwegt bekommen Minderjährige Zugriff auf diese Sachen, sei es in einer der Pausen oder im Unterricht selbst, wenn die Lehrkräfte mal nicht aufpassen. Ein Schulfilter verhindert den gröbsten Unfug. Sex mit Tieren, Suizide, Snuff Movies und all der Scheiß wird gefiltert und gesperrt.« Maxi Winter war in seinem Element, er schien aufzublühen wie eine Seerose. »Dazu reicht eine aktive Blacklist oder ein einfacher Content-Filter, den man selbst mit Begriffen füttert.«

Mias Hirn köchelte noch immer auf Sparflamme. All dies kannte sie, diese Begriffe und Fachwörter, das ganze Kauderwelsch der Digitalisierung. Als Journalistin für Massenmedien und Internet hatte sie in den letzten Monaten ausreichend mit der Thematik zu tun gehabt. Die Verbindung, die Maxi aufgefallen war, entzog sich ihr jedoch.

»Wieso ein umgekehrter Filter?«

»Weil das Schadprogramm, das du dir in Luzern mit deinem Handy eingefangen hast, gezielt nach vorgegebenen Begriffen sucht.«

»Tut mir leid, ich sehe den Zusammenhang nicht ganz. Was hat dieses linksgerichtete Portal mit der Viehschau und einer Hunde-Website gemeinsam?«

»Das Scunthorpe-Problem.«

»Das was? Ich raffe das immer noch nicht. Bitte, Maxi, erkläre mir das in einfachen Worten. Schritt für Schritt.«

Sie tröstete sich mit dem Gedanken, dass es viel zu früh am Morgen war, und griff nun ebenfalls nach ihrem Tee. Maxis Magen knurrte. Einen Moment lang sahen sich die beiden an, dann musste die Journalistin lachen. Sie stand auf, um aus dem Küchenschrank eine Wernli-Packung Japonais zu holen, die sie geöffnet auf den Tisch stellte.

»Bediene dich.«

Eine Einladung, welcher der Hacker nicht widerstehen konnte. Erleichtert griff er zu.

»Stell dir vor, du bist Lehrerin. Oder Direktorin. Oder einfach für die Online-Sicherheit deiner Schützlinge zuständig. Dann kaufst du dir einen handelsüblichen Filter und tippst Begriffe ein, nach denen die Schülerinnen und Schüler nicht suchen sollten. Sex, Bumsen, Ficken, Penis, Schwanz, Pimmel, Muschi und Fotze zum Beispiel. Oder Schniedel, Dödel, Piephahn.«

»Ja, ja, schon kapiert«, gluckste sie kichernd, nicht ohne ein weiteres Mal ihren Reißverschluss wieder ein wenig zu öffnen. Herrje, sie fühlte sich wie ein Teenager. Zurückversetzt in die pickligste Girlie-Zeit.

»Riemen, Rüssel, Wunderhorn?«

Da war sie, diese Situation, die sie erstmals einander näherbrachte. Mia versuchte noch, das Lachen zurückzuhalten, doch es half alles nichts. Sie prustete los. Die Hand vor dem Mund, rann ihr der Tee zwischen den Fingern hindurch das Kinn hinab und tropfte auf die Tischplatte.

»Posaune von Jericho?«, schob Maxi unnachgiebig nach.

»Aufhören.«

»Zebedäus?«

Der IT-Security-Analyst grinste.

»Das Prinzip habe ich verstanden«, meinte Mia, während sie sich mit einem Taschentuch die Kinnpartie abwischte. »Weiter.«

»Gut, nachdem du diese Begriffe eingetippt hast, blockiert dein Filter fortan Websites, Beiträge in Internetforen oder irgendwelche Suchmaschinenresultate, vielleicht sogar ganze E-Mails. Im Grunde alles, was eine Zeichenkette enthält, die dir obszön erscheint. Jetzt kann nichts mehr passieren, meinst du. Falsch gedacht! Vor Jahren gab es zum Beispiel in Baden-Württemberg Probleme, als sich Tausende von Studierenden an den Unis für das Staatsexamen anmelden wollten. Sie fanden schlicht die Seiten nicht, obwohl sie die korrekten Links und Zugangsdaten besaßen. Da im Wort ›Staatsexamen‹ die indizierte Zeichenkette ›Sex‹ vorkommt, blockierten Uniserver rigoros Teile der eigenen Website.«

»Lass mich raten. Das ist dieses Problem, das du genannt hast. Wie heißt es schon wieder?«

»Scunthorpe-Problem, ja«, bestätigte Maxi. »Es ist nach einer Stadt in der englischen Grafschaft Lincolnshire benannt, wo es zuerst auftrat. Das war irgendwann Mitte der 90er. Ein Obszönitäten-Filter sperrte die Website, weil sie das Wort ›cunt‹ enthielt. Genauso gut werden im Deutschen Seiten gesperrt, in denen das Wort ›Nachbarschaft‹ vorkommt.«

»Wieso?«

»Weil es den Begriff ›Arsch‹ enthält.«

»Logo.« Mia tippte sich an die Stirn. »Aber du hast von einem umgekehrten Suchfilter gesprochen. Wie hast du das gemeint? Inwiefern umgekehrt?«

»Das, was sich in deinem Handy eingenistet hat, blockiert keine sexuellen Inhalte. Im Gegenteil, es sucht aktiv danach. Das haben wir bei Sommerhalder und den verschickten Nacktfotos von Larissas Zahnspangenfreundin, dieser Leah, gesehen. Bei Martin Opliger und der Bewertung seiner Puffbesuche war es dasselbe. Diese UMM-App ist ziemlich sicher auf den Smartphones dieser Leute zu finden, denn Larissa und die Kinder dieser

Opliger-Familie waren im JUSKILA in Lenk. Dort hatten sie Kontakt zueinander.«

»Und zu 600 weiteren Jugendlichen«, bemerkte Mia.

»Ja, diese Malware ist richtig fies. Kaum auf den Geräten implementiert, schlummert sie monatelang. Ihre Inkubationszeit, um mal einen medizinischen Begriff zu verwenden, ist um einiges schlimmer als beim Coronavirus. Bei dem betrug die Zeitspanne zwischen der Ansteckung und dem Auftreten erster Symptome zwischen fünf Tagen und zwei Wochen. Ausreichend Zeit also, um sich explosionsartig im ganzen Land zu verteilen. Bis ins hinterste Bergdorf drang das Virus vor. Wenn du mich fragst, war der Chemielehrer einfach unser Patient null.«

»Du meinst, dieses Computervirus ist inzwischen auf allen Schweizer Handys drauf?«

»Mehr oder weniger.« Mia Abderhalden hielt nach irgendeinem Anzeichen Ausschau, dass Maxi log oder übertrieb, aber sein offen wirkendes Gesicht ließ sie überhaupt nicht an seiner Aufrichtigkeit zweifeln. Auf die noch immer geöffnete Registerkarte zeigend, meinte er: »Auf der Website der Kantonalen Viehschau Appenzell schreiben sie über dicke, wohlgeformte Euter. Klingt doch nach Pornoseite, oder? Auf der Website zum Kupierverbot lassen sie sich über die perfekte Schwanzlänge aus. Porno! Und in der URL der Informationsplattform gegen Rechtsextremismus kommt die Zeichenkette ›Sex‹ vor: Recht – Sex – Tremismus. Porno zum Ersten, Porno zum Zweiten, Porno zum Dritten.«

»Verstehe. Alle drei Seiten an sich sind völlig unverfänglich, wenn bloß das doofe Scunthorpe-Problem nicht wäre.«

Mia dachte nach.

Tags zuvor hatten sie lang und breit die Situation erörtert. Vom Naturama aus waren sie in die historische Aarauer Altstadt spaziert, um dort das Mittagessen einzunehmen. Danach hatte Mia ihrem Besucher das Landjägerwachthaus, den Obertorturm und den Gerechtigkeitsbrunnen gezeigt. Hin und wieder war sie stehen geblieben und hatte nach oben gedeutet, hin zu den Giebeln der Häuserzeilen, damit Maxi die bemalten Dachuntersichten betrachten konnte.

Stundenlang hatten sie das Problem hin und her gewälzt, ohne auf einen gemeinsamen Nenner zu kommen. Mia, ganz Journalistin, die sie war, wollte damit so schnell wie möglich an die Öffentlichkeit: Ihr schwebte eine mehrteilige Serie mit Hintergrundberichten, Kommentaren und Interviews vor, am liebsten über mehrere Tage verteilt. Gern hätte sie Markus Hollenstein mit an Bord geholt, um die Story in die Wege zu leiten, dazu vielleicht noch einen Praktikanten. Irgendjemand musste ja schließlich an der Laupenstraße den Kaffee holen gehen.

Maxi Winter hingegen pochte auf eine abgeklärte Weitsicht. Solang sie noch im Trüben fischten, sei es nicht angebracht, mit Halbwahrheiten und Mutmaßungen hausieren zu gehen. Während sie also in der Aarauer Altstadt von Bar zu Bar zogen, gab ein Wort das andere. Letzten Endes waren sie bei Mia zu Hause gelandet, wo sie in einer gemeinsamen Recherchearbeit sowohl nach Maxis Freunden aus dem Cyber-Team Schweiz suchten als auch nach allen verwertbaren Spuren, die diese unlängst im Netz hinterlassen hatten.

»Diese UMM-App wurde wohl von Kilian Eugster programmiert«, vermutete Mia, wobei sie einen Seitenblick auf die Uhr warf: bald schon 5.45 Uhr. Sie griff nun ebenfalls nach einem Japonais. »Ich denke jetzt einfach mal laut nach. Unterbrich mich, wenn ich falschliege.«

»Gebongt.«

Gebongt? Wer sprach denn so? Sie tröstete sich mit dem Gedanken, dass Hacker an sich wohl exzentrische Gestalten waren. Da kam es auf die eine oder andere sprachliche Besonderheit auch nicht mehr an.

»Kilian programmiert – allein oder mit Freunden – ein Virus«, spann sie ihre Überlegungen fort.

»Eher mit Freunden«, warf Maxi ein. »Eine Hand wäscht die andere. Das sind Freundschaftsdienste unter Netzkollegen. Jeder steuert einen Teil des Quellcodes bei. Ich glaube nicht, dass die wussten, worum es Kilian ging. In unseren Kreisen fragt man nie so genau nach.«

»Gut, dann gemeinsam. Wie ein Puzzle. Stück für Stück setzt Kilian das Ganze zusammen. Als er fertig ist, platziert er die Bombe.«

»So kann man es nennen.«

»Dabei orientiert er sich an der Ausbreitung des Coronavirus. Auch da gab es frühe Hotspots. Mailand, Bergamo, Madrid. Oder Ischgl. Als es dort längst einen ersten Infektionsfall gab, haben die Leute gedankenlos weitergefeiert. Après-Ski bis zum Abwinken. In den engen Tiroler Skihütten und Skigondeln haben sich alle angesteckt. Auf der Heimreise ging es munter weiter: In Zügen, in Fliegern oder auf Autobahnraststätten verteilte sich die Krankheit über ganz Europa. Deshalb hat Kilian das Skilager in Lenk ausgesucht, um sein Virus zu positionieren.«

»Meine Rede.«

»Aber wieso das JUSKILA und keine andere Großveranstaltung? Die Basler Buchmesse, der Genfer Autosalon, das Eidgenössische Schwingfest?«

»Weil Jugendliche einen Scheiß auf Internetsicherheit geben. Schick denen eine Mail mit der Bitte, das Attachment ja nicht zu öffnen, da es verseucht sei, und ich wette um einen Tausender, dass 90 Prozent dieser Dösbaddel unverzüglich nachschauen, was im Anhang steht.«

»Da ist was dran.«

»Und ob da was dran ist. Die U-20-Generation ist ständig vernetzt. Die posten, teilen, liken, was das Phone hergibt. Da wird gar nicht groß nachgedacht. Ist das Handy futsch, besorgen Mami und Papi ein Neues. Und wenn die sich weigern, tja, wofür gibt es denn Kreditkarten und Kleinkredite?«

Es war eine arg pessimistische Weltsicht, die ihr Gegenüber da propagierte, aber tief in ihrem Innern musste Mia dem Hacker zustimmen. Noch immer, wenn sie im Postauto die teuren Geräte der Schulkinder und Jugendlichen erblickt hatte – vor allem die der Secondos und Asylbewerber –, war ein wenig Neid in ihr hochgekrochen. Das Mobiltelefon war in den letzten Jahren definitiv zum Statussymbol verkommen, dessen technische Möglichkeiten im Grunde nebensächlich geworden waren. Kaufte man früher noch Markenklamotten, so nutzte man heutzutage das neueste Flaggschiff der Kommunikationstechnologie, um den eigenen Status zu demonstrieren.

»Vom JUSKILA aus verbreitet sich das Virus in der gesamten Schweiz, von Kanton zu Kanton, von Gemeinde zu Gemeinde.«

»Das Fiese daran ist, dass ein Knopfdruck genügt. Bei Corona musste man sich noch anhusten. Hier geht alles digital.«

Maxi sah auf seine Teetasse hinab, die inzwischen leer war. Da er Anstalten machte, aufzustehen und neues Wasser zu erhitzen, kam ihm Mia zuvor.

»Bleib ruhig sitzen. Ingwer, Hagebutte, Schwarztee?«

Er deutete auf die Kaffeemaschine hinter ihr. »Ist die an?«

Sie grinste.

»In einer Minute. Und was machen wir heute? Weiter mit den Recherchen?«, riet sie, woraufhin sie einen verständnislosen Blick erntete.

»Um Gottes willen, nein. Dafür ist es zu spät. Wir fahren nach Bern. Zu MELANI.«

Da war es, dieses Gottesgeschenk. Wenn sie sich jetzt dumm stellte, konnte sie ruckzuck herausfinden, ob er eine Freundin hatte oder Single war. MELANI, das Akronym der Melde- und Analysestelle Informationssicherung, klang doch verdächtig nach einem Frauennamen …

»Melanie? Deine Freundin?«

»Nein, das Kompetenzzentrum zur Cybersicherheit«, gab er mit Pokerface zurück. »Hast du ein Auto?«

»Besser noch: Ich habe einen Schnellzug. Jede halbe Stunde. Solltest du wissen, bist gestern in einem gesessen.«

»Gestern hab ich aber erst nach dem Aussteigen bemerkt, dass eure Bahnhofsuhr nicht läuft«, entgegnete er orakelhaft.

Die Delizio-Kapsel, die Mia inzwischen in die Maschine gelegt hatte, verbreitete bereits ihr intensives Aroma, als die erste Tasse gefüllt wurde, irgendwie milder und nuancierter als die alten Filterkaffees von Tschibo, die Mia von Besuchen bei ihren Großeltern her kannte.

»Eine defekte Bahnhofsuhr lässt dich vom Zug aufs Auto umsteigen?«

Jetzt, da sie es gesagt hatte, klang es beinahe zu spöttisch. »Dein Auto hängt auch nicht am Internet.«

3

Sie fuhren auf der Suhrentalstraße in die Autobahneinfahrt Richtung Bern, Basel und Luzern, wobei sie zuerst einen leichten Bogen nach rechts, danach einen Schwenk nach links machten, bevor sie auf die A1 einspurten. Mias metallicschwarzer Mitsubishi Colt ruckelte ein wenig, als sie Gas gab, doch dann schoss er nach vorn und pendelte sich in den Verkehr ein. Es war 8.12 Uhr.

Die Strecke war hier noch zweispurig, ab und zu mit Sichtschutz am rechten Straßenrand: hässliche, vom Regen verwitterte Holzverschalungen. Später wiederum gaben Lücken die Sicht frei auf Wiesen und Sportanlagen, bis ihr Wagen auf Höhe der Raststätte Kölliken-Nord war. Hier schaltete Mia in den Tempomat. 130 Kilometer pro Stunde gab der Tacho an.

»Extra zu schnell?«, wollte Maxi wissen.

Endlich ein Thema, mit dem Mia auftrumpfen konnte. Viel zu oft hatte sie den Sermon ihres Vaters vernommen, der stets an vorderster Front kämpfte, wenn es darum ging, dem Staat ein Schnippchen zu schlagen. Auch jetzt noch, 40 Jahre nach den Jugendunruhen. Abderhalden senior hielt sich aus Prinzip nicht an die Geschwindigkeitsbegrenzungen und hatte sein Handeln noch stets eloquent erklären können.

»Die auf dem Tacho angezeigte Geschwindigkeit darf nie unterhalb der tatsächlichen Geschwindigkeit liegen«, repetierte Mia aus dem Gedächtnis. Sie konnte die Ausführungen ihres Papas auswendig.

»Wieso?«

»Um Ungenauigkeiten bei der Messung auszuschließen.«

»Und wie ungenau sind diese Zahlen?«

»Der ADAC hat mal eine groß angelegte Studie mit Tausenden von Autos und Autotypen gemacht. Bei denen lag die reale Geschwindigkeit im Schnitt bei circa fünf Prozent unter der angezeigten Geschwindigkeit. Ich glaube, das hat irgendwas mit dem Reifenabrieb zu tun, aber auch mit der Größe der Reifen.«

Mit einer eleganten Bewegung des rechten Zeigefingers setzte Mia das Blinklicht und scherte zum Überholen aus. Sekunden später waren sie gleichauf mit einem dieser modernen weißen Wasserstoff-Lkws von Coop.

»Wenn ich das im Kopf richtig überschlagen habe, dann fährst du sechseinhalb Kilometer langsamer, als es dein Tacho angibt. Ist aber immer noch zu viel«, monierte Maxi.

»Machst du jetzt plötzlich einen auf pingelig, Mister Datenschutz?«, foppte sie ihn.

»Ich mein ja nur.«

»Jaja, stimmt schon, hast ja recht. Aber es gibt da noch die Sicherheitsmarge, wie mein werter Herr Papa immer sagt. Bei einem Messwert zwischen 100 und 150 Stundenkilometern werden sechs Kilometer pro Stunde abgezogen. Das gilt bei Radarmessungen. Ich glaube, bei Lasermessungen sind sie ein wenig strenger. Anyway. Wir fahren genau im erlaubten Rahmen.«

Ein Grinsen der Genugtuung zog über Mias Gesicht, als Maxi völlig ernst erwiderte, endlich habe er mal wieder was Nützliches gelernt.

4

Sie rollten im stockenden Verkehr die Zieglerstraße hinab und bogen nach links in die Schwarztorstraße ein. Ironischerweise fuhren sie just an dem Gebäude vorbei, in das sie eigentlich wollten, nämlich jenen hässlichen, hauptsächlich mit Spiegelglas verkleideten Block mit der Hausnummer 59, in dem das ›Informatiksteuerungsorgan des Bundes ISB‹ untergebracht war.

»Wenn wir dann dort sind, stellst du mich als Kollegen oder Assistenten vor. Meinetwegen auch als Praktikanten«, erklärte Maxi Winter. »Ich habe keine Lust, ins Visier dieser Leute zu geraten.«

Mia nickte verbissen, während sie sich auf den Verkehr konzentrierte. »Wieso treten die Internetstörungen eigentlich nicht alle gleichzeitig auf?«, fragte sie, als sie am Ende der Straße erneut nach links bog. »Warum gibt es diese Verzögerungen? Was ist der Sinn dahinter, dass nicht alle Geräte aufs Mal infiziert sind?«

Die Schienen der Tramlinie 3 verliefen hier, und Mia folgte ihnen. Zudem hatte einige Meter weiter vorn ein roter Gelenkbus haltgemacht, um Fahrgäste ein- und aussteigen zu lassen, was zur Folge hatte, dass sie nur noch im Schritttempo vorankamen.

»Vielleicht eine Gnadenfrist, vielleicht die Chance auf einen letzten Ausweg. Vielleicht, damit wir Menschen einem Lernprozess unterzogen werden«, mutmaßte Maxi, während er gleichzeitig auf die Straßenkarten-App seines Handys äugte. »Wer weiß, was in so einem Hirn vorgeht? – Da vorn dann übrigens geradeaus. Pass auf, da kommt der Verkehr von allen Seiten.«

»Danke, ich weiß.« An der Ampel blieb Mia stehen. Das Lichtsignal stand auf Rot, und links vorn sahen sie die grau-braunen Hecken und Büsche des Kocherparks. Die Natur präsentierte sich winterlich-welk, irgendwie trist. So mochte einem früher die ganze Gegend erschienen sein. Damals, Ende der 80er-Jahre, als der Park noch als Drogenhölle verschrien war: das Berner Pendant zum Zürcher Platzspitz. »Hast du dir keine Gedanken über das Motiv des Täters gemacht?«, fuhr die Journalistin fort. »Was bringt einen dazu, so eine App zu programmieren? Reine Bosheit ist es wohl nicht.«

Maxi zuckte mit den Schultern.

Die Ampel sprang auf Grün, der Mitsubishi fuhr los. Mia überquerte die Effingerstraße, setzte sogleich den Blinker, um wenig später ins Parkhaus City-West einzubiegen.

»Wahrscheinlich war es wirklich nur die Sorge um Mutter Erde.«

»Meinst du?«, hakte Mia nach.

»Früher oder später werden wir es erfahren.«

5

Um 10.45 Uhr traten Mia Abderhalden und Maxi Winter durch eine automatische Schiebetür ins Innere des Gebäudes. Die zierliche blondgelockte Angestellte am Informationsschalter wirkte nervös. Pausenlos nahm sie über ein Headset Anrufe entgegen, wobei sie die Gesprächspartner am anderen Ende der Leitung um Geduld bat, da sie sie entweder in die Warteschleife schickte oder zu irgendwelchen Leuten weiterverband, die wohl wichtig waren.

Wortlos legte Mia ihren Presseausweis auf die Theke, was die Empfangsdame noch mehr erbleichen ließ.

»Zur Eidgenössischen Ausgleichskasse?«, erkundigte sie sich, einen kleinen Hoffnungsschimmer auf dem Gesicht.

Maxi schüttelte den Kopf. An Mias statt antwortete er: »Zum Nationalen Zentrum für Cybersicherheit. Ist ja anscheinend richtig was los heute.«

»Haben Sie einen Termin?«

Unmerklich wich die Blonde etwas zurück und nahm eine gestrenge Haltung an. Als das Telefon erneut klingelte, kalt und unnachgiebig, drückte sie die Nummer weg.

»Wir möchten einen Vorfall melden, wie es so schön auf Ihrem Webformular heißt. Rufen Sie Ihren Chef, einen Abteilungsleiter, irgendjemanden mit dicker Hose, und sagen Sie, wir haben Infos zu UMM.«

Kurz geriet sie aus der Fassung, doch dann nickte sie. Ohne weitere Worte zu verlieren, drückte die Frau eine Kurzwahltaste.

»Stefan? Ja, Anita hier. Bei mir am Empfang stehen ein Herr und eine Dame, die du vielleicht anhören solltest.«

6

Stefan Gerbers Äußeres entsprach jenem der virilen Sorte, ohne dass seine Männlichkeit aufgesetzt wirkte. Der durchtrainierte, braunhaarige Vizedirektor der Operativen Cyber-Sicherheit trug ein hellblaues Edelweißhemd. Oberhalb der Brusttasche auf der linken Seite war ein Schildchen mit dem Schriftzug ›OCS‹ und seinem Namen angebracht.

»Willkommen«, begrüßte er die Journalistin und den Hacker. Sein Händedruck war kräftig, etwas zu stark, wie Maxi fand. Aber sie hatten es wohl mit einem Mann zu tun, der zupacken konnte und dies auch ausstrahlte.

Der Raum, in den sie geführt worden waren, präsentierte sich als eigentümliche Mischung aus Besprechungs- und Pausenzimmer. Ein langer Konferenztisch nahm den Großteil der einen Zimmerhälfte ein, während in der anderen ein paar Stühle und drei Beistelltische mit Snacks standen. Der Boden war mit dunkelblauem Teppich ausgelegt, die Seite zum Gang hin bestand aus verschiebbaren Glastrennwänden. Ein Multimediabeamer war auf die gegenüberliegende Mauer gerichtet, an der eine ausgefahrene Leinwand angebracht war.

Mit weit ausladender Armbewegung deutete der Vizedirektor auf zwei gepolsterte Sessel. »Bitte, setzen Sie sich, nehmen Sie Platz.« Und mit einer leichten Kopfdrehung nach draußen, durch die noch offen stehende Glastür, rief er einer Sekretärin zu: »Milena, sei doch so gut und bring unseren Gästen hier Kaffee.«

Im Gegensatz zu seiner Empfangsdame, diesem Zerberus auf zwei Beinen, war Gerber die Liebenswürdigkeit in Person. Von Hektik keine Spur, obwohl draußen permanent die Telefone klingelten und immer wieder Leute durch die Gänge und von Büro zu Büro hasteten.

»Wie im Bienenstock«, merkte Maxi Winter an.

»Hier ist es nicht immer so«, antwortete Stefan Gerber. »Aber das können Sie sich ja ausmalen, nicht wahr? Frau Oesch vom Empfang ließ mir mitteilen, dass Sie von der Presse sind und nach Informationen über UMM fragen, ist das korrekt?«

»Das stimmt«, bestätigte Mia, während sie eine ihrer

Visitenkarten aus der Handtasche fischte und über das Tischchen reichte. »Jedoch: Nein, wir fragen nicht nach Informationen – wir bringen sie.«

»Ist dem so?«

Gerber lehnte sich in seinem Sessel zurück, während Maxi ungeniert nach dem Snackkörbchen vor sich griff, um sich eine Packung mit gesalzenen Erdnüsschen herauszufischen.

»Ich arbeite für das Online-Computermagazin ›GigaBites‹, Herr Gerber. Sie haben gewiss schon von uns gehört, allein Ihr Beruf bringt das wohl mit sich.« Unmerklich nickte er, und Mia fuhr fort. »Im Zuge aktueller Recherchen sind mein Assistent hier« – sie deutete auf Maxi – »und ich auf eine Häufung kurioser Internet-Bugs gestoßen. Unser Magazin verfolgt derzeit keineswegs eine aggressive Linie, was die Streuung unserer Informationen an die Öffentlichkeit anbelangt. Wir sind zum Schluss gekommen, dass es unsere Pflicht ist, vorerst beim Bund vorstellig zu werden.«

»Dankeschön«, meinte Gerber konziliant.

Gerade, als Mia weiter ausholen wollte, unterbrach sie die eintretende Sekretärin, die mit eleganter Anmut ein Serviertablett vor ihnen aufs Tischchen stellte: drei dampfende Tassen, Löffel, eine Zuckerdose und die typischen Sahneportionen von Emmi. Die aus dem legendären Kaffeerahmdeckeli-Sortiment.

Maxi löffelte sich zweimal Zucker in die Tasse, öffnete ohne viel Federlesens vier Rahmportionen und leerte sie in den Kaffee, bevor er diesen gelassen umrührte.

Gebannt verfolgten Gerber und Mia sein Tun. Als der Hacker fertig war, meinte der Vizedirektor, nachdem er einen kurzen Blick auf Mias Karte geworfen hatte: »Was genau ist Ihr Begehr, Frau Abderhalden?«

»Wir wollen nichts tun, was unsere Beziehungen zu den offiziellen Stellen belastet«, fuhr die Journalistin fort. »Um ehrlich zu sein, weiß der Chefredaktor gar nicht, dass ich bei Ihnen vorstellig geworden bin. Ich möchte nichts publizieren, was die Bevölkerung in Panik versetzt.«

»Das ist löblich. Aber wer sagt mir, dass Sie nicht bluffen, um an Informationen zu kommen?«

Noch einmal rührte Maxi um. Dann, mitten in der Bewegung, hielt er inne und mischte sich mit einer Gegenfrage ein: »Wieso sonst weiß die Schweiz nichts von Kilian Eugster? Ich sehe schon die Schlagzeilen im ›Blick‹: Wo ist er, der Staatsfeind Nummer eins?«

Gerber blickte noch einmal auf die Visitenkarte in seiner Hand, stand auf, begab sich zu einem Tisch in der anderen Hälfte des Raums, auf dem sich ein Laptop befand, und tippte etwas ein. Mit einem Mal war die Glasfront undurchsichtig, denn aus dem Klarglas war binnen Sekundenbruchteilen ein blickdichtes Milchglas geworden. Die Leute im Flur waren nur noch als schattenhafte Konturen erkennbar.

»Wow!«, entfuhr es Maxi ungewollt. »Wie bei James Bond.«

»Selbstklebende elektrische Fensterfolie«, erläuterte Stefan Gerber. »Beeindruckend, das schon, aber keine Science-Fiction. Bereits ab 100 Franken kann man sich so was nach Hause bestellen.«

Erneut beugte er sich über den Laptop, um etwas einzugeben. An der Decke sprang der Beamer an. Es dauerte ein wenig, bis die Linse hell wurde, aber dann sahen Maxi und Mia die sich scharfstellende Projektion: das biometrische Passfoto eines Mittzwanzigers. Ohne prüfenden Seitenblick zu Maxi hin wusste Mia, dass es sich dabei um Kilian Eugster handelte.

»Heute ist Mittwoch«, begann der Vizedirektor, und zum ersten Mal, wie es der Journalistin auffiel, wirkte seine Stimme müde. »Am Montag saß die dritte Klasse eines Gymnasiums in Schaffhausen im Unterricht, als plötzlich ihre Handys zu spinnen begannen. Die Geräte befinden sich vorn beim Lehrerpult, eingesammelt in einer Aufbewahrungsbox aus Holz. Die meisten sind so in die Fächer gesteckt, dass sie mit dem Bildschirm Richtung Klasse zeigen. Die Schüler sind schlau, auf diese Weise sehen sie nämlich, ob Nachrichten eintrudeln. Eines der Dinger wird hell, dann das zweite, das dritte, das vierte. Alle leuchten sie auf. Auch beim Lehrer vorn beginnt der Computer, ein Eigenleben zu entwickeln. Plötzlich flimmern Sexfotos über den Beamer. Der arme Kerl weiß gar nicht, wie ihm geschieht. Auf allen Schülerhandys hat es nun Pornografie.«

Unbewusst nickte Mia. Sie ahnte, was nun kommen würde. Die Parallele zum traurigen Fall Sommerhalder war frappant.

»Noch am selben Tag wurde der Lehrer per sofort freigestellt. Außerdem musste die Schulleitung die Polizei einschalten, da es sich bei dem, was da im Schulzimmer passiert ist, um ein Offizialdelikt handelte. Einige in der Klasse waren noch minderjährig, und indem ihnen im Unterricht pornografische Inhalte gezeigt wurden, machte sich die Lehrperson strafbar.«

»Wie erklärt sich die Schulleitung, dass die Fotos auf allen Handys gleichzeitig auftauchten?«, wollte Maxi wissen.

Ein verächtliches, abschätziges Schnauben seitens des OCS-Mannes.

»Der Direktor hat es sich leicht gemacht: Die Schülerinnen und Schüler hätten sich einen gemeinsamen WLAN-Hotspot eingerichtet, behauptet er.«

»Ach herrje.«

»Genau. Ach herrje«, wiederholte Gerber. »Ich habe noch ein Beispiel für Sie. Dieses und dann noch eines. Nur, um Ihnen die Situation zu veranschaulichen. Aber höchstwahrscheinlich haben Sie sich die Ausmaße und Konsequenzen der jetzigen Lage selbst schon ausgemalt. In einer geschäftsinternen WhatsApp-Gruppe einer Baustellenfirma in Andermatt tauchen animierte GIFs und Images auf, auf denen der Hitlergruß und Hakenkreuze zu sehen sind. Auch dieser Vorfall passierte am Montag. Die Arbeiter – branchenbedingt hauptsächlich Männer – reagieren unterschiedlich. Die eine Hälfte lacht kurz über den debilen Stammtischhumor, schiebt das Gesehene gedanklich beiseite und macht sich wieder an die Arbeit. Die anderen sind pikiert. Es sind Gastarbeiter. Portugiesen, Polen, Albaner, Bosnier. Tagtäglich kämpfen sie gegen den Rassismus an, hören blöde Sprüche, sind die modernen Kulis der Vorarbeiter. Einer von ihnen lässt seinem Unmut auf Facebook freien Lauf, und schon weiß es das halbe Bündnerland. Der Shitstorm ist angerichtet.«

»Wieso habe ich nichts davon mitbekommen?«, unterbrach ihn Mia. »Der Newsticker, den ich abonniert habe, sollte mir eigentlich alle Meldungen zu Internetverbrechen auflisten.«

»Vielleicht, weil überhaupt keine strafbare Handlung vorliegt«, meinte Maxi. »Soweit ich weiß, existiert in der Schweiz gar keine Liste mit verbotenen Symbolen. In Deutschland schon. Aber das ist ja wohl historisch bedingt.«

»Sie haben recht«, bestätigte Gerber, während er sich vom Tisch löste und zurück zu ihrer Sesselgruppe kam, um sich zum ersten Mal einen Schluck seines Kaffees zu gönnen. »Das Tragen oder Verbreiten von rechtsextremen Symbolen ist an sich nicht gesetzeswidrig. Es ist nur illegal, für die dahinterstehende Ideologie zu werben. Unser Amt sah deshalb auch keinen Grund, das an die große Glocke zu hängen. Private Chats gehören nicht zu unserem Auftrag. Aber darum geht es hier nicht. Soweit unsere Spezialisten das einschätzen, hat überhaupt keiner der Bauarbeiter diese Nachrichten verschickt. Sie sind wohl einfach aufgetaucht. Zugegeben, das sind Spekulationen. Weder nahmen wir Einsicht in den Chatverlauf noch haben wir die Handys durchgecheckt. Aber das wäre typisch für die UMM-App. Vielleicht haben der Glaser, der Maler oder der Trockenbaumonteur ein Kind in der Sekundarschule, das gerade einen Vortrag übers Dritte Reich machen muss.«

Sein leicht vorspringendes kantiges Kinn gab dem Vizedirektor in diesem Moment eine gewisse Ähnlichkeit mit den Habsburgern.

»Einmal die Nazis gegoogelt, schwupp, versendet dein Handy diesen Dreck«, warf Maxi wissend ein.

»So ist es.«

»Fall drei?«, bat Mia.

»Der ist weniger reißerisch, wenn man so will«, übernahm Gerber wieder die Rolle des Erzählers. »Durch einen Konfigurationsfehler beim Backupserver einer Gärtnerei in Herzogenbuchsee standen am Montag persönliche Daten von über 500 Kundinnen und Kunden offen einsehbar im Netz: Adressen und Telefonnummern, Firmenkorrespondenz, Verträge, Mails, eingescannte Rechnungen und Belege. Auch IBAN- und Kreditkartennummern waren vorhanden. Eine wahre Goldgrube für Internetkriminelle. Und nun zu Ihnen, Frau Abderhalden, Herr Winter. Was haben Sie mir zu berichten?«

In der nächsten Dreiviertelstunde legte Maxi Schritt für Schritt dar, welche Überlegungen ihn auf die Spur des Rheintalers gebracht hatten, wobei er wohlweislich alles verschwieg, was sie in die Bredouille hätte bringen können.

»Was mir nicht ganz klar ist«, unterbrach Gerber an einem Punkt Maxis Ausführungen, »wie haben Sie herausgefunden, dass die Kinder von dem Chemielehrer und diesem Politiker aus dem Luzernischen miteinander im Skilager waren?«

»Was das anbelangt, beruft sich ›GigaBites‹ auf das Redaktionsgeheimnis«, warf Mia hastig ein. »Quellen- und Informantenschutz sind unser heiligstes Gut.«

»Sind in diesem Fall Quelle und Assistent ein und dieselbe Person?«, fühlte ihnen Stefan Gerber mit verschmitztem Lächeln auf den Zahn.

Maxi überging geflissentlich die Frage.

Sachlich führte er aus, wie er Kilian Eugster einschätzte und ging auf dessen mutmaßliche Beweggründe ein. Auch erläuterte er, welche düsteren Prognosen er für die kommenden Tage aufgestellt hatte. Immer wieder strich er sich eine seiner honigbraunen Strähnen hinters Ohr. Sowie der IT-Security-Analyst geendet hatte, verzog sich Gerbers Gesicht zu einer gequälten Grimasse.

Der Vizedirektor stand auf, um erneut an seinen Laptop zu gehen, wo er mittels Doppelklick einen Ordner öffnete. Auf der projizierten Fläche an der Mauer sahen Mia und Maxi, dass sich darin lediglich ein einziges File befand: ein Video im HTML5-Format, betitelt mit ›UMM

Manifest‹. Mit seiner hohen Kompression und der guten Bild- und Tonqualität optimal fürs Netz ausgesucht.

»Das hier schon gesehen?«

Sie schüttelten den Kopf, als ob sie für einen Synchronschwimmwettbewerb geübt hätten.

Ohne irgendwelche ergänzenden Einleitungen löschte Gerber die Deckenbeleuchtung und startete die Aufnahme.

7

Die Projektion präsentierte sich in völliger Schwärze, bis nach fünf Sekunden jene von Brian Tyler komponierte Musik einsetzte, die allen Kinogängern bekannt war. Gleichzeitig hellte sich die Leinwand etwas auf. In der unteren Bildhälfte erkannten Maxi und Mia einen Ausschnitt der bläulich leuchtenden Erdkugel – aus großer Höhe aufgenommen –, deren leicht gebogener Horizont in schimmerndes Licht getaucht war. Linsenreflexionen huschten über die Aufnahme, im Hintergrund leuchtete die Unendlichkeit des Sternenhimmels.

Wie nicht anders erwartet, tauchte ein Schriftzug in goldenen Großbuchstaben auf, begleitet von Fanfarenklängen und angeblendet von der hinter der Erde stehenden Sonne, während die fiktive Kamera, die das Geschehen filmte, über die Weiten Asiens flog, den Ural passierte und das Mittelmeer überquerte. Die Bewegung des Logos verlangsamte, kam allmählich zum Stillstand. Die Äquatorregionen überdeckend, prangte da schließlich nicht der Firmenname der Universal Pictures, sondern die drei Wörter ›Unsocial Media Matters‹.

Im Gegensatz zu dem schlecht gezeichneten, leicht ins Ovale abdriftenden Kreis des App-Logos war dies hier offensichtlich das Werk eines professionellen Designers.

Was dann folgte, war ein radikaler Stilbruch.

Schnell zusammengeschnittene Bildschnipsel sterbender Tiere. Die Ausleuchtung der Szenen technisch verändert. Bunte, psychedelische Farben im Hintergrund; definitiv nichts für Leute mit fotosensitiver Epilepsie. Ein Animal-Hopping sondergleichen: Vom hungernden Eisbären in der Arktis ging es über die halbierte Korallenbedeckung eines Riffs hin zu einem sterbenskranken Orang-Utan aus Sumatra. Schnelle Cuts, wackelige Aufnahmen, grelle Effekte. Abgeholzte Regenwälder, leergefischte Meere, Fukushima, der ausgetrocknete Baikalsee. Verrostete Schiffswracks in der kargen Halbwüste, wo einst der Aralsee gewesen war. Die Smogkuppel über Peking. – Ein Best-of der menschlichen Eingriffe in die Natur und des Klimawandels. Oder sollte man eher von einem Worst-of sprechen?

Das Ganze war mit einer Hintergrundmusik unterlegt, die Maxi zugegebenermaßen als originell einstufte: eine leicht abgeänderte Version von Elton Johns ›The Circle of Life‹, in welcher ein unbekannter Sänger vom ›Circle of Death‹ sang.

Dann – ebenso jäh, wie die erste Überleitung gewesen war – wurde der Bildschirm wieder dunkel. Die Zuschauenden erblickten eine im Schatten sitzende Person. Den Umrissen nach zu urteilen, war sie wahrscheinlich männlich. Ihr Körper war verfremdet, einzig ihre Silhouette war klar umrissen, der Rest leicht verpixelt wie in einer True-Crime-Fernsehsendung, bei der die Akteure anonymisiert auftreten.

Ein Voice Changer verzerrte in Echtzeit die Stimme des Protagonisten. Die nun folgenden Worte klangen abgehackt, mit tiefem Brummen. Ebenso furchteinflößend wie surreal, fand Mia.

»Der Mensch schafft sich selbst ab«, begann Kilian Eugster – denn dass es sich bei der Person um den Rheintaler handelte, war Mia und Maxi klar. »In seiner Hybris zerstört er alles, was ihm lieb und teuer ist: Tiere, Pflanzen, Lebensraum. Die Luft zum Atmen. Letzten Endes sogar sich selbst. Die fossilen Energieträger sind zum Blut in den Lebensadern der Weltwirtschaft geworden. Sie pumpen Geld in unsere Taschen, sie halten alles am Laufen. Money makes the world go round. Doch zu welchem Preis? Im September 2019 habe ich mit rund 100 Umweltaktivisten eine Totenmesse für den endgültig geschmolzenen Gletscher auf dem Pizol zelebriert. Der Klimawandel ist vor meiner Haustür angekommen, er ist nichts Abstraktes mehr. Seit Jahren schon schmilzt das Grönlandeis. Steigt der Meeresspiegel, werden in wenigen Jahrzehnten eine Milliarde Menschen direkt davon betroffen sein. Nationen gehen unter, ganze Küstenregionen werden überflutet. Allein in Großbritannien werden in den nächsten 50 Jahren über 100.000 Gebäude, die in Klippennähe stehen, durch Sturm, Regen und Küstenerosion ins Meer stürzen. Millionen begeben sich auf die Flucht, strömen ins Landesinnere, nach Mitteleuropa, in die reichen Länder. Nach Österreich, Deutschland und in die Schweiz. Völkerwanderung reloaded. Unvorstellbares wird sich an den Staatsgrenzen abspielen. Schüsse auf Migrantenkinder, Panzer an den Flüchtlingsrouten, ein Krieg an der Grenze. Hunderttausende von Toten, die einzig unseres ungebremsten Konsums wegen in Kauf genommen werden.«

Fasziniert beugte sich Maxi vor, die Ellbogen auf die Knie gestützt, das Kinn in die verschränkten Hände gelegt. Es war eine elaborierte Rede, die er da hörte. Kilian hatte sich ins Zeug gelegt. Sogar den Genitiv, diesen veralteten, unmodischen Kasus, hatte er verwendet.

»Wir müssen umdenken«, fuhr Eugster fort. Auch mit Stimmverzerrer klang das, was er zu sagen hatte, eindringlich und fast schon beschwörend. »Der Staat muss umdenken, die Weltgemeinschaft muss umdenken. – Aber sie tut es nicht. Allen Warnungen und Unkenrufen zum Trotz wird weiterhin nach Erdgas gesucht, nach Kohle gegraben, nach Erdöl gebohrt und ohne Unterlass gefrackt. Wir fahren im fetten SUV einkaufen und kutschieren unsere Kinder zum Kindergarten, die dabei immer fetter werden. Wir konsumieren Fleisch und Milchprodukte im Übermaß, obwohl regionales Obst und Gemüse viel gesünder wären. Wir überdüngen die Felder, wir importieren Mineralwasser in Einweg-Plastikflaschen, wenngleich es in der Schweiz das wohl hochwertigste Leitungswasser der Welt sowie ungezählte Mineralheilquellen gibt. Wir essen Erdbeeren im Herbst und Pilze im Frühling und pfeifen auf die Saison. Wir wollen alles, und wir wollen es jetzt. Nach uns die Sintflut.

Die meisten unserer Häuser sind noch immer nicht nachhaltig saniert, sodass ihr Energieverbrauch ins Unermessliche gestiegen ist. Gebäude sollten Kraftwerke sein. Mit Plusenergiestandard und Solarzellen oder Fotovoltaik auf jedem Dach, Ortsbildschutz hin oder her.

Was uns fehlt, sind ökonomische Anreize, alte Geräte und Maschinen nicht einfach durch Neuanschaffungen zu ersetzen. Jüngst ging meine Jura-Kaffeemaschine kaputt, die ich bei Fust erstanden hatte. Die Reparatur hätte mich 160 Franken gekostet, wohingegen der Kauf einer neuen Maschine als Einführungsangebot mit zwei Mega-Packungen Kaffeebohnen von Mövenpick als Draufgabe auf 120 Franken kam. Diese Perversion muss aufhören. Indem die Politik die Kreislaufwirtschaft ankurbelt und die Langlebigkeit von Produkten vorschreibt, würde diese ganze Geiz-ist-geil-Mentalität zusammen mit ihrer Rohstoffverschwendung endgültig ersetzt werden.

Ebenfalls müssen wir aufhören, tonnenweise Lebensmittel wegzuschmeißen. Werfen wir das Dogma über Bord, dass auch fünf Minuten vor Ladenschluss noch immer die ganze Palette an Angeboten in den Verkaufsregalen liegen muss. Und unseren Glauben, dass die Nahrungsmittel nach Ablauf ihres Haltbarkeitsdatums Knall auf Fall nicht mehr zu genießen sind, sowieso. Das globalisierte Wirtschaftssystem ist auf absurdeste Weise degeneriert. Wie sonst ist es zu erklären, dass die Schweiz, in der keine einzige Kaffeebohne angebaut wird, zu einem der größten Kaffeeproduzenten der Erde avanciert ist? Drei Viertel des Welthandels mit Rohkaffee werden hier abgewickelt, und unsere Kaffee-Exporte übertreffen sogar noch jene von Schokolade oder Käse. Perversion in Reinkultur.«

In der Zwei-Sekunden-Pause, die an dieser Stelle folgte, bemerkten Mia, Maxi und Gerber einen sichtbaren Bildsprung. Der verpixelte Mann wechselte seine Position, indem er plötzlich mit überkreuzten Beinen dasaß. Eine Diskontinuität, die Maxi an die Filmtechniken der Nouvelle Vague erinnerte.

»Neuwagen mit klassischem Verbrennungsmotor müssen aus unserem Straßenbild weichen. Je schneller, je besser. Elektrofahrzeuge sind zwar im Betrieb umweltschützend, doch die Forschung muss sich unverzüglich des Problems ihrer Batterien annehmen. Auch unsere Verkehrs- und Raumplanung hat in den letzten Jahrzehnten versagt. Es wird ihre Krux sein, eine Lösung zu finden, wie der Verkehrsaufwand gesenkt werden kann, ohne gleichzeitig die Mobilität der Menschen einzuschränken.«

Erneut ein Jump Cut wie bei Godard oder Soderbergh. Kilian Eugster stand nun. Seine Sitzgelegenheit war verschwunden, was ihn nur umso intensiver, energischer wirken ließ.

»Dies soll kein ökologisches Manifest sein, dies ist vielmehr eine realistische Bestandsaufnahme«, dröhnte der Voice Changer. »Seit Jahr und Tag warnen die Umweltschützer vor dem Point of no Return. Doch nichts geschieht. Die Politik und die Wirtschaft sind nicht willens oder schlicht zu faul, etwas zu unternehmen. Kein Wunder, denn unsere Entscheidungsträger sind größtenteils zwischen 60 und 80 Jahre alt. Unsere Zukunft ist nicht mehr deren Zukunft. Was kann ein Einzelner dem schon entgegensetzen? Ich allein kann den Raubbau am Meer nicht stoppen. Wieso auch soll ein Fischer aus Bangladesch auf mich hören? Welchen Grund gibt es für einen brasilianischen Sojafarmer, das Abholzen der Amazonas-Regenwälder zu stoppen und von der Monokultur auf eine Mischkultur umzuschwenken? Wie bringe ich die Teenies dazu, nur alle vier Jahre ein neues Handy zu kaufen? Dürfen wir von aufstrebenden Schwellenländern einfordern, der Umwelt zuliebe bitte schön auf Autos zu verzichten und weiterhin Rad zu fahren? Als Individuum bin ich völlig hilflos, die ganze Menschheit ist überfordert mit der Situation. Alles geht viel zu schnell, viel zu rasant. Die internationalen Fluglinien benötigten ganze 68 Jahre, um auf 50 Millionen Fluggäste zu kommen. Für dieselbe Anzahl Nutzer brauchte das Telefon 50 Jahre, der Computer 14, das Internet nur noch sieben. Facebook hat's bereits in drei Jahren geschafft – und Pornhub in 19 Tagen.«

An dieser Stelle stoppte der Vizedirektor der Operativen Cyber-Sicherheit die Aufnahme. Im Halbdunkel des Raums wirkte sein erhobener Zeigefinger wie ein knorriges Stück Holz.

»Jetzt kommt es, sein Manifest, wie ich es trotz allem nenne«, merkte Gerber an, bevor er den Film mit einem weiteren Klick wieder laufen ließ. Mia legte den Kopf schräg und blickte besorgt auf die Leinwand. Gleichzeitig tat sie etwas, womit Maxi und sie selbst vor ein paar Minuten nicht gerechnet hätten: Sie griff nach seiner Hand, und dieser entzog sich ihr nicht. Gebannt starrten die beiden auf Kilian Eugsters verwischte Konturen, die sich vom dunkleren, scharfen Hintergrund abhoben.

»Es ist mir unmöglich, die Atomkraft zu verhindern«, fuhr der Rheintaler fort, »den Welthunger zu bekämpfen oder die Überbevölkerung zu stoppen. Das Feld jedoch, auf dem ich einschreiten kann, ist das der Computertechnik und der modernen Kommunikationstechnologie. Dazu habe ich auf das Prinzip der ›Flugscham‹ zurückgegriffen, auf ein perfektes Konzept, das uns dazu bringt, weniger zu fliegen beziehungsweise das Flugzeug nur dann zu benutzen, wenn es nicht anders geht. Was wir brauchen, ist ein neues Schamgefühl, nämlich jenes der Internet- und Streaming-Scham.

Bereits jetzt schon verursacht unsere heißgeliebte Digitalbranche mehr Treibhausgasemissionen als die zivile Luftfahrt. Und ihre Menge wird sich verdoppeln, verdreifachen, vermehren bis ins Unendliche. Pro Sekunde bräuchte es zwei bis drei Dutzend Bäume, um das weltweite Googeln auszugleichen. Der globale Datenverkehr killt Mutter Natur. Jeder Klick tötet einen Fisch, jedes Posting fällt einen Baum. Jedes lustige Katzenvideo rodet ein Weizenfeld. Wir filmen und fotografieren jeden Quadratzentimeter unserer Erde. Indem wir diese Dateien in einer Cloud speichern, zerstören wir gleichsam den Planeten. Anstatt sich an der Natur zu erfreuen, digitalisieren wir sie, nur um unseren Enkelkindern zeigen zu können, wie die Erde einst war, statt sie so zu erhalten, wie sie noch ist. Die Cloud bedeutet den Tod.«

Eine inhaltsschwere Pause folgte, bevor Eugster das Thema wieder aufnahm.

»Die Cloud bedeutet den Tod«, wiederholte er, was etwas von einem Mantra an sich hatte. »Das Internet bedeutet den Tod. Sinnfreie Online-Bespaßung bedeutet den Tod. Streaming bedeutet den Tod. Social Media bedeuten den Tod. Privatsphäre bedeutet den Tod.«

Ein erneuter Cut, der dazu führte, dass der Bildausschnitt vollständig von der mit einer schwarzen Sonnenbrille bedeckten Augenpartie des Hackers eingenommen wurde. Das grün blinkende On-Licht der Aufnahmefunktion einer Digitalkamera spiegelte sich in den Gläsern. Die gesamte Bildkomposition mit den ikonografischen Attributen aus den ›Matrix‹-Filmen erinnerte an Keanu Reeves in seiner Paraderolle als Neo.

»Ab sofort gibt es keinen Datenschutz mehr. Unser Mailverkehr, unsere Steuererklärungen, unsere Krankenakten – sie alle werden öffentlich zugänglich sein. Vielleicht noch nicht heute oder morgen, aber bald. Es ist eine Frage von zwei, drei Wochen, wenn nicht von wenigen Tagen. Nach und nach wird sich mein Algorithmus durch die Eingeweide des Internets fressen, um noch dessen letzte Winkel zu infizieren. Was danach kommt, ist die totale Transparenz. Wer das als zu radikal erachtet, verkennt den Ernst der Lage. Der Datenschutz im 21. Jahrhundert erleidet ohnehin dasselbe Schicksal wie das Kriegsvölkerrecht: Alle ahnen, dass es so etwas gibt, aber so richtig schert sich niemand darum.«

»Das hat was«, stimmte Maxi murmelnd zu. Er wusste: Allein wer sich als registrierter Nutzer auf Facebook tummelt, gibt sein Leben preis, denn der Datenkrake sammelt Name, Wohnort, Geburtstag, Geschlecht, Handynummer oder E-Mail-Adresse, Kommentare, Statusmeldungen, Freundschaftsanfragen, die Teilnahme an Veranstaltungen und Gruppen, Verlinkungen, Postings, Metadaten über hochgeladene Fotos und Videos sowie die gesamte Kommunikation über die Mail- und Chat-Funktionen. Wer sich da im Netz noch sicher und unbeobachtet fühlt, ist ein unbelehrbarer Dummkopf.

»Einzig bedachtes Uploaden im Internet lässt den ökologischen Fußabdruck schrumpfen«, fuhr Eugster fort, und in den folgenden Sätzen erahnte man zum ersten Mal eine tief in seinem Innern aufgestaute Wut, die sich in seinen Äußerungen Bahn brach. Sein Ton wurde gehässiger, war emotionaler, weit weg von der Sachlichkeit zu Beginn seiner Rede. »Es wird sich die Faustregel einpendeln, dass ich nichts poste, sobald ich zweimal überlegen muss, ob ich die Nachricht schicke oder nicht. Schluss mit stumpfsinnigen Katzenvideos, welche die Server verstopfen. Aus ist es mit der unausgereiften Medienkompetenz unfähiger Eltern, die ihren Kackbratzen-Nachwuchs der ganzen Welt zur Schau stellen. Fertig mit dem Fotografieren von jeder Mahlzeit. Das Internet hat sich lang genug zum Tummelplatz verkorkster Existenzen mit Minderwertigkeitskomplexen entwickelt. Seht her, wie saftig sich mein Ribeye-Steak präsentiert. Schaut, was für ein exquisites Bœuf Stroganoff ich mir leisten kann. Seid von mir beeindruckt, ihr Spackos. Wen interessiert so etwas? Ich tilge diese Dunning-Kruger-Probanden von der digitalen Landkarte, ich fege sie hinweg mit allen ihren kognitiven Verzerrungen. Und mit ihnen die Legionen an Beauty-Bloggern, Superspreadern, YouTubern und Influencern. Nicht von ungefähr erinnert das Wort ›Influencer‹ an die Influenza: Beide infizieren und verseuchen unseren Alltag, beide müssen bekämpft und mit Stumpf und Stiel ausgerottet werden. Streamen ist die Krankheit, die UMM-App die Medizin.«

An dieser Stelle endete die Aufnahme. Es war ein abrupter Schluss. Ohne fließenden Übergang, ohne Fading-Effekt. Ein einziger harter Cut, und für wenige Sekunden noch war die Projektion zu einem Standbild eingefroren, bis sie wieder vom Schreibtischhintergrund des Laptops abgelöst wurde.

Eine Zeit lang waren die zwei Gäste des Nationalen Zentrums für Cybersicherheit wie betäubt. Keiner von beiden wusste, wie sie reagieren sollten. Das soeben Gesehene und Gehörte, hart wie ein Faustschlag in den Magen, musste absacken. Vom Unbewussten hinunter in die Niederungen des Bewusstseins, fort vom limbischen System mit seinen unkontrollierbaren Emotionen, hinein ins Denkhirn, ins Rationale, ins Hier und Jetzt.

»Was nun? Wie geht es weiter?«, brach Maxi endlich das Schweigen.

Ein rascher Seitenblick auf die Uhr, dann meinte Gerber: »Gehen Sie was essen. Bis 14 Uhr haben wir ein Non-Disclosure-Agreement für Sie vorbereitet. Danach sehen wir weiter.«

8

In einem der Restaurants beim Eigerplatz aßen sie zu Mittag. Vor einer dunkel getäfelten Wand saßen sie inmitten einer Heerschaar an Arbeitern an einem klassischen Holztisch, dessen Mitte vom traditionellen Dreigestirn aus Aromat, Maggi und Zahnstochern geziert wurde. Wie lange war es her, dass sie so etwas zuletzt gesehen hatten? In ihrer Kindheit vielleicht? Damals, an Schulskitagen oder Wanderausflügen zu irgendwelchen Berghütten?

Mia genehmigte sich eine währschafte Röstiplatte mit Bratwurst und Zwiebelsoße, während Maxi eine Portion Gschwellti an Ankeziger bestellte. Ihre Angst machte sie hungrig, und zusammen mit der Unberechenbarkeit dessen, was sie heute erfahren hatten, potenzierte sich ihr Appetit.

Später, als sie sich erneut im Gebäude an der Schwarztorstraße 59 eingefunden hatten, überreichte ihnen der Vizedirektor der Operativen Cyber-Sicherheit jeweils einen bereits ausgefüllten und um ihre Personalien ergänzten Ausdruck zur Unterschrift.

»Die Geheimhaltungsvereinbarung«, erklärte Stefan Gerber unter unbekümmertem Schulterzucken. »Grundlage des Dokuments ist das Obligationenrecht, Artikel 321a, Absatz 4, sowie der Artikel 340, Absatz 2. Ich bin kein Geheimdienstler, aber auf die Schnelle mag diese Lösung aus der Wirtschaft genügen. Für den Zeitraum von einer Woche nehmen wir Sie pro forma für ein Praktikum auf. Im Gegenzug verpflichten Sie sich, offengelegte Geheimnisse für die Dauer unserer Zusammenarbeit zu wahren. Ist das für Sie in Ordnung?«

»Her mit dem Wisch«, meinte Maxi salopp, worauf ihm Gerber drei mit Klammern zusammengeheftete Blätter reichte.

Mit einem Caran d'Ache, den er aus seiner inneren linken Jackentasche klaubte, signierte der Hacker, bevor er den Kugelschreiber an Mia reichte.

Diese zog eine Augenbraue hoch.

»Kein Gegenlesen?«

Maxi Winter hob die Achseln.

»Um welche Geheimhaltung soll es hier schon gehen? In ein paar Tagen weiß die ganze Welt von der Sache.«

»Hm.«

Das hatte was. Also nahm sie das Schreibgerät entgegen und tat es dem Zürcher nach. Mit zusammengepressten Lippen verfolgte Gerber, wie sie unterschrieb.

Sowie dies getan war, führte er die zwei in ein weiteres Büro, wo er kurzerhand ein Bild von der Wand nahm und die beiden anwies, sich mit dem Rücken an die nunmehr weiße Stelle zu lehnen. Ein Angestellter, der hinter einem Paravent an seinem Schreibtisch gesessen hatte, kam mit einer Digitalkamera hervor, um Porträtfotos von ihnen zu schießen. Mittels USB-Kabel verband er den Fotoapparat danach mit seinem Laptop, öffnete die JPG-Dateien, um sie in der gewünschten Form zuzuschneiden, und fügte sie per Drag-and-drop in ein vorgefertigtes Dokument ein, bevor er den Druckbefehl gab. Die ausgedruckten Blätter besaßen in etwa Kreditkartengröße, und nachdem er sie laminiert hatte, schob er jedes in einen transparenten Kartenhalter.

»Sie entschuldigen bitte.«

Unvermittelt ging der Assistent vor Mia auf die Knie, um ihr an die Hose zu fassen, wo er nach einer Gürtelschlaufe griff und den Befestigungsbügel des Jo-Jo-Halters für die Karte dort einklicken ließ. Es war überflüssig, doch um den Zweck zu verdeutlichen, zog er an dem reißfesten Nylonseil und ließ es zurückrollen.

»Das ist Ihre Sicherheitsfreigabe, mit der Sie Zutritt ins Bundeshaus und zu allen Sitzungen erhalten, an denen Herr Gerber mit Ihnen teilnehmen wird. Das Dokument wurde uns per Mail übermittelt. Angesichts der Lage völlig unvernünftig, aber was wird in Zukunft noch normal sein? Ausnahmsweise werde ich Sie gleich auch telefonisch beim Service Desk des Ressorts IT anmelden und registrieren lassen. Im Lauf des Tages wird man Ihnen zudem den elektronischen Bundeshaus-Badge überreichen, der diese Papierform ersetzt. Sie dürfen auch die im Parlamentsgebäude installierten Multifunktionsgeräte nutzen. Diese sind mit der roten Anschrift PARLRM gekennzeichnet. So weit alles klar?«

Mia und Maxi nickten wortlos.

Der Assistent warf seinem Chef einen fragenden Blick zu.

»Gut«, meinte Gerber abschließend, »kommen Sie mit. Wir haben ein Meeting.«

9

17 Minuten später – so lange brauchten sie bis zu ihrem Ziel – fühlten sich Mia Abderhalden und Maxi Winter wie in einen billigen Actionfilm versetzt. Gerber und eine namenlose Assistentin mit randloser Brille und Bürstenhaarschnitt waren ihnen vorangegangen, hinunter auf die Straße, wo bereits ein unscheinbarer beigefarbener Kleinbus wartete. Der Vizedirektor hieß sie einsteigen.

Hinter dem Steuer saß ein Uniformierter. Selbst bei Maxi, Pazifist durch und durch, war das Milizsystem tief verankert. Es mochte wohl eine der Stärken der Eidgenossenschaft sein, vielleicht eine ihrer Grundsäulen, und dennoch hatte er aus Prinzip ein Gesuch für den länger dauernden Zivildienst eingereicht, nachdem er an der Rekrutierung zu seinem Verdruss für diensttauglich befunden worden war. Lieber Pfannen schrubben und Latrinen putzen, statt sich in eine Uniform stecken und von irgendeinem aufgegeilten Patrioten auf dem 50-Kilometer-Marsch genussvoll anbrüllen zu lassen. Von der Zeit der Aushebung war Maxi wenig geblieben, weshalb er die gelbe Farbe auf der Achselschlaufe des Fahrers auch nicht richtig zu deuten vermochte. War das noch ein Korporal oder bereits ein Wachtmeister?

Der Soldat fuhr los, kaum dass sie eingestiegen waren.

Die typisch grünlichgrauen Fassaden aus Berner Sandstein schwirrten an ihnen vorüber, gefolgt vom Naturgrün der Floraanlage, wo sie rechts abbogen und an der schwer bewachten US-Botschaft vorbeiratterten. Es ging die leicht ansteigende Sulgeneckstraße hinauf, hin zum Park der Kleinen Schanze. Dort, an der Ecke, wo der Straßenverlauf auf die Bundesgasse traf, blieb der Kleinbus stehen.

Hupende Autos, irritierte Passanten.

Maxi beugte den Oberkörper leicht nach vorn, um besser sehen zu können. Die Lichtsignale beim Zebrastreifen leuchteten nicht mehr: weder rot noch gelb oder grün. Gähnende Leere, wo sonst die farbigen Ampelmännchen ihre Signale gaben. Vorsichtig drückte ihr Fahrer aufs Gas, um sich in den stockenden Verkehr einzugliedern. Als sie auf Höhe der Christoffelgasse angelangt waren, deutete er nach links.

»Da!«

Richtung Loebegge leuchteten die Infotafeln von Bern-Mobil in ungewohnt satten Farben. Wo normalerweise Abfahrtszeiten oder Verkehrshinweise im Ticker über den schwarzen Screen liefen, flimmerte jetzt ein nicht zu entziffernder Buchstabensalat.

»Technische Probleme«, erklärte der Soldat, als sei dies das Normalste auf der Welt.

Gerbers Miene verriet keine Emotionen, während er geistlos antwortete: »Wird sich wohl bald lösen.«

Sie rollten weiter. Vor dem Bundeshaus West, wo normalerweise die weißen Steinpoller als Absperrung durch dicke Eisenketten miteinander verbunden waren, standen zwei Militärpolizisten – die Pistole 75 im Halfter, das Sturmgewehr 90 mit dem Tragriemen geschultert – und winkten den Wagen von der Straße weg auf das Kopfsteinpflaster vor dem Gebäude.

Ein weiterer MP machte durch eine Handbewegung deutlich, der Fahrer solle das Autofenster herunterlassen. Als dies getan war, beugte sich der Mann vor und erklärte militärisch knapp: »Rechts um den Bernabrunnen. Kurzer Stopp. Fracht löschen. Weiterfahren. Es kommen noch weitere, wir brauchen den Platz.«

Der Soldat tat, wie ihm geheißen.

Hinter dem Becken, das die Form eines Schweizerkreuzes aufwies, hielt er kurz, um seine Fahrgäste abzuladen. Als sie ausstiegen, hob Mia den Kopf. Weiche Flocken, zart wie Puder, fielen auf ihr Haupt. Es hatte zu schneien begonnen. Gerber und seine brillenbewehrte Assistentin, beide dicke Aktenkoffer schleppend, schlugen den Weg zum Eingang ein.

Eher nebenbei registrierte Maxi den mit Löwenköpfen verzierten Brunnensockel und die vier Schwanenhälse, aus denen in den heißeren Sommermonaten wohl Wasser plätschern mochte. Was ihm hingegen zu denken gab, war der Umstand, dass sie vor dem Generalsekretariat des Eidgenössischen Justiz- und Polizeidepartments standen.

10

Weitere zehn Minuten später fanden sie sich mit drei Dutzend Personen eng zusammengepfercht in einem hypermodernen Konferenzraum wieder, der aussah, als sei er einer Skizze von Ken Adam nachempfunden. Auf dem Weg hierhin hatten sie drei Sicherheitsschleusen passiert und bereits vor der ersten ihre Handys in eine klobige Strahlenschutzbox abgegeben. Sie befanden sich jetzt im dritten Untergeschoss, und das Interieur erinnerte Maxi entfernt an den War Room aus Kubricks ›Dr. Seltsam oder Wie ich lernte, die Bombe zu lieben‹. Auch hier gab es den unvermeidlichen kreisrunden Konferenztisch mit seinen vielen in die Tischplatte eingelassenen Polycom-Funkgeräten und herausfahrbaren Bildschirmen. Der Stahlbeton unterstrich das Bunkerartige dieser Etage, und die von der Decke hängenden runden

Lampenschirme bildeten durch ihr klar eingrenzendes Licht eine scharfe Trennwand zum restlichen Raum, der in Dunkelheit versank.

Ein Seitenblick zu Mia genügte Maxi, um zu erkennen, dass auch sie mehrere der Anwesenden identifiziert hatte. Ein Mitglied der Geschäftsleitung SECO saß am Tisch, auch die Leiterin der Direktion für Arbeit, gleich daneben der schnauzbärtige Chef Kommando Operationen aus dem Armeekorps. Selbst auf einem einfachen Klappstuhl an der Wand hatte die Staatssekretärin Platz genommen, wohl in ihrer Funktion als Direktorin der Politischen Direktion. Sieben Stühle waren leer geblieben. Man musste kein Hellseher sein, um zu wissen, für wen sie freigehalten wurden.

In der Zwischenzeit hatte sich ein grauhaariger Herr erhoben. Ohne überhaupt ein Abflachen des Lärmpegels abzuwarten, begann er zu sprechen. Den Laserpointer auf einen der unzähligen Flatscreen-Monitore gerichtet, auf dem Kilian Eugsters Konterfei prangte, dehnte er unablässig den Rücken durch. Ein auffälliger Tic, der die Professionalität seiner Ausführungen konterkarierte.

»Alles, was der NDB bisher über unsere Zielperson herausgefunden hat, wird in diesem Moment zu einer Akte zusammengestellt. Wir verzichten bewusst auf Mailingprogramme. Der Grund hierfür liegt auf der Hand.« Der Mann sprach mit französischem Akzent. Am linken Revers seines Blazers trug er einen Pin in den Nationalfarben, was ebenfalls eher zu einem Welschen passte als zu einem, der östlich des Röstigrabens wohnt. »Die Kopierer laufen heiß, und alles, was Sie jetzt zu hören bekommen, werden wir Ihnen später noch in gedruckter Dokumentenform aushändigen.«

Den Pointer ausschaltend, ging er dazu über, rasch die vor ihm liegenden Seiten zu überfliegen. Als er wieder hochsah, war es still geworden, sodass er fortfuhr: »Just in diesem Moment, während wir hier sitzen, tagt der Gesamtbundesrat im Chalet fédéral und berät die Ausrufung der ›Außerordentlichen Lage‹. Den Schritt zur ›Besonderen Lage‹ werden die Magistraten angesichts der Fakten wohl überspringen. Geschätzte Anwesende, Artikel 2 des Bundesgesetzes über den Bevölkerungs- und Zivilschutz gewährleistet uns eine reibungslose Organisation der Ereignisbewältigung.«

Maxi Winter atmete tief durch.

»Ereignisbewältigung«, flüsterte er Mia zu. »Nur ein Bürohengst spricht so.«

Erneut dehnte der Welsche den Rücken durch. »Aufgrund unserer Gefahren- und Risikoanalyse sind wir bereits dazu übergegangen, Polizei, Feuerwehr und Zivilschutz zu informieren. Auch weisen wir die technischen Betriebe und das Gesundheitswesen auf die Bedrohlichkeit der Situation hin. Wegen der knappen Ressourcen jedoch ...« An dieser Stelle hielt er inne, um einem anwesenden Nationalrat der GLP einen abschätzigen Blick zuzuwerfen, bevor er den Faden wieder aufnahm, als ob nichts gewesen wäre. »Wegen der knappen Ressourcen jedoch sind wir auf diesen Fall nur suboptimal vorbereitet. Besonders auf operationeller Ebene sieht es nicht gut aus. In der Spionageabwehr konzentrieren wir uns auf Background-Checks von Botschaftspersonal, und in der Terrorismusbekämpfung mussten wir uns auf die Dschihad-Rückkehrer beschränken. Für Sperenzchen wie flächendeckende Online-Überwachung bleibt da nicht viel übrig. Wo diese Versäumnisse nun hinführen werden, wird Ihnen mein Kollege vom MND, Brigadier Jules Wernli, veranschaulichen.«

Während der anonym gebliebene Westschweizer Platz nahm, stand ein hoher Militär auf. Steife Haltung, akkurat geschnittene Haare, messerscharfe Bügelfalten auf der grauen Uniformhose. Sich hörbar räuspernd, drückte er eine Tastenkombination auf dem Laptop vor sich, worauf die Flatscreens an den Wänden das Bild wechselten. Was sie alle zu sehen bekamen, war eine auf die Schnelle zusammengeschusterte PowerPoint-Präsentation. Sogar ein Unterstufenschüler hätte sie besser hinbekommen.

Mia schmunzelte unweigerlich, als Maxi das Gesicht verzog. Dass er nicht in Schnappatmung verfiel, war ein Wunder.

Auf der ersten Folie hatte sich jemand dreist bei einem Wissensvideo von SRF Kids bedient. Das Bild zeigte eine Schwarz-Weiß-Animation mit Routern, Servern und unzähligen Kabeln, die alles zum Netz verbanden. Wer gute Augen hatte, konnte am unteren Rand sogar noch die Legende entziffern: ›Kinderleicht erklärt. Roboter Fred kennt sich aus und weiß die Antwort auf die Frage: Wie funktioniert das Internet?‹

»Spätestens das ist jetzt ein Facepalm-Moment«, flüsterte Mia, während ihr allmählich bewusst wurde, dass die wenigsten Menschen in dem Raum wirklich technikaffin waren. Die berühmt-berüchtigte Aussage der ehemaligen deutschen Bundeskanzlerin Angela Merkel, das Internet sei »für uns alle Neuland« und noch »undurchschrittenes Terrain« wurde hier, wo die Entscheidungsträger an den Schalthebeln der Macht saßen, schmerzhaft bestätigt.

Die nächste Folie war mit dem Kürzel ›KI‹ betitelt. Irritiert wechselten Maxi und Mia mit Stefan Gerber einen

Blick, als aufgelöst wurde, dass damit ›Kritische Infrastruktur‹ gemeint war. Typischer Fall von Politikern, die keine Ahnung von der Materie haben.

»Draußen geht das Leben seinen gewohnten Gang«, begann der Brigadier. »Derweil erfasst die UMM-App schleichend alle Bereiche des öffentlichen Lebens. Obwohl die App nicht mehr ganz neu ist, verzeichnen unsere Technikabteilungen erst seit wenigen Tagen einen sprunghaften Anstieg an Störungsmeldungen und Schadensfällen. Wir rechnen die Daten stündlich hoch, und es sieht ganz danach aus, als ob wir es – was Gott behüte – mit einer Exponentialkurve zu tun haben. Dieses Virus durchdringt einfach alles. Bald könnte es so weit sein, dass sowohl ein Großteil der Mailingprogramme als auch YouTube, Google, Twitter, Facebook und Co. entweder nicht mehr sicher oder instabil sind beziehungsweise gar nicht mehr störungsfrei funktionieren. Die User werden massenweise ihre sensiblen Daten von diesen Plattformen entfernen. Zumindest die Intelligenteren unter ihnen. Die Spinner sowie die rechten und linken Verschwörungstheoretiker hingegen werden sich wieder einmal zusammenrotten – ironischerweise just im Digital Life – und den Staat mit Gerüchten, Fake News und Propaganda-Botschaften überziehen. Gegner von Mobilfunkantennen, Globalisierungskritiker, Anhänger esoterischer Ideen. Das alles hatten wir schon. Denken Sie nur einmal an die Mär von der bösen globalen Elite, an Pizzagate und QAnon, an die Bilderberg-Konferenz oder an die Furcht vor Zwangsimpfungen und totaler Überwachung.«

Er wartete einen Moment, um zu sehen, ob jemand etwas anmerken wollte, und als alle dies unterließen, meinte er: »Was uns jedoch richtig Sorgen bereitet, ist der potenzielle vollständige Outage. Eine Internet-Downtime quasi, die sich über mehrere Tage oder Wochen erstreckt. Ein gesamthelvetischer Logout, wenn man so will. Niemand würde postwendend daran sterben, das schon. Bis in die 90er-Jahre hinein hat sich die Schweiz auch ohne Netz ganz passabel entwickelt. Inzwischen jedoch ist unsere Gesellschaft derart verkabelt und verbunden, dass die Errungenschaften der Zivilisation nicht nur im metaphorischen Sinn am Ladekabel hängen.

Bereits nach zwei Tagen wären die finanziellen Auswirkungen monströs. Wie sollen Nationalbank, UBS, Credit Suisse oder die Raiffeisenbanken und die Kantonalbanken ohne stationäre Breitbandanschlüsse ihre Transaktionen abschließen oder an den Börsen investieren? Hamsterkäufe, ein Run auf die Geldinstitute, vielleicht sogar allgemeine Panik wären die Folge. Notrufnummern funktionieren nicht mehr. Kantonale sowie staatliche Rettungs- und Gesundheitsdienste sind zu großen Teilen gelähmt. Da über 70 Prozent der Erwerbstätigen hierzulande im Dienstleistungssektor tätig sind, ginge bei einem Totalausfall der IT-Systeme ein Viertel aller Unternehmen bankrott. In der Schweiz beginnt es, aber es wird zum Flächenbrand, so viel ist gewiss. Gut die Hälfte der Erdbevölkerung ist mit dem Internet verbunden. Ohne Netz ist Arbeiten unmöglich. Sobald der Tag X da ist, bricht die Wirtschaft zusammen. Die Welt stünde am Abgrund, ein längerer Totalausfall würde die Gesellschaft ins Chaos stürzen.«

Als wäre ein höheres Wesen, das zugleich auch ein sarkastisch-fieser Geist war, orchestrierender Leiter dieser Zusammenkunft, begannen drei der Flatscreens für einige Sekunden zu flackern. Brigadier Jules Wernli bemerkte es nicht. Zumindest ließ er sich nicht anmerken, ob er es überhaupt registriert hatte, und überging die Angelegenheit geflissentlich. »2018 war ganz Sierra Leone für drei Tage offline. Bis zum heutigen Tag wurde nicht restlos geklärt, wie es zu dieser gewaltigen Panne kam. Die wirtschaftlichen und sozialen Folgen des Outage waren enorm, und das, obwohl damals lediglich drei Prozent der Bevölkerung ans Netz angeschlossen waren. In der Schweiz sind es über 99 Prozent. Hier ginge alles den Bach runter.«

Mia spürte intensiv, wie still es im Raum geworden war. Mochte der Brigadier auch nicht der begnadetste Redner sein, so nahmen die schwarzmalenden Bilder, die er zu entwerfen verstand, dennoch die Anwesenden gefangen.

»Zuerst würde unser rollender Verkehr Probleme bekommen, denn die Ampeln an den Kreuzungen funktionieren übers Netz. Draußen auf den Straßen hat es schon begonnen, wie einige von Ihnen auf dem Weg hierher vielleicht bemerkt haben. Auch bargeldloses Bezahlen ist nicht mehr möglich, und nach und nach brechen die wichtigsten Versorgungswege zusammen. Es existieren natürlich Notfallpläne. Aber wahrscheinlich sind die alle irgendwo im Netz gespeichert, was – wenn ich das anmerken darf – schon etwas ironisch ist. Supermärkte, Apotheken, der ganze Detailhandel: Sie alle bestellen nach dem Just-in-Time-Prinzip. Niemand unterhält noch große Lagerbestände, da dies zu viel kostet. Die Güter für den täglichen Bedarf werden in einem logistischen Kraftakt von A nach B geliefert. All das basiert auf dem Internet. Und last, but not least: Die Daten, welche die Kontrollstationen im ganzen Land zu den Wasserwerken liefern, kämen dort nicht mehr an. In der Folge sperren die Werke automatisch die Wasserzubereitung. Sie sehen, meine Damen und Herren, sogar unsere Trinkwasserversorgung ist in Gefahr.«

Die nun folgende Stille manifestierte sich beinahe, bis man sie hätte greifen können. Irgendjemand spielte mit der Zellophanverpackung einer Zigarettenschachtel, und das Rascheln dröhnte durch den Raum.

»Haben Sie schon weitergedacht?«, war da plötzlich eine jugendliche Stimme zu hören.

»Wie bitte?«

»Haben Sie schon weitergedacht?«, wiederholte Maxi Winter seine Frage. »Was ist mit den Zügen? Dem Fernverkehr, dem Regionalverkehr, den Intercitys? Die Geräte und Maschinen tauschen Informationen und Daten aus. Die gesamten Bahnanlagen sind vernetzt. Angefangen von den Weichen, hin zu den Rolltreppen und Aufzügen zu den Perrons bis zu den Loks und Güterwagen selbst. Überall wurden Kommunikationsbausteine zur Fernüberwachung installiert. Die moderne Sensorik hat sich wie ein Leichentuch über die Streckenführung gelegt. Die SBB werden gegroundet, wenn diese Krise anhält. Und was ist mit den Flugzeugen? Den Flughäfen? Erleben wir abstürzende Jumbojets?« Entsetzen huschte über sein Gesicht, als er anfügte: »Oh, mein Gott – was ist mit den Kernreaktoren? Was ist mit Gösgen? Beznau? Leibstadt?«

Der Brigadier verzog keine Miene, als er zur Antwort ansetzte.

»Stellen Sie sich auf Stromschwankungen und womöglich flächendeckende Blackouts ein«, legte er lediglich dar.

11

Zweieinhalb Stunden später, als die Mammutsitzung noch immer im Gang war, tippte ein rothaariger Bundeshausmitarbeiter dem Vizedirektor der Operativen Cyber-Sicherheit auf die Schulter und überreichte ihm drei Aktenordner. Stefan Gerber deutete ein Nicken an, gab eine Akte links von sich weiter an seine Bürstenhaarschnitt-Assistentin, während er die restlichen zwei Mia und Maxi hinhielt. Währenddessen beugte sich der Beamte vor, um Gerber etwas zuzuflüstern, worauf dieser sich erhob.

»Gehen wir«, meinte er forsch.

Mia Abderhalden folgte seinem Beispiel. Als sie aufstand, knackten ihre Gelenke, während ein missliches Kribbeln über ihre Beine strich: das klassische Ameisenlaufen, nachdem man zu lange unbeweglich in einer Position verharrt war. Sie schwankte kurz, und Maxi fasste sie am Oberarm, um sie zu stützen.

»Danke, es geht schon wieder.«

Der Bundeshausmitarbeiter, der die Akten gebracht hatte, schritt voran. Als hinter ihnen die Tür zum Konferenzraum ins Schloss gefallen war, warf der Mann einen Blick auf ein Klemmbrett, wo er von einem Blatt in alphabetischer Reihenfolge vier Namen ablas: »Abderhalden Mia, Gerber Stefan, Winter Maximilian und Zgraggen Maria?«

»Korrekt«, antwortete die wortkarge Frau mit dem Bürstenhaarschnitt.

Zumindest ihren Nachnamen hatten sie nun erfahren. Wahrscheinlich ursprünglich eine Urnerin, wenn man so hieß …

»Gut. Jemand unter Ihnen soll Kilian Eugster persönlich kennen, stimmt das?«

»Ich.« Wie ein Primarschüler hob Maxi die Hand. »Wobei der letzte Kontakt auch schon lange her ist.«

»Besser als nichts«, meinte der Rothaarige. »Bitte folgen Sie mir. Ihre Expertise ist vielleicht vonnöten.«

Sie stiegen in den Fahrstuhl ein. Diesmal ging es zwei Stockwerke nach oben, ins erste Untergeschoss. Erneut passierten sie eine Sicherheitsschleuse, erneut führte man sie in einen Konferenzraum. Nahm sich dessen Vorgänger noch futuristisch aus, wirkte dieser hier in seiner Behäbigkeit und den getäfelten Wänden wie der Innenraum eines 50er-Jahre-Chalets aus Gstaad oder Zermatt. Wären die zwei Militärsoldaten nicht gewesen, die beim Eingang Wache standen, hätte Mia sich wohlgefühlt. Besonders der Kunstdruck eines Gemäldes von Ferdinand Hodler hatte es ihr angetan. Es mochte wohl Interlaken zeigen oder sonst einen Flecken Heimat, der irgendwo bei den Seen und Bergen zwischen Oberhasli und Thun lag.

Ein Zeichen des Wiedererkennens huschte über Stefan Gerbers Gesicht, als er hinter einem Holztisch den Mann erblickte, der zweifellos das Sagen hatte.

»Andreas!«, grüßte er.

»Stefan! Schön, dich wiederzusehen. Wie geht es? Barbara und die Kinder wohlauf?«

»Prächtig, prächtig, alle gesund«, erwiderte der Vizedirektor, und dann, übergangslos wieder zu fachmännischer Zurückhaltung findend, wollte er wissen: »Der NDB braucht einen Zeugen?«

»Wir sind dabei, das Täterprofil zu vervollständigen. Jemand, der den Verdächtigen kennt, ist da immer hilfreich.«

Der Angesprochene – später sollte er sich vollständig als Andreas Baumann vorstellen – deutete auf eine Reihe Stühle, ohne sein Angebot auszusprechen. Mia und Maxi nahmen Platz, während die Wand ihnen gegenüber von einem Beamer angestrahlt wurde. Sie erblickten einen flimmernden Curriculum Vitae, der einer Mustervorlage aus dem Internet hätte entsprungen sein können. Alles tabellarisch aufgelistet: Beginnend mit den persönlichen Angaben, ging es weiter mit den Informationen zur Ausbildung und dem beruflichen Werdegang. Auf einem weiteren Möbelstück weiter rechts standen zwei Flatscreens, die absolut nicht zum altbackenen Interieur passen wollten.

»Kilian Eugster«, begann der Geheimdienstmitarbeiter, »ledig, keine Kinder, Schweizer von Geburt an, Bürgerort ist Wallisellen im Bezirk Bülach. Mutter aus dem Kanton Zürich, der Vater aus dem Sankt Galler Rheintal. Dort haben die Eltern auch ein Einfamilienhaus gebaut, namentlich in der Ortschaft Heerbrugg. Die Mutter Hausfrau, der Vater Ingenieur bei der Leica Geosystems AG. Die Firma stellt elektrooptische Geräte samt Software-Applikationen her. Wahrscheinlich hat der Sohnemann sein Händchen für Apps vom Vater geerbt. Kilian ist ein Einzelkind. Er besuchte die Primarschule Balgach, danach die Sek und die Kanti Heerbrugg, wo er in den Schwerpunkten Physik und Anwendungen der Mathematik maturierte. Es folgte ein Studium an der ETH Zürich. In der vorlesungsfreien Zeit immer wieder Praktika im Tessin, und zwar im CSCS, dem Centro Svizzero di Calcolo Scientifico. Das ist das nationale Hochleistungsrechenzentrum, eine autonome Einheit der ETH.«

»Er hatte Zugriff auf Hochleistungsserver?«, unterbrach ihn Mia, wobei sie die Brauen krauszog.

»Korrekt«, antwortete Baumann und fuhr unbeirrt fort: »Nach dem Studium bei der CT Cinetrade AG angestellt. Assistent einer Abteilungsleiterin. Erarbeitung von Statistiken, Unterstützung bei der Dienstplanung und allgemeine Assistenzarbeiten. Später dann Wechsel in die Privatwirtschaft als Start-up, wobei er sich als Anbieter für Online-Marketing einen Namen machte. Der Firmensitz ist wieder im Rheintal, in Balgach, um genau zu sein. Er spricht Deutsch, Englisch, Französisch, etwas Spanisch, sogar ein wenig Mandarin, das er sich in Weiterbildungskursen angeeignet hat. Eugster ist methodenkompetent, kreativ, penibel genau und ein außergewöhnliches Organisationstalent. Seine Hobbys sind Literatur, Basketball und Umweltschutz sowie – ich bitte, das Klischee zu entschuldigen – Pokémon-Turniere. Fällt Ihnen, Herr Winter, noch spontan etwas ein, wodurch Herr Eugster irgendwie fassbar wird?«

»Lost Places«, antwortete Maxi, ohne groß darüber nachdenken zu müssen.

»Wie bitte?«

»Er hatte schon immer ein Faible für verlassene Orte«, erklärte der Hacker. »Seit ich ihn kenne, interessierte ihn das ›Urbexing‹. Soweit ich weiß, betreibt er einen Blog darüber. Oder einfach nur ein Insta-Profil, so genau bin ich mir nicht sicher. Jedenfalls etwas mit unzähligen Fotos verfallener Gemäuer.«

»Dieses ›Urbexing‹, das ist so etwas wie ein Kofferwort, oder?«, meldete sich Frau Zgraggen erstmals zu Wort.

»Ja, eine Abkürzung für ›Urban Exploring‹«, erläuterte Maxi. »Dabei geht es um das Erkunden aufgegebener Orte oder Gebäude: geräumte Industriehallen, seit Jahren leerstehende Betriebe, stillgelegte Firmen, aber auch die

Kanalisation oder verstaubte Lagerhallen. Bei uns in der Schweiz natürlich auch Stollen und Bunkeranlagen des Militärs. Diese Bauschuttromantik halt. Meistens geht es darum, bizarre Fotosujets zu erhaschen. Bäume etwa, deren Wurzeln aus dem Boden schlagen oder die aus den Mauern wachsen.«

»Und das hat Kilian Eugster dokumentiert?«

Baumann beugte sich über einen Schreibblock und machte sich einige Notizen, während Winter fortfuhr: »Ich glaube, es ging ihm eher um die Ästhetik. Viele der Fotos wurden in der Nacht geschossen. Die Atmosphäre ist wohl am passendsten gruselig zu nennen. All diese mit Patina überzogenen Wände und Oberflächen – so etwas atmet den Hauch eines Vampirfilms.«

Andreas Baumann sah wieder hoch. Kurz kniff er sich in den Nasenrücken, bevor er meinte: »Gehe ich richtig in der Annahme, dass wir zusammenfassend sagen können, unser Zielobjekt sei darin geübt, aufgegebene Liegenschaften zu erkunden? Er könnte sich also unsichtbar machen und sich locker unserem Zugriff entziehen? Zumindest lockerer, als es dem Durchschnittsbürger gelingen würde?«

»Definitiv.«

Die Miene des Geheimdienstlers verzog sich zu einem gequälten Grinsen, und es wurde noch einen Tick gequälter, als Maxi fragte: »Ist Kilian überhaupt noch in der Schweiz? Ich an seiner Stelle wäre schon längst irgendwo im Schengenraum untergetaucht, zum Beispiel auf einer griechischen Fischerinsel, in einer portugiesischen Finca oder in einer Blockhütte in Lappland.«

12

Die Zeit verstrich, und alle im Raum gingen ein ums andere Mal penibel in den Ordnern Eugsters Lebensdaten durch. An den Wänden hingen flatternde Collagen aus Fotografien, Notizen und Computerausdrucken, hin und wieder aufs Neue ergänzt, wenn Baumann einen Post-it-Zettel an ein Dokument heftete.

Nach einer weiteren Stunde erschien wie aus dem Nichts ein stämmiger, braungebrannter Soldat, der trotz seiner Militärstiefel fast lautlos ins Zimmer getreten war. Umso vernehmlicher war indes seine markante Stimme, mit der er fahrig kundtat: »Wir haben ihn!«

»Wen?«

»Eugster!«

Mit mehr Schwung, als nötig gewesen wäre, salutierte der Mann.

»Wo?«

Plötzlich hatten sich alle von ihren Stühlen erhoben. Eine fiebrige Erregung ergriff von ihnen Besitz, und die Müdigkeit, die sich schleichend in ihre Glieder gefressen hatte, war wie weggeblasen.

»Kanal 17«, erklärte der Neue, noch während er sich rührte und auf die beiden Flatscreens zuschritt. Nach wenigen Handgriffen flackerte einer der Bildschirme auf. Wie beim Splitscreen einer Videoüberwachungsanlage war dessen Oberfläche in neun Segmente geteilt. Es dauerte ein paar Sekunden, bis Maxi und Mia erkannten, dass es sich tatsächlich um einen Überwachungsmonitor handelte.

Nach und nach änderte sich die Aufteilung, bis sie asymmetrisch war und in dem 16:9-Rahmen ein größeres 4:3-Bild neben drei kleinen, übereinander angeordneten erschien.

»Wo ist das?«, wollte der Vizedirektor der Operativen Cyber-Sicherheit wissen.

Die Bilder zeigten ein weitflächiges Gelände mit weißgrauen Marmorplatten am Boden, viel Chromstahl und Armierungen. Überall herumwuselnde Leute, ein ganzer Haufen, die meisten mit Gepäck: Rollkoffer, Rucksäcke, Tragtaschen. Die Aufnahmen am Rand waren wacklig, mit einer Perspektive wie aus einem Ego-Shooter, während das Hauptbild die Übertragung einer fix installierten Überwachungskamera präsentierte.

»Flughafen Zürich«, erklärte der Soldat lapidar, »Eingangshalle.«

Maxi nickte. Im letzten Sommer, als er nach Kreta fliegen wollte, war er an ebendieser Stelle von der S-Bahn-Röhre die Rolltreppe hochgekommen. Der Hacker beugte sich vor. Im ersten Moment dachte er, die drei Filme am rechten Bildrand würden ihre Übertragungsgeschwindigkeit beschleunigen. Doch dann merkte er, dass die Besitzer der Bodycams lediglich zum Sprint angesetzt hatten und ihm deshalb alles so abgehackt wie im Schnelldurchlauf vorkam. Passagiere flohen verängstigt nach allen Seiten, um den Weg freizumachen. Die wenigen, die nicht oder zu spät reagierten, wurden beiseitegestoßen. Um zimperlich zu sein, blieb keine Zeit. Für den Bruchteil einer Sekunde überfiel Maxi die Vorahnung, sogleich Zeuge einer grässlichen Bluttat zu werden, denn die Hände, die ab und an ins Bild huschten, hielten Waffen umklammert: eine Glock 26, Kaliber 9 x 19 Millimeter, oder die besonders bei Spezialeinheiten beliebte MP5 von Heckler & Koch. Alles in allem eine Inszenierung, wie sie dem russisch-amerikanischen Actionfilm ›Hardcore Henry‹ hätte entnommen sein können: Bewegung, Tempo, Sensation. Es fehlte nur noch ein treibender Soundtrack zur schaukelnden Kamera, dann wäre die Illusion eines Kinospektakels perfekt gewesen.

»Wer filmt da?«, wollte Mia Abderhalden wissen.

»Das AAD 10.«

Aus Angst, sich zu blamieren, hakte sie erst gar nicht nach, wer oder was sich hinter dieser Bezeichnung versteckte. Als sie aber einen Seitenblick auf Zgraggen warf, erklärte die ansonsten wortkarge Frau mit dem Bürstenhaarschnitt ungefragt: »Das Armee-Aufklärungsdetachement Nummer zehn. Eine Anti-Terror-Einheit des Militärs.«

»Danke.«

Sie zogen ihre Stühle wieder heran und setzten sich. Während Maxi nach vorn gebeugt die Übertragung verfolgte, lehnte sich Mia zurück. Mit einem Mal fühlte sie sich ausgelaugt, erschöpft. Draußen verdunkelte sich bereits der Himmel, und die ganze Angelegenheit, der drohende Zusammenbruch des Internets, die schwafelnden und schwadronierenden Politiker, die sich ebenso planlos wie unbedarft gaben, und diese Aktion der Spezialkräfte, all das ermüdete sie fast bis zur Depression.

Was alle vier Filmperspektiven gemein hatten, war der junge bärtige Mann, auf den sich die Akteure zielstrebig zubewegten. Soeben hatte er die rechte der beiden Rolltreppen beim Check-In betreten, um mit ihr nach oben zu fahren. Das Zugriffsteam war noch geschätzte zwei bis drei Dutzend Meter von ihm entfernt. Da die Übertragung tonlos war, vernahm man nicht, was in der Halle gerufen wurde. In ihrem geschützten Raum im Bundeshaus West – in 102 Kilometer Luftlinie zum Geschehen – sahen sie lediglich, wie Frauen, Männer und Kinder jeglichen Alters und unterschiedlichster Nationalität sich umdrehten, erschrocken zusammenzuckten und, sofern es nur irgendwie möglich war, Deckung suchten.

»Das ist er nicht!«, entfuhr es Maxi. »Viel zu schlaksig, viel zu groß.«

Noch ehe Baumann, Gerber oder sonst jemand auf den Einwand reagieren konnte, durchbrach das Funkgerät des MP mit einem Piepsen die angespannte Stille. Der Soldat nahm ab.

»Von Standortführer Korporal Kugler an Reusser«, ertönte eine unbekannte Stimme. »Antworten.«

»Verstanden. Hier Marco Reusser. Antworten.«

»Verstanden. Erneute Sichtung«, gab der Chef Übermittlung Funk und IT durch. »Übertragung auf Kanal 13. Antworten.«

»Nicht verstanden. Bitte wiederholen. Antworten.«

»Verstanden. Ich wiederhole: Zielperson erneut gesichtet. Übertragung auf Kanal 13. Antworten.«

»Verstanden.«

Und da derjenige, der den Funk eröffnete, ihn auch wieder schloss, gab Korporal Kugler durch: »Verstanden. Schluss.«

Irritiert ließ Reusser das Funkgerät sinken. Ob er den Sinn der Aussage tatsächlich verstanden hatte, war für Mia fraglich. Sein ratloser Gesichtsausdruck sprach jedenfalls Bände. Nichtsdestotrotz trat er an den linken, bisher noch unbenutzten Screen, schaltete ihn ein und suchte den richtigen Kanal.

Auch hier ein kurzes Aufflackern, auch hier Bilder einer Überwachungskamera und mehrerer Bodycams. Der Soldat massierte sich die Wange, als hätte er Zahnschmerzen. Seine gleichermaßen konsternierte wie neugierige Miene ließ Mia lächeln, obwohl diese Reaktion keineswegs der Situation angemessen war, und so wandte sie ihr Augenmerk der Übertragung zu, wo einige Männer in Tarnanzügen an Geschäftslokalen vorbeihasteten. Auf den Werbetafeln las die Journalistin die bekannten Schriftzüge von Lindt und Mövenpick.

»Der Duty-Free-Bereich«, konstatierte Baumann unnötigerweise.

Nebeneinander liefen nun zwei Filme ab. Auf dem rechten Bildschirm war das Einsatzteam unterdessen die Treppenstufen zwischen den beiden Rolltreppen hochgehastet. Einer der Soldaten griff unsanft über die gläserne Verkleidung hinweg und riss den Blonden, am Mantelkragen gepackt, äußerst grob über den automatischen Handlauf. Mit schlenkernden Armen, die Beine in der Luft, schlug der Mann um sich. Einem Zufallstreffer hatte er es zu verdanken, dass er dem ersten MP in seiner Nähe den Ellbogen in die Rippen schlug. Der Blonde schaffte es gerade noch, wieder auf die Füße zu kommen, als ihm ein Soldat seinen Gewehrkolben an die Schläfe donnerte. Wie ein Kartenhaus klappte der Mann zusammen. Wenig später umringten ihn vier Personen. Breitbeinig standen sie über dem Bewusstlosen, die Mündungen ihrer Gewehre ausnahmslos nach unten gerichtet.

Die Situation war chaotisch zu nennen. Die Flughafenpolizei, die als Verstärkung eingetroffen war, geleitete Passagiere und Touristen aus dem Bereich der Haupttreppen. Die statische Überwachungskamera, die an ihren

Bildrändern auch die Brüstungen des ersten und zweiten Stockwerks einfing, zeigte Dutzende von Gaffern mit gezückten Handys, die am Geländer lehnten und mit cooler Gelassenheit die Festnahme filmten.

Nicht minder verworren präsentierte sich die Lage bei den Duty-Free-Shops im Airside Center. Auch hier hastete eine Spezialeinheit zwischen mit Kosmetikartikeln, Tabakprodukten und Spirituosen angefüllten Regalen hindurch, schlängelte sich um die von Urlaubern zurückgelassenen Gepäcktrolleys und stellte schließlich vor einem meterhohen Stand mit XXL-Toblerone-Sonderpackungen eine Person mit tief ins Gesicht gezogener schwarzgelber Baseballmütze.

Da auf dem rechten Bildschirm alles unter Kontrolle zu sein schien, richteten die Anwesenden ihre Aufmerksamkeit nun auf den anderen Screen.

»Ist er das?«, wollte Andreas Baumann mit überspannt wirkender Stimme wissen.

»Hm«, machte Maxi.

»Was heißt das? Ist das nun Eugster oder nicht?«

Maxi kam erst gar nicht dazu zu antworten. Er wäre auch viel zu abgelenkt gewesen, denn auf dem Bildschirm näherten sich die Einsatzkräfte gerade in atemberaubender Geschwindigkeit der Person vor dem Toblerone-Stand. Obwohl die Kameras wackelten, war das Logo auf dem Baseball-Cap klar zu entziffern: Das große Y und das große B, die als 3D-Stickerei vorn seitlich über die Sonnenblende liefen, gaben den Träger als Fan der Young Boys zu erkennen.

Erschrocken hob die Person die Hände, die Finger weit abgespreizt, als ob dies ihre Harmlosigkeit unterstreichen würde. Allmählich kamen neben Kinn und Mund auch die Nase, die Wangen, die Augenpartie ins Sichtfeld, und Maxi fühlte sich wie ein Kind, das nach langem Warten sein Weihnachtsgeschenk auspacken darf. Dieser Moment, wenn die Identität eines gesuchten Verbrechers endlich festgestellt werden konnte, ergriff ihn wie eine eiskalte Hand, wobei Unheil verkündende Vibrationen seinen Körper durchfuhren.

Einer der Soldaten ließ seine Linke vorschnellen. Mit einem raschen, effektiven Stoß an den Schirm der Mütze schnippte er die Kopfbedeckung weg. Blonde Locken wogten darunter hervor, fielen wie ein goldenes Vlies auf die Schultern herab.

»Scheiße!«, entfuhr es Baumann ungestüm. »Scheiße, Scheiße, Scheiße! Verdammte Scheiße!«

»Eine Frau!«, sprach der stämmige MP Reusser das Offensichtliche aus.

Betretenes Schweigen.

Stefan Gerber lachte müde auf, dann war es wieder still, während die zwei Bildschirme ein konfuses Durcheinander übertrugen. Schwer bewaffnete Männer in Splitterschutzwesten, welche die Visiere ihrer Kevlar-Helme hochklappten und Sturmgewehre und Maschinenpistolen entsicherten. Passagiere, die sich allmählich aufrappelten und wieder aus der Deckung wagten. Die Blondine, die ihre Hände inzwischen nach unten genommen hatte, und im Hintergrund sogar eine zu Tode erschrockene Zivilistin, die beschämt eine Handtasche vor ihre Jeans hielt, wobei es ihr nur teilweise gelang, den dunklen Fleck in ihrem Schritt zu verdecken.

»Ein Desaster«, murmelte Baumann vom NDB.

Einen Augenblick lang versuchten Maxi und Mia unabhängig voneinander, ihre Gedanken zu ordnen, und dann passierten zwei Dinge gleichzeitig: Andreas Baumann, bebend vor Zorn, schlug mit der Faust auf die Tischplatte, während erneut die Stimme des Standortführers Kugler durchs Funkgerät dröhnte.

Diesmal überging er die Essentials der militärischen Sprechregeln: »Korporal Kugler hier. Äh, ich bin mir nicht so ganz sicher, aber wir haben eine erneute Sichtung. Übertragung auf Kanal 14.«

»Verstanden«, antwortete Marco Reusser und drehte das Gerät ab.

Er trat drei Schritte vor, hob die Hand, um am Bildschirm die Übertragung zu justieren, zögerte ein wenig, bevor er sie resigniert wieder sinken ließ. Niemand aus ihrer Runde widersprach.

»Ich glaube, wir brauchen jetzt einen Kaffee«, sagte Gerber schließlich.

»Ich einen Scotch«, witzelte Baumann.

»Mir auch einen«, meinte eine müde Mia Abderhalden.

Maxi Winter, der unentwegt auf die Splitscreens geachtet hatte, wandte sich erstmals um und erkundigte sich: »Herr Reusser, ist es möglich, von den zwei falschen Zielobjekten die T-Shirts oder Pullis ins Bild zu bekommen?«

Der MP sah ihn verwirrt an, dann jedoch lächelte er.

»Ich verstehe Ihren Gedankengang nicht«, warf Gerber ein, doch der Hacker hatte sich schon wieder umgedreht und starrte unentwegt auf den Bildschirm. Über Funk gab Reusser ein paar Befehle durch, und alle warteten gespannt darauf, was auf den Screens passieren würde.

»Wird wohl nichts aus unseren Drinks«, meinte Mia. Ob ihre Enttäuschung gespielt oder echt war, konnte Baumann nicht sagen, und anstelle einer Antwort presste er die Lippen zusammen.

Wenig später richtete einer der Soldaten des Armee-Aufklärungsdetachements, die noch immer auf den Treppenstufen beim Check-In standen, die Bodycam seines Helms auf den blonden Zivilisten. Wie die Übertragung preisgab, war der Mann leicht verletzt. Blut rann von seiner aufgeplatzten Unterlippe zum bärtigen Kinn, ein Auge schien geschwollen zu sein. In ihrem Bundeshauszimmer verfolgten die Anwesenden, wie der Soldat auf den schlaksigen Mann einsprach, woraufhin dieser seinen anthrazitfarbenen Mantel auszog, sich frontal vor der Kamera positionierte und den Stoff seines Pullovers straffte.

Dasselbe geschah fast gleichzeitig auf dem Hauptscreen von Kanal 13. Die blondgelockte Frau – eine elfenhafte Schönheit, wie Mia ihr neidvoll zugestand – präsentierte sich im Duty-Free-Bereich der Polizeikamera. Sie tat es beinahe neckisch. Die rechte Augenbraue hochgezogen, den Mund lasziv geöffnet, was so gar nicht zu ihrem ätherisch-sylphidenhaften Aussehen passte. Sie öffnete die Jacke, und spielerisch langsam griffen ihre Finger an den Saum des T-Shirts darunter, zogen daran, sodass sich der Stoff allmählich über ihre Brüste spannte. Auf einen BH hatte sie augenscheinlich verzichtet.

Baumann und Winter beugten sich noch weiter vor. Was beim einen einer peinlich-vulgären Altersgeilheit geschuldet sein mochte, war beim anderen definitiv Ausdruck eines Strebens nach Erkenntnis.

»Ha!«, entfuhr es denn auch dem Hacker, als er auf beiden Kanälen dasselbe aufgedruckte Motiv auf dem Shirt respektive dem Pullover erkannte, nämlich das Foto eines Mannes, ein Allerweltsgesicht, dessen Augenpaar wie bei einem Passfoto direkt in die Linse sah. »Das ist Eugster.«

»Kein Zweifel?«

»Kein Zweifel«, bestätigte Maxi. »Das ist er. Dieser listige Hund! So en Siebesiech, wie meine Oma gesagt hätte.«

»Wieso tragen die sein Konterfei auf der Brust?«

Gerber musterte Maxi aufmerksam. Zum ersten Mal hatte dieser den Blick von den Bildschirmen abgewandt und trommelte mit den Fingern auf der Stuhlkante herum. Die Gereiztheit des Vizedirektors nahm zu, als er nachhakte und der Hacker noch immer nicht antwortete. Mia, die ihn ebenso beobachtete, merkte, dass er ganz in Gedanken versunken war. Ehe Gerber erneut zur Frage ansetzte, stand Maxi entschlossen auf.

Er gähnte unverhohlen, ohne sich die Hand vor den Mund zu halten.

»Das ist ein Spiel. So wird die Polizei ihn nicht finden, und schon gar nicht auf dem Flughafengelände. Kaum wird es ernst mit seiner App, führt Kilian alle an der Nase herum. Vor ein paar Jahren gab es mal dieses Design-Projekt namens ›HyperFace‹. Ich glaube, Kilian hat sich davon inspirieren lassen. Deren Forscher haben sich damit beschäftigt, wie man abstrakte Muster auf T-Shirts druckt, um die Algorithmen intelligenter Überwachungssysteme zu überlisten. Grob gesagt, geht es da um Pareidolie.«

»Pareido... was?«

»Pareidolie«, wiederholte Maxi. »So heißt das Phänomen, das beschreibt, weshalb wir Menschen überall Gesichter erkennen, wo eigentlich gar keine sind.«

Er merkte, wie ihm ein Schatten die Sicht verdüsterte, als sich Mia vorbeugte, wissend nickte und seine Ausführungen ergänzte: »Das ist wie die Figuren in den Wolken, die wir zu sehen glauben, wenn wir im Sommer im Gras liegen und zum Himmel schauen.«

»Richtig«, bestätigte Maxi. »Das ›HyperFace‹-Projekt macht sich diese Fehlwahrnehmungen zunutze. Es braucht nicht viel, um in Dingen Gesichter zu sehen. Der Smiley ist das klassische Beispiel: Punkt, Punkt, Komma, Strich, fertig ist das Mondgesicht. Unser Gehirn rechnet die Informationen, die es erhält, auf den einfachsten Nenner herunter. Ebenso tut dies ein Computer, der auf Gesichtserkennung spezialisiert ist – auf Bahnhöfen, öffentlichen Plätzen oder eben auch auf Flughäfen. Die Leute, die heute Abend als Kilian Eugster identifiziert werden, tragen einfach ein bedrucktes T-Shirt spazieren. Einmal vor der Kamera vorbeidefiliert, schon meldet das System, der Gesuchte sei gesichtet worden.«

»Aber wieso sollten die das tun?«, wollte Maria Zgraggen wissen.

Maxi zuckte mit den Schultern.

»Wieso nicht? Millennials machen jeden Scheiß mit. Stichwort ›Ice Cream Challenge‹. Oder Flashmobs. Wenn unsere Enkelkinder einmal auf diese Epoche zurückblicken, was werden sie wohl von uns denken? Wir leben in einer Zeit, in der Kackhaufen-Emojis und Regenbogen kotzende Einhörner das höchste der Gefühle sind. Unsere Gesellschaft fördert das Groteske. Aber ich vermute mal, diese Typen wurden im Voraus von Kilian gebrieft, dass sie zu einem bestimmten Zeitpunkt mit seinem Gesicht auf den Kleidern durch den Flughafen spazieren und vor jeder Linse einer Überwachungskamera kurz den Mantel öffnen sollten. Vielleicht hat er sie auch noch dafür bezahlt. Ich wette, Ihr Korporal Kugler wird Ihnen in den nächsten Stunden immer wieder mal Sichtungen melden. Item, es ist spät geworden. Das wird nix mehr heute. Ich will jetzt irgendwo in ein warmes Bettchen kriechen.«

Mia sah, dass Maxis Aufmerksamkeit auf sie gerichtet war. Die unausgesprochene Frage war offensichtlich: Gab es eine freie Couch oder etwas Ähnliches in den Redaktionsräumen von ›GigaBites‹? Irgendeine Schlafmöglichkeit? Sie zögerte ein wenig mit der Antwort. Hatte sie Lust, sich in den miefigen Zimmern des Online-Magazins zu verkriechen? Ohne Dusche, ohne Bad? Schließlich gab sie sich einen Ruck, wandte sich direkt an Stefan Gerber und erkundigte sich: »Bezahlt der Bund unser Hotelzimmer?«

»Haben Sie denn eines?«

»Noch nicht. Aber für eine Heimfahrt ist es zu spät. Und wahrscheinlich möchten Sie, dass wir uns zur Verfügung halten, oder?«

Der Vizedirektor der Operativen Cyber-Sicherheit lächelte. Fasziniert registrierte er, wie die Journalistin dabei war, sich vom Staat eine Gratisübernachtung zu schnorren.

»Alles auf Kosten des Steuerzahlers?«, entgegnete er mit gespieltem Sarkasmus.

»Ich bin Steuerzahler«, warf Maxi müde ein, »und zwar nicht zu knapp.«

»Schon gut, schon gut.« Gerber hob abwehrend die Hände. »Suchen Sie sich ein Businesshotel aus. Obergrenze 200 Franken die Nacht. Lassen Sie sich die Quittung geben und reichen Sie das als Spesenrechnung ein. Das Geld überweisen wir dann.«

Maxi Winter lachte gequält auf. »Überweisen, pah! Wie denn, so ohne Internet?«

13

Die Besprechung im Bundeshaus West würde sich noch stundenlang hinziehen, höchstwahrscheinlich bis in die Morgenstunden, davon waren Maxi Winter und Mia Abderhalden überzeugt. Mit roten Augen und übernächtigt wirkenden Gesichtern würden einige Bundesratsmitglieder dann eine Pressekonferenz geben, um der ganzen Schweiz die schlimme Nachricht zu verkünden. So und wohl nicht anders würde es ablaufen.

Der Hacker und die Journalistin reichten Gerber, Zgraggen und Reusser die Hand zum Abschied, und ein übermüdeter Andreas Baumann entließ sie schließlich aus dem getäfelten Konferenzraum. Es war bereits 20 Minuten nach Mitternacht, als der NDB-Mitarbeiter einem der vor der Tür stehenden Militärsoldaten Weisung gab, die beiden Gäste durch alle Sicherheitsschleusen nach draußen zu geleiten.

»Beim Eingang liegen noch unsere Handys in einer Strahlenschutzbox«, meinte Maxi, während ihre Schritte vom blank gewienerten Fußboden widerhallten. »Die hätten wir gern wieder.«

Der Soldat nickte bloß.

»Können Sie uns auch einen Wagen rufen lassen?«

»Ist machbar«, knurrte der Mann. Anscheinend war er ebenso lang auf den Beinen wie alle anderen in diesem hohen Haus.

Zehn Minuten später saßen Maxi und Mia, endlich wieder mit ihren Smartphones ausgestattet, auf der Rückbank eines Taxis, das sie zum Parkhaus City-West bringen sollte. In Mias Mitsubishi lag noch immer Maxis Gepäck: seine Umhängetasche, die er in weiser Voraussicht mit Pyjama, Necessaire und frischer Wäsche vollgestopft hatte. Nachdem der Hacker alles aus dem Kofferraum geklaubt hatte und sie vor dem Gebäude neben dem Kocherpark standen, deutete Maxi die leicht ansteigende Straße hinauf.

»Da lang, vermute ich, oder?«

Vor Stunden, als sie vor dem Bernabrunnen aus dem beigefarbenen Kleinbus gestiegen waren, hatte es gerade zu schneien begonnen. Inzwischen lag eine zentimeterdicke Pulverschneeschicht auf dem Trottoir.

»Ja«, bestätigte Mia. »Oben rechts um die Ecke liegt das Kongresszentrum, wenn ich mich nicht irre. Da hat es ein Hotel.«

»Haben die noch geöffnet?«

»Das liegt so zentral, hier in der Gegend haben doch alle Hotels eine 24-Stunden-Rezeption«, antwortete sie mit einem Zweckoptimismus in der Stimme, der Maxi nicht verborgen blieb.

14

Das Hotel hatte offen. Im Erdgeschoss, gleich neben der gähnend leeren Café-Bar-Lounge, bediente sie eine muntere Rezeptionsmitarbeiterin mit Solothurner Dialekt, die ihnen ein Doppelzimmer heraussuchte, das nicht nur über eine Dusche, sondern auch über eine Badewanne verfügte.

»Ihr Badge«, meinte die Dame und reichte den neuen Gästen einen Ausweis im Kreditkartenformat.

»Ob der übers Internet funktioniert?«, murmelte Maxi, als sie den Weg zum Aufzug einschlugen.

Sie betraten den Lift und fuhren, von Vivaldis unausweichlichen ›Vier Jahreszeiten‹ beschallt, in den dritten Stock. Als die silbernen Türblätter zur Seite glitten und Maxi einen Schritt in den dunklen Hotelflur tat, erhellte ein Sensor den Gang. Wie sich gleich herausstellte, hatte man ihnen ein Eckzimmer zugewiesen. Mia steckte den Badge in die dafür vorgesehene Halterung, sodass automatisch die Lichter und das Fernsehgerät mit dem Lagerfeuer-TV angingen.

»Romantisch«, bemerkte Mia, als sie den Raum inspizierte.

Ein Schuss ins Blaue, um die Lage zu sondieren. Doch Maxi reagierte nicht. Ein ums andere Mal öffnete und schloss er die Zimmertür, wobei er auf das typische Geräusch achtete, wenn das elektronische Schloss einrastete. Zugleich untersuchte er den drehbaren Türknauf.

»Probleme?«, fragte Mia irritiert.

»Wahrscheinlich nicht. Bei Feuer müssten die Türen ja auch zu öffnen sein. Selbst dann, wenn der Strom ausfällt.«

»Wäre es denn so schlimm, allein mit mir hier eingeschlossen zu sein?«, startete die Journalistin einen erneuten Versuchsballon. Es war definitiv zu lang her, seit sie das letzte Mal geflirtet hatte.

»Hm.«

Dieser Jungspund war doch wirklich nicht zu durchschauen. War er etwa asexuell oder einfach nicht an ihr interessiert?

Die Heizung war aufgedreht, das Zimmer wohlig temperiert. Auf dem Schreibtisch lagen einige Broschüren aus, und ein Hinweisschild an der Wand verriet, dass die Fenster und Wände schallisoliert und wärmegedämmt waren. Auf dem auffallend tiefen Fenstersims standen eine Kaffeemaschine sowie ein Wasserkocher.

Die Journalistin setzte sich auf den Bettrand und zog sich die Winterstiefel aus.

»Wo schläfst du?« Sie klopfte auf die ausladend breite Matratze des Doppelbetts. »Rechte Seite oder links?«

»Rechts?«, antwortete er unsicher. »Wenn es dir egal ist …«

»Kein Problem. Hast du Schlafzeug dabei?«

»Ja.«

Klar hatte er das. Wie hätte es auch anders sein können, stellte sie leicht verärgert fest. Sie selbst hatte natürlich nichts dabei. Warum auch? Wie verdammt planmäßig er doch immer vorging, dieser Hacker. Sie stand auf, um ihm Platz zu machen, und sowie er seinen Crombie Coat ausgezogen hatte, wurde ihr Blick automatisch wieder von seinen dünnen Beinen angezogen. Aber vielleicht waren sie gar nicht dünn, vielleicht erschienen sie ihr nur so, da er einfach viel zu schlank war. Wie nebenbei fuhr Maxi durch seine leicht gewellten Haare, um sie zu einem Männerdutt zu binden. Das obere Deckhaar mit den Händen abteilend, band er es am Hinterkopf zu einer glatten Schlaufe, die er mit einem Haargummi befestigte.

So kann man nie und nimmer schlafen, fuhr es Mia zufrieden durch den Kopf, und sie merkte, wie ihr die Röte in die Wangen schoss. Schnell drehte sie sich um, hielt zielstrebig auf das Badezimmer zu und meinte betont lässig: »Darf ich mich vor dir frisch machen?«

Er schien ihre Verlegenheit nicht zu bemerken. Die Beine ausgestreckt, den Kopf an den großen Haufen plüschiger Bettkissen gelehnt, fummelte er geistesabwesend an seinem Handy herum. »Geh nur, kein Problem. Ich durchstöbere inzwischen mal das Internet-Archiv nach gelöschten Posts von Kilian. Seltsam, dass Baumann nichts von seinem Urbexing-Spleen wusste.«

Mia schloss die Badezimmertür hinter sich, und sogleich nahm sie diese Atmosphäre aus Klassik und Zeitgeist gefangen. Die in den Spiegelrahmen integrierten LED-Leuchten tauchten das Waschbecken und seinen Unterschrank aus Teakholz in warmes Licht. Die Journalistin betrachtete sich im Spiegel. Die haselnussbraunen Haare standen seitwärts leicht ab, sodass ihr Pixie-Cut inzwischen nicht mehr so zur Geltung kam, wie sie es gewünscht hätte. Ganz allgemein sah sie müde aus, fand Mia, als sie ihr Handy neben dem Keramikbecken deponierte. Müde und erschöpft. Sie schälte sich aus ihrer Kleidung, ließ Höschen, BH und alles andere einfach auf dem Badewannenrand liegen, und öffnete die Tür zur Dusche.

Der Duschwannenboden war mehr als nur großzügig bemessen. Als Mia unter der Brause stand, streckte sie die Arme aus. Es gelang ihr gerade noch, die gläsernen Seitenwände zu berühren. Die Rückwand bestand aus dunklem Marmor, und aus irgendwelchen versteckten Öffnungen, die ihr zuvor verborgen geblieben waren, sprühte Wasser, beinahe nebelartig, und umschloss sie von allen Seiten.

»Ah«, seufzte sie.

Auch im Duschkopf waren LED-Lampen installiert, die das herausbrausende Wasser in allen Farben des Regenbogens beleuchteten. Aus einem Lautsprecher erklang leises Vogelgezwitscher, das sich allmählich zu einem veritablen Urwaldgeräusch auswuchs. Mia seifte sich ein. Mit all dem Schweiß und dem Schmutz, die sich in diesen aufreibenden Stunden auf ihrer Haut angesammelt hatten, schrubbte sie auch ihre Müdigkeit von sich ab. Sie schloss die Augen, genoss den Moment, die Wärme, die Nässe und das Privileg, all dies auszukosten.

Mit dem hoteleigenen Shampoo massierte sie sich die Kopfhaut, fuhr sich kreisförmig durch die Haare und spülte den Schaum ab. Als sie wieder die Augen öffnete, fiel ihr Blick auf ihr Smartphone, das neben dem schwarzen Terrazzobecken lag.

Es leuchtete auf: ein sanft blinkendes Licht, dessen Intensität regelmäßig zu- und abnahm. An jedem normalen Tag hätte sich Mia nichts dabei gedacht, denn unter dem Power-Button ihres Nokia-Handys war ein LED-Benachrichtigungslämpchen versteckt, das sie auf einkommende Nachrichten oder auf aktuelle Termine aufmerksam machte. Aber … Waren diese Zeiten überhaupt noch normal?

Vor sechs Tagen, als sie Maxi noch gar nicht kannte, hatte dieser sie per WhatsApp ins Paul-Klee-Zentrum gelotst. Im Bus Richtung Ostermundigen war es ihr wie Schuppen von den Augen gefallen, dass der Hacker über alle ihre Schritte informiert war. Surfte er im Moment wirklich im Internet-Archiv herum? Oder beobachtete er sie über ihre Handykamera? Die Linse war zur Decke gerichtet. Viel sehen konnte er deshalb ohnehin nicht. Bei jedem anderen Kerl hätte sie inständig gehofft, dass es ein völlig abwegiger Gedanke war, der ihr da kam. Aber bei Maxi? Ihr Mund kräuselte sich ganz leicht. Maxi. Maxi Winter. Maxi, der Spanner. Wollte sie das? Konnte sie ihm böse sein, da sie doch so von ihm angezogen wurde? Sonderbar genug, doch für diese eine Ausnahme war sie bereit, jegliche Wertvorstellungen, die sie die MeToo-Bewegung und all die Debatten über Machtmissbrauch und sexualisierte Gewalt gelehrt hatten, über Bord zu werfen. Sie würde es genießen, Opfer eines Voyeurs zu sein.

Zu ihrer Überraschung ertappte sie sich dabei, wie sie die Glastür öffnete. Ohne die Brause abzustellen, schlüpfte sie aus der Dusche, griff nach einem der flauschigen bordeauxroten Bademäntel, die ein dienstbarer Geist den Hotelgästen bereitgelegt hatte, und zog ihn sich über. Angenehm weich schmiegte sich der Frotteestoff an die Haut. Danach packte sie eines der Wassergläser, nahm es aus der Halterung und stellte es umgekehrt, mit der Öffnung nach unten, auf die Teakholzplatte. Um den Blickwinkel der Selfie-Kamera zu überprüfen, über die Maxi zusah, öffnete sie das Fotoprogramm ihres Handys. Schließlich lehnte sie das Gerät mit der Rückseite ans Glas, die Front Richtung Duschkabine gewandt, und rückte es ein wenig zurecht, bis ihr Körper vollständig im Bild war. Als sie die Foto-App wieder geschlossen hatte, öffnete sie Spotify, wo sie nach einer kurzen Zeit des Überlegens nach Joe Cockers ›You Can Leave Your Hat On‹ suchte.

Was für ein furchtbares Klischee, fuhr es ihr durch den Kopf, aber – hey, wenn man so etwas zum ersten Mal macht, greift man auf Altbewährtes zurück. Sie wusste, mit einer Kim Basinger würde sie es nicht aufnehmen können; niemand konnte das. Aber allein die Gedanken, die diese Musik in Maxis Hirn evozieren würde, waren es wert, dem Sexsymbol eines ganzen Jahrzehnts nachzueifern.

Sie stellte auf ›Repeat‹ und drückte auf ›Play‹.

Während die Trompeten ihr jazziges Intro begannen, ging Mia Abderhalden zurück zur Dusche, um die Brause abzustellen. Barfuß, nur in ihren roten Bademantel gehüllt, stand sie mit dem Rücken zur Kamera und wiegte sich in den Hüften. Bald wurde sie schneller, bald einmal langsamer, bis sie meinte, den richtigen Takt gefunden zu haben, den ihr der Song vorgab, diese Mid-Tempo-Melodie, die fast schon verbotenerweise nach Erotik und Sex schrie.

Mia offenbarte die nackte Schulter, ließ den Mantel verrutschen, drehte sich leicht zur Kamera hin, zum Auge des Betrachters, der im Zimmer nebenan saß. Als Cockers Reibeisenstimme einsetzte, dieses von den Drogen und dem Alkohol geprägte, kraftvolle Markenzeichen, besaß Mias Verlangen bereits etwas Drängendes, Verzweifeltes. Ihr Mund war geöffnet, ihr Atem ging schwer, viel zu schwer, als dass sie noch hätte mitsingen können. Hin und wieder traf sie punktgenau die Töne, aber eigentlich kam es nur mehr auf den Rhythmus ihres Körpers an.

So ungelenk ihr Tanz auch sein mochte, er war eine Einladung.

Sie überließ dem Takt die Führung, vergrub das Gesicht im Bademantel, um es gleich darauf wieder wie wild zu schütteln. Die vorderen, etwas längeren Haupthaare fielen ihr vor die Augen, sie pustete sie weg, formte die offenen Lippen zu einem Kussmund. Im leicht angelaufenen Badezimmerspiegel, gleich hinter der Handykamera, sah sie sich selbst, eine von ungeduldiger Lust getriebene Frau. Mit einem erstickten Schrei fuhr sie mit den Fingern unter den Frotteestoff, verdeckte mit dem Handrücken die Brust, während sie mit der anderen Hand für Maxi den Mantel öffnete.

Cockers Song war zu Ende, und gleich begann er wieder von vorn. Mias Bewegungen hatten inzwischen etwas Aufreizendes. Pure Gier hatte von ihr Besitz ergriffen. Als der Refrain zum zweiten Mal einsetzte, schwang sie die zwei Bademantelkordeln; beim dritten Mal ließ sie den Mantel zu Boden gleiten. Der Bindegürtel, der an beiden Enden in eine Quaste auslief, war das letzte verbliebene Kleidungsstück. Mit Genugtuung bemerkte sie, was ihr das Spiegelbild offenbarte. Trotz einiger kaum sichtbarer Dehnungsstreifen auf den Außenseiten der Oberschenkel war sie attraktiv, von einer elektrisierenden Anziehungskraft und mit vollen Brüsten, die dem Betrachter einladend entgegenwippten. Mit den Quasten strich Mia über den Vorhof ihrer Brustwarzen, bis diese sich allmählich aufzurichten begannen.

Wo blieb Maxi bloß?

Sie trat einen Schritt vor, hin zur Kamera. Wie in Zeitlupe beugte sie sich vor, um nach dem Gerät zu greifen, und ließ es mit wollüstiger Langsamkeit über ihren Körper gleiten, jede Pore ihrer Haut erkundend. Das Handy fuhr ihren Nacken entlang, über die Schulter und die Wölbung ihrer Brust, hinunter zum Bauchnabel und noch tiefer, wo sie es schließlich ausschaltete.

Nach Atem schnappend, griff sie nach ihrer Hose auf dem Badewannenrand, um sie kurzerhand über das Gerät zu werfen. Dieser Kommunikationskanal war also gekappt.

Aus dem beschlagenen Spiegel starrte sie währenddessen eine Unbekannte an, deren flacher Bauch sich hob und senkte, sich hob und senkte. Kondenswasser zog seine Spuren über die kalte Oberfläche des Glases und verzerrte die Figur dieser unbekleideten Frau. Mia spürte, wie ihr der Schweiß ausbrach. Nicht vor Nervosität, sondern weil sie sich verausgabt hatte – körperlich, aber auch seelisch.

Sie raffte die Schultern, atmete tief durch. Ob Maxi sanft sein würde? Darauf bedacht, ihr nicht wehzutun? Oder war er hart und fordernd? So oder so würde er sie glücklich machen, indem er ihre Begierde stillte.

Sorgsam darauf bedacht, mit den bloßen Füßen nicht auf den glatten Fliesen auszurutschen, näherte sie sich der Badezimmertür und zog sie auf. Das Türblatt schwang nach innen und offenbarte den Blick auf den Schlafraum mit dem einladenden King-Size-Doppelbett, Mia, die im Rahmen stand wie eine mit Sonnenlicht umflorte Göttin, wurde vom Temperaturunterschied überrascht. Gänsehaut kroch über ihren Körper, und ihre Nippel stellten sich erneut auf. Auf der rechten Seite des Betts lag Maxi, noch immer in Kleidern, die Beine ausgestreckt, die Arme leicht angewinkelt. Und während Mia einen Schritt auf ihn zu tat, bewegte er den Kopf …

… von ihr weg.

Die Wange auf dem Kissen, rutschte er behäbig seitwärts. Ein einzelner Schnarchlaut entfuhr seiner Kehle, bevor er sich erneut im Schlaf drehte und wie ein Kleinkind die Beine anzog.

Fassungslos starrte Mia in den Raum hinein. Wie wild pochte ihr Herz, und in einem kruden Mix aus Verblüffung und Enttäuschung atmete sie schnaubend aus, als sie das Licht im Bad löschte. Nackt, wie sie war, tat sie einen Schritt auf den Schlafenden zu. Sie zog ihm die Decke über den Körper, tastete sich um das Bett herum, um sich auf der anderen Seite auf die Bettkante fallen zu lassen. Die Matratze fühlte sich angenehm an. Nicht zu weich und nicht zu hart. Wilde Gedanken schwirrten der jungen Frau durch den Kopf, alle zugleich, alle ungeordnet und irgendwie nicht fassbar. Etwas Unwirkliches hatte sie gepackt, sie in eine opake Welt hineingeworfen, in der sie sich ihrer Gefühle nicht mehr sicher sein konnte.

Mia legte sich hin. Sie streckte die Beine zu Maxi unter die Decke, der für einen Moment zusammenzuckte, und drehte sich auf die Seite, sodass sie ihn im flackernden Zwielicht betrachten konnte. Die einzige Lichtquelle, die es noch gab, bildete das künstliche Lagerfeuer im TV-Gerät. Noch vor wenigen Sekunden hatte die Journalistin leicht gefroren. Jetzt aber, obgleich es absurd war, wie sie sehr wohl wusste, vermeinte Mia, die Wärme der Flammen auf ihrer Haut zu spüren.

Zögerlich rückte sie noch etwas näher an diesen hageren Männerkörper heran, der in wohliger Entspannung neben ihr lag. Machte sie sich etwas vor? Spielten ihre Gedanken ihr einen Streich? Noch ehe sie sich von ihren Überlegungen kirre machen ließ, umarmte sie Maxis Taille und legte ihm die Hand auf die Rippen. Er bewegte sich nicht. Während Mia auf Maxis Nasenflügel achtete, die sich beim Atmen rhythmisch aufblähten, um sogleich wieder zusammenzusacken, wurden ihr die Lider schwer und auch sie schloss die Augen.

TAG 15 | LUZERN–ZÜRICH

1

Während Maxi Winter und Mia Abderhalden im Berner Kongresszentrum übernachteten, erhielten Mirko Kostić und Valérie Emmenegger einen Telefonanruf, der – was sie damals noch nicht wussten – zu den wichtigsten in ihrer beider Leben zählen sollte.

Sie hatten Nachtschicht. Dienstantritt war gegen 22 Uhr gewesen, und nicht einmal 60 Minuten später waren sie in einem Pub beim Rathausquai eingekehrt, um sich für die kommenden Stunden aufzuwärmen. Die bargeldlose Bezahlung funktionierte nicht, da es dem Lesegerät für die Kreditkarten nicht gelang, eine stabile Internetverbindung aufzubauen, und so warf Mirko mit einer nonchalanten Geste eine Zehnernote auf den Tresen.

Nach einem Gläschen alkoholfreien Rumpunsches führte sie ihr Patrouillengang die Reuss entlang und über den Rathaussteg. Dunkel waberte das Wasser unter der Fußgängerverbindung. Während tagsüber die Passanten zu Tausenden den Fluss überquerten, verirrte sich zu nachtschlafender Zeit fast niemand mehr hierhin. Schon gar nicht im Winter. Valérie betrachtete einen Aushang, der unerlaubterweise an einem der Eisenpfosten angebracht war, und schüttelte missmutig den Kopf. Mit ihren

Fingern kratzte sie ein paar Eiskristalle vom Geländer, während Mirko nach vorn deutete und vorschlug: »Was meinst du, biegen wir links ab? Runter zum Bahnhofplatz?«

Irgendwo johlten ein paar Jugendliche, und von Nordwesten her kam ein Windstoß auf. Es war nicht sonderlich kalt. Valérie schätzte die vorherrschenden Temperaturen auf höchstens vier bis fünf Grad unter null, doch das Pfeifen und Blasen des Windes verstärkte den Kälteeffekt. Emmenegger nickte, und unter regelmäßigen Atemzügen schritten die beiden aus.

Am anderen Ufer angelangt, ließ das leise Pingen einer eintrudelnden Nachricht die Polizistin nach ihrem Diensthandy greifen.

»Ein heimlicher Liebhaber?«, fragte Kostić spöttisch.

»Eine Mail«, antwortete Valérie unter mildem Lächeln.

»Zu dieser Stunde? Du solltest mal einige Worte mit ihm darüber wechseln.«

Obwohl sie sich gestern und vorgestern – seit ihrem Besuch bei Mirjam und Martin Opliger – einander wieder etwas angenähert hatten und nicht mehr so auf Krawall gebürstet waren, war Emmenegger nicht zum Scherzen zumute.

»Mach ich, mach ich«, antwortete sie zerstreut, bevor sie endgültig verstummte und angestrengt auf den Bildschirm starrte.

Mirko blieb stehen. Hinter ihm ragte die weiße Fassade des Luzerner Theaters mit seinen kantigen Säulen neben den Fensterscheiben in die Winternacht empor.

»Eine Antwort vom Fedpol«, meinte Valérie. »Eben erst gesendet. Die schlafen wohl nie.«

»Fedpol? Ist mir da was entgangen?«

Sie grinste und knuffte ihren Kollegen vertraulich in den Arm.

»Ich habe gestern bloß die KOBIK informiert. Wegen Opliger, du weißt schon. Die ganze Angelegenheit hat mir keine Ruhe gelassen. Und Yvette Grüter tut mir einfach nur leid. Die arme Frau. Wie die sich wohl fühlen muss.«

»KOBIK?«, erkundigte sich Mirko Kostić müde. In diesem Moment wünschte er sich an seinen Schreibtisch zurück, weg von dieser übermotivierten Partnerin. Mit ihr zusammenarbeiten zu müssen, war nicht das mitternächtliche Wunschprogramm, nach dem ihm momentan der Sinn stand. Er setzte sich wieder in Bewegung. Der Seefeldweg war wie ausgestorben, und auch das Trottoir am Flussufer war wie leergefegt. Der Schnee hatte weiße Hauben auf den blätterlosen Bäumen der Allee hinterlassen.

»Das ist die nationale Koordinationsstelle zur Bekämpfung der Internetkriminalität«, erklärte sie. »Quasi die wichtigste Anlaufstelle, wenn du verdächtige Internetinhalte melden willst.«

Er verzog die Mundwinkel. All diese Abkürzungen, all diese Ämter, Meldestellen, Direktionsstäbe und Abteilungen. Glücklich, wer da noch durchblickte. Das gehörte in den Bereich Papierkram, und Mirko war definitiv nicht für so etwas zu haben. Ihn zog es nach draußen, auf Streife.

»Und was schreiben die?«

Noch ehe die Polizistin zu einer Antwort ansetzte, leuchtete erneut das Display ihres Handys auf. Die Lautstärke und alle Werkseinstellungen für die Töne waren auf das Minimum heruntergesetzt, und so kündete bloß noch ein zusätzliches Vibrieren den eingehenden Anruf an.

Valérie nahm ab.

»Hallo? Emmenegger hier.«

Mirko vernahm Geräusche am anderen Ende. Dumpfe Satzfetzen, einzelne Worte. Seine Partnerin nickte, warf gelegentlich ein »Ja, genau« oder ein »Ah, richtig« ein, um der anderen Seite zu signalisieren, dass sie noch da war. Schließlich wurde ihre Stimme eine Oktave höher, als sie erstaunt fragte: »Jetzt?«

Die fremde Stimme antwortete etwas, und Emmenegger verabschiedete sich. Verblüfft betrachtete sie das Handy. Zwei, drei Schneeflocken fielen auf das Gehäuse. Valérie wischte sie weg, sah wieder hoch und hin zu ihrem Kollegen.

»Los, zurück zum Auto«, drängte sie. »Wir müssen auf die Station, danach zum Bahnhof. Es geht nach Zürich.«

Mirko zeigte dieselbe verdatterte Reaktion: »Jetzt?«

2

Der InterRegio Richtung Zürich Flughafen fuhr pünktlich um 4.55 Uhr aus dem Luzerner Bahnhof und nahm allmählich Fahrt auf. Das regelmäßige Holpern über die Bahnschwellen nahm in seiner Kadenz zu, bis es zu einem zwar stets vorhandenen, jedoch kaum mehr wahrnehmbaren Hintergrundrauschen verebbte. Für die Fahrt nach Zürich Hauptbahnhof veranschlagten die SBB exakt 60 Minuten, und Mirko Kostić und Valérie Emmenegger hatten es sich an einem der wenigen Vierertische in der oberen Etage eines Doppelstockwaggons bequem gemacht.

Vor Kostić dampfte ein heißer Cappuccino in einem Pappbecher.

»Wieso nach Zürich?«, überlegte er. »MELANI und Fedpol sind doch in Bern, oder?«

Valérie zuckte mit den Schultern. »Was weiß ich? Der Typ am Telefon meinte, die Ermittlungsabteilung Internetkriminalität der KaPo Zürich sowie die Staatsanwaltschaft III des Kantons seien an einer Sache dran, die mit Opligers Internetpranger zu tun haben könnte.«

»Und das kann nicht warten?«, murrte Mirko. »Ein bisschen forsch, einen auf den frühesten Zug zu schicken.«

Er erhob sich, griff nach einem im Gepäckfach liegen gelassenen ›Tages-Anzeiger‹ vom Vortag und suchte nach der Rätselseite. Den Stift gezückt, beugte er sich über die Zeitung. Valérie sah mit Genugtuung, dass ihr Kollege nicht weiter auf der Sache herumhackte. Bereits auf dem Weg zum Bahnhof hatten sie Sinn und Unsinn eines Treffens im Real Life diskutiert, während man inzwischen ja so vieles per Skype, Zoom, Microsoft Teams oder über eine sichere staatliche Leitung besprechen könnte. Wieso sich die Mühe machen, von einer Stadt in die nächste zu pendeln, wenn sich Meetings per Videochat umsetzen ließen? Doch der Mann vom Fedpol hatte keinen Zweifel daran gelassen, dass es sich bei seiner Aufforderung, unverzüglich an die Limmat zu kommen, um einen Befehl von oben handelte.

Um sich ebenfalls die Zeit zu vertreiben, suchte Valérie in den Tiefen ihrer Jackentasche nach ihren AirPods und steckte sie, sowie sie die Dinger gefunden hatte, in ihre Ohrmuscheln. Auf ihrem iOS-Gerät suchte sie nach spannenden Audioinhalten und wurde bei einer Autorenlesung fündig, die sie interessierte. Um den Ton zu steuern, hielt sie die Audiokarte in der rechten oberen Ecke des Kontrollzentrums gedrückt. Doch nichts geschah. Weder das iTunes-Programm noch die Pods reagierten, wie sie eigentlich sollten.

Kurzerhand steckte die Polizistin die Kopfhörer wieder ein und wechselte zu den EarPods, deren Kabelende sie in die entsprechende Buchse schob. Vielleicht fand sie ja ein paar Songs auf Spotify? Aber als sie auf das grüne Icon drückte, ploppte der Hinweis auf: »Leider gibt es aktuell technische Probleme. Wir arbeiten bereits an einer Lösung. Bitte versuchen Sie es in ein paar Minuten noch einmal.«

Grummelnd atmete sie aus. Dann eben das Kontrastprogramm …

Also überflog sie den morgendlichen News-Ticker von NZZ Online, wo sie die Ressorts ›International‹, ›Wissenschaft‹ und ›Gesellschaft‹ abonniert hatte, und las sich quer durch die Schlagzeilen. In Bergkarabach hatten separatistische Kräfte den Konvoi eines Lokalpolitikers angegriffen. In Hebron war ein Absolvent der Talmudhochschule von zwei 16-jährigen Palästinensern niedergestochen worden. Im Grenzgebiet der Kaschmirregion waren – aktuellen Zahlen zufolge – mindestens sieben Zivilisten ums Leben gekommen: Gäste einer muslimischen Hochzeit hatten mit ihren Kalaschnikows Freudenschüsse abgegeben, worauf die indische Luftwaffe mit zwei Mirage-2000-Kampfflugzeugen auf den vermeintlichen Beschuss reagierte. Alles Business as usual.

Die nächste Überschrift meldete gröbere Störungsausfälle bei Audible, Spotify und Netflix. Sie klickte die Nachricht an, um weiterzulesen: »Eine Störung bei einem großen Backbone-Carrier sorgt seit Mitternacht dafür, dass ein sich über Europa und Asien erstreckendes Glasfasernetz temporär lahmgelegt ist. Die tschechische Betreiberfirma Cloudchange sieht sich gemäß einer Medienmitteilung nicht mehr in der Lage, ihre Dienste durchgängig bereitzustellen. Betroffen sind auch Großkunden wie etwa die Streamingportale Disney+ und Netflix.«

Was zum Teufel war momentan los?

Irgendwie, irgendwo war da der Wurm drin. Oder – noch besser – ein Käfer. Ein digitaler Bug, wie Valérie glucksend bemerkte. Der Witz war schlecht, das wusste sie selbst, und eigentlich war sie froh, ihn nur gedacht und nicht laut gesagt zu haben.

Mirko Kostić sah von der Zeitung hoch. Kommentarlos den Kopf schüttelnd, widmete er sich erneut seinem Kreuzworträtsel, während die Polizistin ihr Handy beiseitelegte, die Jacke zu einem improvisierten Kissen zusammenknüllte und zwischen ihren Kopf und die Scheibe klemmte.

Sie schloss die Augen.

3

Ein anhaltendes Rumpeln, von unten kommend und sich über die Außenwand verteilend, hatte sie in den Schlaf gelullt. Weder die zunehmende Fahrtgeschwindigkeit noch das Ende einer abgebrochenen Metallstange, die aus der Unterseite des Zuges ragte und ununterbrochen aufs Gleisbett schlug, vermochten es, Valérie Emmenegger aus den Träumen zu reißen.

Es war schließlich ihr Kollege, der sie wachrütteln musste.

Valérie brauchte einige Augenblicke, bis sie sich in der Wirklichkeit zurechtfand. Sie hatte von wackelnden und herausfallenden Zähnen geträumt, einem lückenhaften Mund, angefüllt mit schwarzen Stummeln, was sie irgendwie an ein niedergebranntes Pfahlbauerdorf erinnerte. Doch sowie sie Mirkos Hand auf ihrer Schulter bemerkte, war sie mit einem Mal hellwach.

Die Landschaft, die in der morgendlichen Dunkelheit vor den Fenstern des Zuges vorbeihuschte, nahm sich flüchtig aus, flimmernd und bewegt, als ob lebendige Schlieren die Scheiben überzögen.

»Spürst du das auch?«, fragte er.

Unnötig, auf die Absurdität der Situation hinzuweisen. Einige der Fahrgäste waren aufgestanden. Mit besorgten Mienen betrachteten sie die Bahnhofsschilder und die Pendlermasse, die auf den einfahrenden Zug wartete, der heute einfach nicht hielt. Es ging zu schnell, um in dieser Ansammlung an Köpfen noch Gesichter auszumachen. Nichts Individuelles war zu erkennen, nur ein verschwommener Brei aus Augen, Nasen, Stirnen und Kopfbedeckungen.

»Das war Thalwil, oder?«

Mirko bejahte. In Fahrtrichtung rechts, zwischen einzelnen Häuserzeilen hindurch, schimmerte das bewegte Eisgrau des Zürichsees. In Ufernähe von den Lampen der Seehäfen und Schiffsstationen beleuchtet, wurde das Gewässer mit jedem weiteren Meter dunkler, bis sich der über der Oberfläche wabernde Nebel in eine undurchdringliche schwarze Wand verwandelte – wie ein einziger gewaltiger Brocken Obsidian.

»Wieso hält er nicht?«

»Wieso wird er immer schneller?«, erwiderte Kostić beunruhigt. »Los, komm mit.«

Mit einem Kontrollgriff überprüfte sie, ob ihre Dienstwaffe noch an ihrem vorgesehenen Platz war, packte flink das Handy ein und erhob sich. Ohne sich überhaupt miteinander abzusprechen – in dieser Hinsicht waren sie ein eingeübtes Team –, drängten sie sich an einer dicklichen Frau und zwei jüngeren Studenten vorbei, um auf die automatische Schiebetür zuzuhalten, die zum Waggonübergang führte. Bereits als Kind hatte Emmenegger den Faltenbalg, diesen Schlauch aus Kunststoff und Gummi, faszinierend gefunden. Selbst jetzt, als Erwachsene, erinnerte er sie an ein überdimensionales Schwyzerörgeli und damit auch unweigerlich an den Lunni-Franz, an Josef Stump & Balz Schmidig oder an die etwas moderneren Mosibuebä.

Kaum hatten sie die Schleuse passiert, präsentierte sich ihnen ein ähnliches Bild: irritierte Leute, manche verärgert, manche bereits verängstigt. Wenige Plätze weiter vorn stand ein Kondukteur, der von drei geschniegelten jungen Männern in Anzügen bedrängt wurde. Jeder von ihnen verkörperte den wohl schweizweit unbeliebtesten Typus eines Angestellten, nämlich jenen vom Paradeplatz.

»Guten Morgen allerseits«, sprach Mirko Kostić betont freundlich die Gruppe an, völlig darauf ausgerichtet, die Situation zu entschärfen. Man hätte meinen können, allein seine Uniform sollte ausreichen, den Schnöseln ein wenig den Wind aus den Segeln zu nehmen. Tatsächlich ließen sie von dem Schaffner ab und setzten sich, nicht ohne vorher noch einmal lauthals zu murren, wohl als Zeichen eines sich gegen jegliche Obrigkeit auflehnenden, coolen Revoluzzertums.

»Herr …?«

Kostić blickte erst auf den roten Kragen, dann zum anthrazitfarbenen Stoff der SBB-Personaluniform, wo er rechts auf Höhe der Brusttasche sogleich das mit einer Anstecknadel befestigte Namensschild entdeckte. Neben der Funktionsbezeichnung ›Kundenbegleiter‹ stand der Name des Mannes: ›A. Casanelli‹.

»Casanelli«, kam ihm der Kondukteur zuvor. »Alfredo. Wie kanne ike elfe?«

Ein Tessiner, zweifellos, und an jedem anderen Tag hätte der Polizist innerlich über dieses lebendig gewordene Sprachklischee gefeixt.

Seine Kollegin Emmenegger machte eine Handbewegung und deutete nach vorn. »Ist da nicht gleich der Speisewagen?«

Ein kurzer Ruck, unvermittelt und hart, ließ sie beim nächstbesten Sitz nach einer der Chromstangen greifen. Sie hatte Glück, nicht umzufallen, wogegen Mirko sich unsanft die Seite stieß.

»Ja, da iste eine Ristorante, sì.«

»Sehr gut. Da können wir uns ungestört unterhalten.«

Sie schob ihn beinahe in die besagte Richtung, doch da Casanelli den Sinn dahinter erkannte, beschleunigte er von sich aus. Nach der nächsten Schleuse hatten sie den Sitzbereich im Oberdeck des Bistrowagens betreten. Draußen wurde es schlagartig stockfinster, als der Zug in den Zimmerbergtunnel einfuhr. Das letzte verbliebene Dämmerlicht war nun weg. Die elektronische Sitzplatzanzeige flackerte auf, bevor sie erlosch, wie Valérie beiläufig registrierte. Der Kondukteur eilte die Treppe nach unten, blieb vor der automatischen Schiebetür zur Bar stehen, bis sie ganz geöffnet war, und trat ein. Ohne zu zögern, hielt er dem Polizeiduo die Tür zur Bistroküche auf.

Zwischen klapperndem Geschirr und rüttelnden Pfannen, die noch unbenutzt an Eisenhaken hingen, hantierten zwei Männer mit Kochhauben an irgendwelchen Küchengeräten herum. Wie so oft im Schweizer Gastgewerbe handelte es sich bei ihnen um Mitglieder der tamilischen Diaspora, und sie sahen nicht einmal hoch, als die drei Uniformierten miteinander zu tuscheln begannen.

»Die Zuge fährte immer schneller. Sempre più veloce.«

»Warum?«

»Come diavolo faccio a saperlo?!?«

Als ob die Waggons seine Aussagen wie zum Hohn bestätigen wollten, schwankte der Zug hin und her.

»Was sagt die Betriebsleitung dazu?«

»Keine Kontakte.«

»Gar nichts?«

»No. Funke unde telefono sinde … come si dice? Kaputt.«

Die Fahrt von Thalwil zum Hauptbahnhof dauerte je nach Verbindung zwischen zehn und 18 Minuten. Sie saßen aber weder in einem Bummelzug noch verlangsamte die Lokomotive. Ein Duft von Thymian und Tomatensoße drang Valérie in die Nase. Offenbar hatte das Küchenpersonal den Ernst der Lage noch nicht erfasst, wenn es munter die Zutaten für die Mittagsmenus vorbereitete. Die Rückwand wies lediglich mit Folienwerbung zugeklebte Milchglasfenster auf, weshalb es den Männern entgangen war, dass der Zug eine Haltestation übersehen hatte. Was hier drin zählte, waren wohl nur die Stoßzeiten – fixe Termine, an denen es hektischer wurde.

Valérie Emmenegger griff entschlossen nach ihrem Handy. Wenn die SBB nicht fähig waren, brauchbares WLAN auf ihren Zugstrecken aufzubauen, dann doch wohl die Swisscom. Tatsächlich hatte sie drei Balken, sogar mitten im Tunnel.

»Welche Nummer?«

»Nessuna idea. Iste alles gespeichert in die telefono. Ma è rotto.«

Immer mit der Ruhe, sagte sie sich. Ein kläglicher Versuch, sich selbst beruhigen zu wollen, denn bereits das nächste holprige Rütteln ließ sie ängstlich zusammenfahren.

Während sie sich an einer Kante des Küchenbords festhielt, ließ Mirko eine Bemerkung fallen. Seine Lippen bewegten sich, die Stimme schien von weit her zu kommen. Allmählich setzten sich die Worte wie Puzzlestücke zu einem großen Ganzen zusammen, bis sie plötzlich einen Sinn ergaben.

»Was?«, fuhr Valérie ihn an.

»Zürich ist ein Endbahnhof. Wie Luzern. Da kann der Zug nicht einfach durchfahren und auf leere Gleise geleitet werden.«

Sie erkannte, dass sein Gesicht kreideweiß war. Von der gesunden Bräune, die er häufigen Besuchen beim kroatischen Teil der Verwandtschaft verdankte, war nichts mehr übrig.

»Die Zentrale!«, forderte er sie auf. »Die Kollegen sollen alle Hebel in Bewegung setzen, um die in Zürich zu erreichen. Schnell! Jetzt!«

Die 84 Tonnen schwere Lok Re 460, auf einer Länge von fast 300 Metern elf doppelstöckige IC2000-Schnellzugwaggons hinter sich herziehend, hatte inzwischen eine Geschwindigkeit von 164 Stundenkilometern erreicht. Drei winzige Sekunden lang hatte der Schock die Polizistin gelähmt, als sie sich der Konsequenzen dessen bewusst wurde, was Kostić eben zwischen den Zeilen angedeutet hatte. Erkenntnis und Entsetzen dämmerten in ihr. Dann wischte sie über das Display, um den Notruf an die Luzerner SiPo Süd durchzugeben.

»What the Fuck!«

Ein leichtes Sausen schwang durch ihren Kopf, nistete sich im Gehörgang ein, drückte von dort nach vorn und beidseitig gegen die Schläfen, bis es die Stirn erreichte. Ein Gefühl, als ob sich eine Migräneattacke ankündigte. Ihr Finger verharrte zitternd auf der Displayscheibe.

»Was ist los?«, fragte Mirko.

Die Galerie mit den ›WhatsApp Animated GIFs‹ war geöffnet. Schonungslos zeigte der Bildschirm eine nur wenige Sekunden dauernde Pornosequenz in der Endlosschlaufe: der vom täglichen Fitnesstraining definierte Muskelkörper eines anonymen Mannes, der sich auf einem vollbusigen Erotik-Starlet abrackerte. Ihr lasziv geöffneter Mund offenbarte eine Zunge, die kreisend über die Lippen fuhr. Das Gesicht bewegte sich zum

Betrachter hin und wieder zurück. Immer und immer wieder. Hinschauen. Wegschauen. Hinschauen. Wegschauen.

Es war Valérie Emmeneggers Gesicht.

Und ununterbrochen poppten Push-Nachrichten auf, dass die Datei erfolgreich verschickt worden sei: ›Caro: Mitteilung empfangen um 5.50 Uhr‹, ›Emma: Mitteilung empfangen um 5.51 Uhr‹, ›Alexander: Mitteilung empfangen um 5.51 Uhr‹. Schließlich der Super-GAU: ›Mama und Papa: Mitteilung empfangen um 5.51 Uhr‹, gefolgt von ›Grosi: Mitteilung empfangen um 5.51 Uhr‹.

»Scheiße!«

»Gib her!«

Entschlossen riss ihr Mirko Kostić das Handy aus der Hand. Was sie eben gesehen hatte, bedrängte sie, zwängte sich in ihr Hirn, schob alles andere beiseite. Tief in ihrem Inneren wusste sie, dass dies alles Manipulation war, ein Deepfake-Video, KI-gestütztes Einfügen von Gesichtern in anderes, meist einschlägiges Bild- und Tonmaterial. Vor ein paar Jahren hatte sie noch darüber gelacht, als ihr ein Freund den Link zu einem YouTube-Filmchen geschickt hatte, in welchem Hitler und Stalin gemeinsam den 80er-Jahre-Kultsong ›Video Killed the Radio Star‹ zum Besten gaben. Ihre Mimik wirkte absolut authentisch, während sich die Lippen synchron zum Song bewegten. Obwohl es geschmacklos war, die beiden Diktatoren so darzustellen, hatte Valérie es irgendwie auch ulkig gefunden. Aber das hier? Nicht auszudenken, was ihre Eltern von dem Machwerk halten würden … Wie kam so etwas überhaupt auf ihr Handy? Welcher Arsch machte so etwas? Ein Ex-Freund? Oder hatte das etwas mit diesen seltsamen Internetzwischenfällen zu tun?

»Das bist nicht du«, merkte Mirko an, während er die Filmdatei schloss. Wahrscheinlich sollte es beruhigend wirken, doch ihr war nicht nach Besonnenheit und Trost, ganz und gar nicht.

Kostić hielt sich ihr Smartphone ans Ohr, wartete mit angespannter Haltung darauf, dass sich jemand meldete.

»Ja, hallo Damian. Mirko hier. Hör jetzt genau zu«, begann er schließlich mit verbissener Miene, die Augen fast aus den Höhlen tretend. »Valérie und ich, wir befinden uns im InterRegio Richtung Zürich Flughafen. Jetzt, in diesem Moment – hörst du? Das ist der Zug, der um 4.55 Uhr abgefahren ist. So weit alles verstanden?« Eine Drei-Sekunden-Pause, dann fuhr Mirko fort. »Die Bremsen, die Kommunikation in den Führerstand oder vom Führerstand zu den Betriebszentralen, das alles ist gestört. Nichts funktioniert hier, hast du kapiert? Rein gar nichts.«

»Wie bitte?«

Damians Reaktion war so laut, dass selbst Valérie und Casanelli ihn hören konnten.

»Der Zug ist führerlos«, brüllte Kostić, woraufhin die zwei Köche zum ersten Mal in ihrer Arbeit innehielten. Mit fassungslosen Gesichtern, die Kochutensilien in den Händen, starrten sie zum Polizisten herüber. »Informiere sofort den Hauptbahnhof. Die müssen dort alles evakuieren! Den Bahnhof, die Halle, das ganze Areal!«

4

Schweigend sahen sich die Mitglieder dieser zufällig zusammengewürfelten Gruppe an: der Kondukteur, die Tamilen, der Polizist, die Polizistin. Der Erste, der sich rührte, war einer der Köche. Mit fatalistischem Gleichmut legte er einen Löffel vor sich auf die Kochplatte, während er zu Mirkos Erstaunen im breitesten Dialekt meinte: »Jo, läng mer 's Gwehr! Es isch zum Haaröl seiche!«

»Wie viel Zeit noch?«, erkundigte sich Valérie Emmenegger. Ihre Stimme brach beinahe, denn etwas in ihr drin verriet ihr, dass der Todesengel sie bereits umschwebte. Die Milchglasscheiben wurden etwas heller. Ein Zeichen dafür, dass sie soeben den Tunnel verlassen hatten und beim Lochergut in Zürich eingefahren waren.

»Zeit, die Notbremse zu ziehen«, erklärte ihr Kollege, während sich die immer schneller werdenden Wagen bei der Rechtskurve, die dem Verlauf der Seebahnstraße folgte, gefährlich zur Seite neigten.

Couragiert sah sich Kostić um, suchte nach dem schreiend roten Handgriff. Just als er ihn erblickt und bereits drei Schritte darauf zu gemacht hatte, schleuderte es ihn unversehens durch den Raum. Fenster brachen, Glassplitter regneten ins Wageninnere. Die Pfannen und Töpfe des Bistrowagens flogen von den Haken, und der Waggon faltete sich knirschend zusammen, als wäre er eine Blechdose, die in einer pneumatischen Presse zusammengedrückt wurde.

Am Drehrahmengestell des Waggons lösten sich die weichsten Teile der Eisenlegierung ab. Binnen Sekundenbruchteilen schossen zentimeterdicke Metallmuttern wie Schrapnelle durch den Boden. Zwei davon trafen Valéries Armbeuge, trennten den Knochen oberhalb des Ellbogengelenks ab, wie wenn eine mit dem Bunsenbrenner erhitzte Klinge durch Butter fuhr.

Wenige Meter vor der Überführung Hohlstraße wurde die noch immer arbeitende und unentwegt ziehende Lok abrupt von den Gleisen gerissen und stellte sich quer. Das tonnenschwere Gewicht ließ die Waggons sich nach vorn wälzen, Teile der Betonschwellen mit sich reißend. Während sich der dazwischen liegende Schotter explosionsartig in alle Richtungen verteilte, prallte das herumgewirbelte Ende des Speisewaggons in einen der mittleren Pfeiler der Hohlstraßenbrücke. Die ihm folgenden Wagen schossen daran vorbei, knickten die Masten der Fahrleitungen und Transformatoren, sprangen ebenfalls aus den Rillen und Spurhaltern und wirbelten – einige bereits auf der Seite liegend – über die benachbarten Gleise.

Ein Totalausfall des Stromnetzes war die Folge der Kollision. Einzig das Scheinwerferlicht einiger Autos, die von der demolierten Überführung zu kippen drohten, durchbrach die morgendliche Finsternis. Wie die Flutlichtstrahler bei einer Feuerwehraktion kamen sie auch hier zum gespenstischen Einsatz, und die meterhohe Staubwolke, die aufgewirbelt worden war, senkte sich allmählich wie ein Leichentuch über die benachbarten Gebäude herab.

Es war in diesem Moment der Stille, als ein von Zürich Hardbrücke kommender Zisternenzug von der Gegenrichtung her auf die Unglücksstelle zuraste. Drei Kesselwaggons, allesamt randvoll mit Benzin gefüllt, fuhren ungebremst in die verunfallte Lok. Der über 100 Meter hohe Feuerball hüllte sowohl die angrenzenden Wohnblöcke an der Seebahnstraße als auch die Baumreihen beiderseits des Gleisbetts in Flammen, während in den explodierenden Wagen die Überdruckventile ununterbrochen heulten und pfiffen. Eine Kakofonie des Grauens, gleichsam auch die unvermeidliche Geräuschkulisse des Todes.

TAG 15 | BERN–QUINTO

1

Maxi Winter merkte, wie Mia lautlos aus dem Bett glitt, um aufs Klo zu schleichen. Wie spät es wohl sein mochte? Der Raum war abgedunkelt, die Fensterläden geschlossen. Kein Geräusch drang von draußen herein, nicht einmal dumpfes Hupen oder das lästige Kurvenquietschen, wenn die Trambahn enge Gleisbögen oder Weichen befuhr.

Seit einigen Minuten schon war er wach gelegen. Aufgeweckt hatten ihn ein leichter, angenehmer Parfumgeruch sowie die Wärme einer Frauenhand, deren Finger sanft seine Brust berührten. Ob Mia ihn bewusst umarmte oder das Ganze einer zufälligen Schlafbewegung geschuldet war, vermochte er nicht zu sagen. Auch war er unschlüssig, wie er die in ihm aufkeimenden Gefühle einordnen sollte. Behaglich war es, das wohl. Erregte es ihn? Aber so was von! Und doch war sie älter, erfahrener. Was mochte sie an ihm finden? Zu Hause bei ihm sah es mitunter aus, als hätte eine Bombe eingeschlagen. Abgelegte Kleidungsstücke auf Stühlen und dem Sofa, in den Zimmerecken stapelweise DVDs und Blu-Rays aus dem Secondhand-Shop. Von seiner Comic-Sammlung alter ›Gespenster Geschichten‹ aus dem Bastei-Verlag oder den

Taschenbuchnachdrucken von ›Arsat, der Dämonenjäger‹ ganz zu schweigen. Überbleibsel aus der Kindheit, von denen er sich doch noch nicht zu trennen gewagt hatte. Was gab es denn schon Besseres als Nostalgie!

Nun löste sich die Hand von seinem Körper. Raschelnde Bettdecken, leises Auftreten. Er hörte die Spülung im Bad, kurz darauf das Öffnen der Tür. Sacht tippelnde Schritte über den Boden. Maxi schloss die Augen, tat so, als schliefe er, und Mia huschte wieder unter die Decke. Es dauerte nicht lang, bis ihre Hand sich erneut unter sein T-Shirt schob, wie er aufgekratzt, aber vergnügt feststellte.

2

Mit geschlossenen Augen genoss er den Moment. Er suchte ihre Hand, bis sich ihre Finger ineinander fügten. Mia rückte näher, sodass er ihren Atem am Hals spürte. Ein Schauder durchfuhr ihn, und alle Glücksgefühle, die er sonst nur empfand, wenn er bei ›Wolfenstein‹ das nächste Level erreicht oder einen der abgefahrenen Endgegner der ›Metal Gear‹-Serie besiegt hatte, strömten in diesem Augenblick durch seinen Körper.

Er öffnete die Augen, blinzelte ins Hotelzimmer hinein, das von einem pulsierenden Licht mal heller, mal wieder dunkler wurde.

»Schalt es aus.«

»Was?«, murmelte er.

»Das Handy, du Dummerchen«, antwortete sie. Obwohl sie eben noch im Bad gewesen war, kam das Gesagte bereits wieder schlaftrunken über ihre Lippen. »Für die nächsten Stunden will ich, dass uns nichts und niemand stört. Keine Technik, kein Internet, rein gar nichts. Scheiß auf den Job, scheiß auf unseren Scoop.«

Sich zu Mia hinwendend, stützte Maxi den Kopf ab und sah sie an. Es war, als erkundete er zum ersten Mal ihr Gesicht, und das Unwirkliche der Situation zauberte ihm ein Lächeln um die Mundwinkel. Unzählige Fragen schwirrten durch seinen Kopf, Hundertschaften an Überlegungen, wie er es anstellen sollte, sie zu küssen. Bevor er sich zu irgendeiner Vorgehensweise durchringen konnte, kam sie ihm zuvor. Unbeholfen berührten ihre Lippen seinen Nasenflügel, rutschten ab, verharrten auf seiner linken Wange, wo schon wieder erste Bartstoppeln sprossen.

Sie lachten beide.

»Dein Handy«, wiederholte sie.

»Momenteli, du Enteli«, antwortete er beiläufig, und Mia schmunzelte ob der ausgefallenen Wortwahl. Dieser Hacker besaß ein Händchen dafür, seine Dialektsentenzen so klingen zu lassen, als seien sie das Natürlichste auf der Welt. Völlig deplatziert, aber doch cool.

Während Maxi sich zur Seite rollte, um nach dem auf dem Teppich liegenden Smartphone zu greifen, rutschte die Journalistin hastig in eine andere Position. Sie zog die Decke hinunter, bis über die Bauchnabelgrenze, sodass sichtbar wurde, wie flach ihre Bauchpartie war. Sobald er sich umdrehte, wollte sie etwas zu bieten haben, auf das sie stolz sein konnte. Für etwas machte man schließlich Pilates und ging stundenlang joggen.

Doch die Vehemenz, mit welcher der nächste Ausruf kam, machte ihr ein für alle Mal einen Strich durch die Rechnung.

»Fuck!«, entfuhr es Maxi.

»Was ist los?«

Mia Abderhalden richtete sich auf. Über ihr Gesicht huschte eine verwirrte Mischung aus nervöser Aufgeregtheit und Ernüchterung, als Maxi energisch die Beine aus dem Bett schwang und an den Hotelfernseher trat. Mit einem Schlag schien jegliche erotische Spannung verflogen zu sein. Er schaltete das Gerät ein, worauf das Hotel-Logo aufleuchtete, bis es von den drei Auswahlprogrammen ›TV‹, ›Radio‹ und ›Eigene Medien‹ ersetzt wurde. Bereits nach dem nächsten Knopfdruck flimmerte das Gesicht einer SRF-Korrespondentin über den Bildschirm.

»Ist etwas passiert?«, erkundigte sich Mia erneut, diesmal schon etwas besorgter.

Wortlos deutete Maxi auf den Screen, während er mit der Fernbedienung das Volume hochschaltete. Danach zog er sich das T-Shirt, in dem er nachts eingeschlafen war, über den Kopf und warf es auf einen der Zimmersessel. Mit wachsendem Entsetzen verfolgte Mia Abderhalden die Sondersendung. Das Grauen und der Schrecken auf dem Bildschirm standen im größtmöglichen Kontrast zum nackten und deshalb so verheißungsvollen Oberkörper des jungen Hackers. Inzwischen hatte Maxi in seinen Sachen nach einem frischen Shirt gekramt, das er sich nun überzog. Es war schwarz, und ein kackender Cartoon-

Hund, umrahmt vom Schriftzug ›Never let Sean Connery teach your dog to sit!‹, prägte die Vorderseite.

3

Die Korrespondentin wirkte übermüdet. Bisweilen hingen ihr Strähnen vors Gesicht, wenn ihr der kühle Morgenwind durch die Haare fuhr. Immer wieder schob sie die Störenfriede mit der Linken weg, während in der Rechten das Mikrofon prangte, in das sie sprach. Der mit einem Logo bedruckte Schaumstoffaufsatz gab die Frau als Mitarbeitende eines Zürcher Lokalsenders zu erkennen, die ins Studio am Leutschenbach zugeschaltet worden war.

»Ich stehe hier im Panoramarestaurant des Prime Towers, von wo aus der Unfallort relativ gut überblickt werden kann«, erklärte sie aufgeregt. »Während in den unteren Stockwerken alles Glas geborsten ist, sind die Fensterscheiben hier oben zum Glück heil geblieben. Der Wind weht momentan günstig, sodass die Rauchsäule von uns weggeweht wird und man im Hintergrund die Stelle erkennt, wo die beiden Züge sich ineinander verkeilt haben. Die Polizei hat inzwischen die Zahlen noch einmal nach oben korrigiert: Es gibt 27 bestätigte Todesopfer, die bereits geborgen worden sind, und mindestens zwischen 20 und 30 Schwerstverletzte sowie über 50 Personen mit leichten Verletzungen. Diese Zahlen beziehen sich vorerst nur auf die hinteren Waggons der Zugformation, also auf jene, die lediglich entgleisten und von der Explosion nicht unmittelbar in Mitleidenschaft gezogen worden sind. Wie viele Passagiere sich in den anderen Wagen befunden haben, ist zum jetzigen Zeitpunkt noch unbekannt. Aktuell sind Mitglieder der Stadtregierung vor Ort, um sich selbst ein Bild der Katastrophe zu machen und anschließend an die Pressekonferenz ins Schweizer Landesmuseum zu fahren, wo eine provisorische Kommunikationsstelle aufgebaut wurde.«

Maxi, der sich neben Mia Abderhalden aufs Bett gesetzt hatte, beugte sich wieder vor. Hätte Mia ihn beschreiben müssen, wäre dies wohl sein offensichtlichstes Attribut gewesen: vorlehnend. Unablässig tat er es. In der Reitschule, in Aarau, bei der Operativen Cyber-Sicherheit, im Bundeshaus, jetzt sogar hier.

Im TV gab es indes eine Schaltung zurück ins Nachrichtenstudio. Der Moderator im blauen Anzug, der allein hinter dem länglichen, hakenförmigen Moderationstisch stand, war so positioniert, dass er den rechten Bildausschnitt einnahm, während links von ihm der von der Decke hängende Bildschirm zu sehen war, welcher für Interviews, Direktübertragungen und Einspielungen genutzt wurde.

Die ganze Zeit über sprach der Anchorman direkt zum Publikum. Keine Seitenblicke, kein Wegdrehen. Dafür eine sonore, beruhigende Stimme. Maxi vermutete, dass drei der vier Kameras, die ansonsten für abwechslungsreiche Einstellungen sorgten, von der Regie bewusst ausgeschaltet worden waren. Während einer derart hektischen Live-Schaltung wären vier Teleprompter zu irritierend gewesen, eine viel zu große Ablenkung. Dafür war jegliche potenzielle Fehlerquelle, die man behoben hatte, ein Schritt in die richtige Richtung.

»Vielen Dank an unsere Korrespondentin vor Ort, Liridona Salmedani«, übernahm der Moderator. »Ja, verehrte Zuschauerinnen und Zuschauer, dies war eine Einschätzung aus erster Hand. Für alle, die eben erst eingeschaltet haben, fassen wir noch einmal zusammen, was heute früh passiert ist. Hierzu hat meine Kollegin Lena Zuberbühler für unsere Tagesschau-Spezialausgabe einen Bericht erstellt.«

Es folgte verwackeltes Filmmaterial, das zeigte, wie Anwohnerinnen und Anwohner vor einer Explosion um ihr Leben rannten. Eine rauchige Frauenstimme erklärte dazu: »Aus noch ungeklärten Gründen sind heute Morgen auf der Strecke Thalwil–Zürich sowohl ein InterRegio als auch ein Zisternenzug entgleist. Die SBB sprechen von einem extrem ernsten Vorfall, womöglich gar von der größten Eisenbahnkatastrophe in der Geschichte des Landes, schlimmer noch als der Zusammenstoß eines Reisecars mit einem Regionalzug bei Pfäffikon am 12. September 1982, bei dem 39 Reisende starben.«

Mia fröstelte es. Die feinen Härchen an ihren Unterarmen stellten sich auf. Was diese Stimme da von sich gab, war längst von der Wirklichkeit überholt worden. Maxi schien ihre Gedanken zu lesen, denn er legte ihr einen Arm um die Schulter und drückte sie fest an sich. Von widerstreitenden Gefühlen erfüllt, spürte sie, wie seine Hand ihre Brust streifte.

»Das Unglück sei kurz nach 5.50 Uhr passiert, wie SBB-Mediensprecher Stefan Inhausen auf Anfrage der Nachrichtenagentur Keystone-SDA mitteilte«, fuhr Lena Zuberbühlers Stimme fort. »Bei dem verunfallten Passagierzug handelt sich um den 4.55-Uhr-InterRegio von Luzern nach Zürich Flughafen; der Zisternenzug war, ersten Informationen zufolge, ein Güterzug mit mehr als 20 Kesselwagen, die über 2.000 Kubikmeter Benzin transportierten. Auf Höhe der Überführung Hohlstraße kollidierten die beiden Züge. Polizei, Feuerwehr und Rettungskräfte sind mit einem Großaufgebot im Einsatz.«

Als fürchtete sie, jegliche Bewegung könnte den paradoxen Zauber dieser einmalig schrecklichen Situation zunichtemachen, war Mia Abderhalden wie erstarrt. Tränen füllten allmählich ihre Augenwinkel, als sie an all die Pendler, Männer, Frauen, Paare, Familien und Kinder dachte, die vor wenigen Stunden ihr Leben gelassen hatten, während gleichzeitig ein Schauder der Erregung über ihre nackte Haut kroch.

Jetzt war wieder der Moderator zu sehen. Die professionelle Betroffenheit, die er zur Schau stellte, während er zur halben Nation sprach, war keineswegs nur aufgesetzt, wie Mia bemerkte. Seine bleiche Miene sprach Bände. Mit einer Hand am Ohr verkündete er, die Regie habe soeben mitgeteilt, es gebe ein zweites SRF-Reporterteam vor Ort. Über die Banderole des Livetickers huschten Notrufnummern sowie diverse Hashtags: #Blutspende #RotesKreuz #Croix-Rouge #CroceRossa.

Schwerer Rauch hüllte die Szenerie in eine fast schon nächtliche Schwärze. Ein dicklicher Reporter, dessen Gesicht aufgrund des Mundschutzes fast nicht zu erkennen war, wedelte unentwegt mit den Armen, während er hektisch drauflosplapperte: »Man kann es nur schwer erkennen, aber ich stehe hier auf der Hardbrücke. Was Sie hinter meinem Rücken sehen, sehr verehrte Zuschauerinnen und Zuschauer, sind die Rauch- und Feuersäulen der Zugkatastrophe von heute Morgen. Ich wage zu behaupten, dass das gesamte Sihlquartier inzwischen einer Kriegszone gleicht. Es sind schreckliche Bilder, die uns hier erreichen, aufgenommen von unseren Luftkameras beziehungsweise heruntergeladen aus den sozialen Medien. Dutzende von Krankenwagen stehen gleich hier um die Ecke auf dem Maagplatz. Immer wieder starten und landen Rettungshelikopter oder Löschhubschrauber. Sogar die Bergwacht wurde aufgeboten, um Verletzte aus dem abgesperrten Unfallgebiet zu bergen. Unterstützung kommt auch aus Österreich in Form der Rettungshubschrauber Christophorus 5 und Christophorus 6. Überall liegen Trümmer, und das macht den Zugang für die Rettungskräfte extrem schwierig. Ausgebrannte Autos versperren mancherorts die Zufahrt. Verbogene Leitplanken, die im Weg sind, müssen zuerst mit Trennschleifern mühsam aufgeschnitten werden. Die extreme Hitze lässt es nicht zu, das Flammenmeer aus der Nähe einzudämmen. Auch fehlt es an Schaummittel oder Sand, um einen solch gewaltigen Brand zu bekämpfen.«

Er hielt inne, um sich die Schweißperlen von der Stirn zu wischen.

»Ein Teil des Benzins in den Kesselwagen ist außerdem versickert und anscheinend in die Kanalisation geflossen, wo es schließlich explodierte. An vielen Stellen ist der Boden aufgerissen, und in der Anwandstraße wurde ein vierjähriges Mädchen lebensgefährlich verletzt, als Dutzende der gusseisernen Kanaldeckel aus den Straßen gesprengt wurden. Im gesamten Gebiet zwischen Bullingerhof, Bäckeranlage und dem Sihlfeld-Friedhof herrscht akute Explosionsgefahr. In diesem Moment ist der Katastrophenschutz dabei, alle Häuser zu räumen. Es scheint ein Wettlauf gegen die Zeit zu sein, denn inzwischen hat der Brand von der unmittelbaren Unfallstelle auf die benachbarte Wohnbebauung übergegriffen. Die Lage ist sehr unübersichtlich. Anwohner sollen unter Schock durch die Straßen getaumelt sein.«

»Vielen Dank für diese Einschätzung. Das war Alex Hugentobler, der für uns live vor Ort ist. Was aber sagen die SBB zu dieser Katastrophe? Weitere Einzelheiten in unseren nächsten Einspielern.«

Thorsten Weber, Mitglied der Konzernleitung SBB CFF FFS, wie ihn eine Einblendung am unteren Bildrand vorstellte, sprach mit dezidiert betroffener Stimme ins Mikrofon: »Unsere Gedanken sind bei allen Verunglückten und ihren Angehörigen. Den Verletzten wünschen wir eine schnelle Genesung. Nach der Erstversorgung muss dieses schreckliche Erlebnis aber auch verarbeitet werden. Die Schweizerischen Bundesbahnen bieten allen Betroffenen und ihren Familien auf Wunsch psychologische Unterstützung durch Spezialisten an. Bitte, nehmen Sie mit uns Konta…«

Erneut ein Schnitt, erneut Bilder vom Flammeninferno. Maxi Winter hatte mit der Fernbedienung auf einen anderen Kanal geschaltet und zappte sich durchs Programm. Überall dieselben Aufnahmen. Die Katastrophe war allgegenwärtig. Über einen Ticker auf RTL lief die Meldung: »Unser Sender möchte Ihnen über ein Online-Kondolenzbuch sowie über eine Facebook-Veranstaltung die Möglichkeit bieten, Ihrer Anteilnahme eine Stimme zu geben.

Außerdem kann man eine virtuelle Kerze für unsere Nachbarn aus der Schweiz anzünden.«

Gleichzeitig sprach eine Moderatorenstimme aus dem Off: »Viele stellen sich nun die Frage, wie ein Unglück solchen Ausmaßes überhaupt passieren konnte. Unbestätigten Meldungen zufolge soll der Zug minutenlang komplett von der externen Überwachungstechnik abgekoppelt gewesen sein. Experten sprechen von einem noch nie dagewesenen Ausfall sowohl der Sensorik als auch der Übertragungsnetze. Zu diesem Thema haben wir ein Interview mit Doktor Joachim Thielemann geführt, seines Zeichens IT-Beauftragter bei der Deutschen Bahn.«

Erneuter Schnitt zu einem ernst blickenden Mittvierziger, dessen verunglückter Bürstenhaarschnitt an ein US-Army-Model erinnerte.

»Herr Doktor Thielemann, vor dem Hintergrund der Zürcher Zugkatastrophe interessiert uns brennend die Frage, in welchen Bereichen Züge mit dem Internet verbunden sind.«

»Nun, das ist ein wenig vereinfacht ausgedrückt, und ich kann natürlich nur über das Schienennetz der Deutschen Bahn sprechen, nicht über die Infrastruktur in der Schweiz. Aber grob gesagt, ist im modernen Schienenverkehr das Internet in fast allen Bereichen nicht mehr wegzudenken. Unsere zentrale IT-Plattform verfolgt zum Beispiel das Ziel, dass letzten Endes alle Geschäftsfelder im Konzern auf Digitalisierung umgeschwenkt werden. Maßgeblich tragen die ›Digital Twins‹ dazu bei.«

»›Digital Twins?‹ Also ›digitale Zwillinge‹? Können Sie uns mehr darüber verraten?«

»Ja, die ›digitalen Zwillinge‹«, wiederholte Thielemann, »das sind simulierte Objekte im virtuellen Raum. Nehmen Sie als Beispiel einen Güterwagen, der von A nach B fährt. Wenn ich nun wissen möchte, wo er sich gerade befindet oder was er geladen hat, lief es jahrzehntelang so ab, dass ich irgendwo einen Anruf tätigen musste, um das herauszufinden. Die Person am anderen Ende konnte dann mitteilen, der Zug sei um 16 Uhr abgefahren und transportiere zwei Tonnen Konservendosen. Das wusste man, weil es irgendjemand irgendwo zuvor auf einem Blatt Papier notiert hatte. Wenn alles gut lief, waren die Zahlen sogar korrekt. Seit unserer digitalen Offensive jedoch verbauen wir Sensoren an den Güterwagen. Damit messen wir ihre Position, die Temperatur, die Laufleistung, den Beladezustand und vieles mehr. Diese Daten werden permanent übertragen, und zwar in ein System, das die reale Welt in Echtzeit im Computer nachstellt. Auch Stellwerke und Weichen werden mit Kommunikationsbausteinen zur Fernüberwachung ausgestattet, teilweise auch ganze Streckenabschnitte.«

»Welche Vorteile bringt das sonst noch mit sich? Können Sie uns ein Beispiel anführen?«

»Sehr gern«, antwortete der Interviewte mit einer Munterkeit, die nicht so recht dem Ernst des Anlasses entsprach. »Stellen Sie sich vor, ein morscher Baum knickt bei windigem Wetter um und fällt auf die Fahrstrecke. Die Sensoren melden das sofort, worauf unsere KI, also die Künstliche Intelligenz, unverzüglich das Bahnpersonal mit den Kettensägen anfordert, um es mal salopp zu formulieren.«

»Aber in der Schweiz scheint das nicht geklappt zu haben, oder? Das System hat da versagt, nicht wahr?«

»Es hat den Anschein.«

»Herr Doktor Thielemann, wenn man den teils bissigen, teils wütenden Kommentaren in den sozialen Medien

Glauben schenken darf, gibt es seit zwei, drei Tagen auch in Deutschland vermehrt Probleme mit dem Internet. Könnte so etwas also auch bei uns passieren? Ich meine, hier in Deutschland?«

Ein leichtes Zögern, bevor der IT-Beauftragte antwortete: »Nein, gewiss nicht.«

»Wieso nicht?«

»Weil … weil … Weil das nicht sein kann.«

4

Ohne Mia um ihre Erlaubnis zu fragen, schaltete Maxi das TV-Gerät aus. Er warf die Fernbedienung auf sein Kopfkissen, und stumm saßen sie nebeneinander. Ob das Schreckliche des Augenblicks sie zusammengebracht hatte oder ob sie sich bereits vorher angenähert hatten, war einerlei – instinktiv wussten beide, dass ein Band zwischen ihnen geknüpft worden war, welches das Körperliche, auf das sie sich gefreut hatten, aufhob und in den Hintergrund stellte. Der Sex konnte warten.

Während das Magische des Augenblicks ganz allmählich verflog und der Realität eines diffusen Hotelzimmers Platz machte, schlichen sich Gedanken in Maxis

Kopf. Wie konnte dies alles gestoppt werden? Wo war der Reset-Button, auf den man drücken konnte? Ging das überhaupt? Nicht der kleinste Hinweis auf Kilian Eugster, nicht die geringste Spur. Wo versteckte sich der Kerl? Wenn es eine Person gab, die den Quellcode des UMM-Virus herausrücken konnte, dann er.

»Ein schrecklicher Albtraum«, stellte Mia fest, um das Schweigen zu brechen.

Maxi grummelte zustimmend. Er war nur halb bei der Sache.

Was war es, wovon Andreas Baumann im Bundeshaus West gesprochen hatte? Anders gefragt: Was war es, wovon er nicht gesprochen hatte? Basketball, Pokémon-Turniere, Umweltschutz und Literatur – das waren Eugsters bekannte Hobbys. Vom ›Urban Exploring‹ hatte der NDB-Mitarbeiter seltsamerweise nichts gewusst. Warum nicht? Soweit Maxi bekannt war, hielt Kilian damit nicht hinter dem Berg. Alle paar Monate hatte er Fotos, Videos oder Insta-Stories verschickt, wenn er wieder einmal Lost Places erkundete. Maxi hatte von ihm mystisch angehauchte Schwarz-Weiß-Fotos aus dem Kurhotel Val Sinestra bekommen. Ein andermal war die Kirche San Giuseppe abgebildet gewesen, in der einst drei Mädchen bei lebendigem Leibe eingemauert worden sein sollen. Auch die megalithische Kultstätte von La Mutta mit seinen Menhiren hatte Kilian besucht, und natürlich das Regenauffangbecken von Morillon, eine düster-bedrohliche Betonwüste aus Ablaufkanälen und Entwässerungsleitungen. All das hatte er munter und freigebig unter seinem Nickname geteilt.

Sein Nickname …

Wie Schuppen fiel es Maxi von den Augen: Kilian Eugster hatte keinen Klarnamen gebraucht. Deshalb war sein

Instagram-Account den Leuten vom Nachrichtendienst des Bundes durchs Raster gefallen. Bei diesem Gedanken riss Maxi sich los, beugte sich vor, um nach seinem Smartphone auf dem Boden zu schnappen, und recherchierte auf den entsprechenden Webseiten dort weiter, wo er in der Nacht zuvor aufgehört hatte, bevor er vom Schlaf übermannt worden war.

Gebannt verfolgte Mia, was er tat.

»Ist dir was eingefallen?«

Erneutes Grummeln.

»Falls das was werden soll mit uns beiden«, meinte sie in gespielt tadelndem Ton, »musst du ab und zu antworten.«

»Hier ist es«, sagte er, ohne auf ihre Stichelei einzugehen, und zeigte ihr das Insta-Profil von ›Swiss-mon-amour-2000‹, wo es eine beträchtliche Auswahl diverser Orte gab, die sich auf perfekt aufbereiteten Fotos präsentierten. Landschaften mit entsättigten Rottönen und gleichzeitig intensivierten Grün- und Blautönen, daneben Mauern im cremigen Vintagelook mit abgedunkelten Rändern und leichtem Gelbstich. »Er macht keinen Hehl aus seinem Hobby«, fuhr Maxi fort. »Das ist mir gestern aufgefallen. Aber insgeheim hat mich irgendwas gestört. Ich bin und bin einfach nicht darauf gekommen, was es war. Jetzt weiß ich es.«

»Was?«, fragte Mia Abderhalden.

»Ich weiß, dass etwas fehlt.«

»Er hat Einträge gelöscht?«

»Genau, und zwar immer nur die von ein und demselben Ort.«

Für einen Moment verschlug es Mia die Sprache. »Du willst damit sagen, dass …«

»Ja, genau. Ich wette einen Hunderter, dass er sich dort versteckt.« Mit ungewohnter Energie erhob sich der Hacker. »Los, packen wir unsere Sachen.«

»Wohin geht es?«

»Ins Tessin.« Eine theatralische Pause einlegend, küsste er die Journalistin knapp am Mund vorbei auf die Wange. Seine Mundwinkel verzogen sich leicht, bevor ein geheimnisvoller Nachtrag über seine spöttisch gekräuselten Lippen kam: »Ich hoffe, du hast Nerven aus Stahl. Heute Abend gehen wir ins Geistersanatorium, ins Spukspital, ins Horrorhaus bei Quinto.«

5

Gegen Mittag checkten sie aus. Ihr Gepäck deponierten sie bei der Rezeption, um es später wieder abzuholen, und stöberten auf der anderen Straßenseite im Welle-7-Gebäude durch einige Läden und Supermärkte. Nachdem sie sich mit einer ausreichenden Anzahl an Lunchpaketen, Snacks, Schokoriegeln und Getränken eingedeckt hatten, statteten sie in der Spitalgasse dem nächstbesten Outdoor- und Trecking-Sportgeschäft einen Besuch ab.

»Wir benötigen Mützen und Handschuhe«, wandte sich Maxi an einen pickligen Praktikanten. »Außerdem warmes Schuhwerk, bevorzugt wasserfest, sowie Taschenlampen und Ersatzbatterien.«

Der leicht überfordert wirkende junge Mann schickte sich an, sie in die Bekleidungsabteilung zu führen. Als sie an Regalen und Vitrinen mit Jagdzubehör vorbeikamen, veranlasste dies den Hacker, plötzlich stehen zu bleiben.

»Waidmannsheil«, meinte Maxi trocken und deutete auf die Auslage, wo der Kundschaft zwei Dutzend Nachtsichtgeräte präsentiert wurden. »Wie viel kostet so ein Ding?«

»Wird etwa so gegen 200 gehen«, antwortete der Mann. »Soll ich aufschließen?«

Maxi überging die Frage.

»Wie lange dauert es, bis der Akku aufgeladen ist?«, wollte er stattdessen wissen.

»Vor dem ersten Gebrauch? Hm. Wahrscheinlich über Nacht.«

»Haben Sie ein funktionierendes Anschauungsexemplar? Oder gar zwei davon?«

»Das schon, aber sie stehen nicht zum Verkauf.«

»Auch nicht für einen Hunderter als Dreingabe?«

Verstohlen sah sich der Praktikant um, ob ein Vorgesetzter in der Nähe war.

»Lässt sich einrichten«, flüsterte er unter verstohlenem Grinsen.

6

Nachdem sie in aller Gemütsruhe etwas zu Mittag gegessen und ihr weiteres Vorgehen besprochen hatten, verließen sie Bern auf der A6. Statt Willisau anzupeilen, nahmen sie die Route über Spiez und Interlaken. Dem Thuner- und dem Brienzersee entlangzufahren, war allemal angenehmer, als es auf der meist von Baustellen und Kreisverkehrsinseln verseuchten Überlandstrecke zu versuchen.

Erneut saß Mia am Steuer, und Maxi drehte an den Knöpfen ihres Autoradios. Er startete den Frequenzsuchlauf, bis er einen Sender fand, der seinen Mindestansprüchen, was eine rauschfreie Übertragung anging, gerecht wurde. Es ging auf 14 Uhr, als ein Moderator anmerkte: »Nun zu einer Meldung in eigener Sache: Auch wir haben mit Ausfällen oder Störungen in unserem Sendegebiet zu kämpfen. Beim Empfang über ein Kabelnetz wenden Sie sich an Ihren Kabelanbieter. Empfangen Sie Ihre Radiosendungen mit einer eigenen Antenne direkt aus der Luft, kann Ihnen das Bundesamt für Kommunikation weiterhelfen.«

Mia und Maxi wandten sich gleichzeitig die Köpfe zu und grinsten. Ob dem Sprecher die Absurdität seiner Aussagen überhaupt bewusst war?

»Und wenn Sie stumm sind, rufen Sie uns an«, spottete Mia.

Maxi ging bereitwillig darauf ein: »Wer blind ist, soll bitte unsere Richtlinien gut durchlesen.«

Sie lachten, seit Tagen zum ersten Mal befreit und ausgelassen, und während auf Twitter #Trainwreck trendete, fuhr Mia Abderhalden schon am Lungenersee vorbei, wo sich linkerhand, hinter den bewaldeten Anhöhen auf der jenseitigen Uferseite, die Gipfel vom Fürstein und der Schrattenfluh versteckten. Wie bereits auf ihrer Fahrt von Aarau nach Bern drückte Mias rechter Fuß auch jetzt beinahe pausenlos das Gaspedal durch. Sie lagen wenige Kilometer über der Hälfte der Strecke. Der Tank war ausreichend gefüllt, Hunger quälte sie auch nicht mehr. Da keiner von ihnen rauchte, sahen sie sich auch nicht genötigt, eine Zigarettenpause einzulegen. Wenn es nach Maxi ginge, würden sie sogar durchfahren, doch Mia bestand auf mindestens einem Toilettenstopp.

Sie kamen nach Sarnen und Alpnach, und Minuten danach, beim südöstlichsten Ausläufer des Vierwaldstättersees, überquerten sie die Acheregg-Brücke. Glücklicherweise waren die Lärmschutzwände hier aus durchsichtigem Kunststoff, sodass ihnen das kantonale Tiefbauamt eines der prächtigsten Panoramen der Schweizer Natur nicht vorenthielt. Mia jedoch konzentrierte sich vermehrt auf den Rückspiegel. Immer wieder, wenn es der Verkehr vor ihr zuließ, huschte ihr Blick dorthin.

»Siehst du den dunkelblauen Opel Omega? Berner Kontrollschild.«

Maxi wandte den Kopf, um durch die Rückscheibe zu spähen.

»Drei Wagen hinter uns?«

»In etwa. Ja.«

»Was ist mit dem?«

»Der folgt uns bereits seit einer Stunde.«

»Sicher?«

»Ziemlich.«

Der Hacker griff nach dem Handy.

»Ich habe gestern einige Seiten von Google Maps aus dem Internet-Archiv abgespeichert. Seltsamerweise war das immer noch erreichbar. Dachte, ich gehe auf Nummer sicher, bevor es verseucht wird.«

Er öffnete die Dateien, zoomte sich mit den Fingern hinein und meinte: »So, wie's aussieht, kommt in vier oder fünf Kilometern eine Ausfahrt, wo es zum Flugplatz Buochs und den Pilatus Flugzeugwerken geht. Da wird's einen großen Parkplatz geben. Fahr hin.«

Obwohl der Mitsubishi leicht schlenkerte, als die Lärmschutzwand zu Ende war und er vom seeseitigen Wind erfasst wurde, drückte Mia weiterhin aufs Gas. Der Wagen schoss vorwärts, der Opel Omega fiel leicht zurück. Wenig später fuhren sie von der E35 ab und Richtung Flugfeld. Vereinzelt standen ein paar Häuser in der weißgrauen Gegend, die vom Schnee freigepflügte Landebahn stand im rechten Winkel zur Ennetbürgerstraße. Wenige 100 Meter vor ihnen, an die linke Kurvenseite gelehnt, lag der Parkplatz der Pilatus Flugzeugwerke AG. Hinter ihnen, zu seinem Leidwesen auf der einsamen Strecke nicht zu übersehen, schloss ein dunkelblaues Auto zu ihnen auf.

»Du hattest recht«, meinte Maxi. »Der folgt uns.«

»Polizei? Geheimdienst?«

»Egal, wer's ist, einer von beiden hat uns wohl einen Peilsender an den Arsch geklebt.«

»Meinst du?«

»Logo in Togo!«

»Gut. Stellen wir die Karre ab und suchen nach der Wanze«, schlug Mia vor.

Kurz darauf rollte sie auf den Parkplatz, hielt zielgerichtet nach einer freien Lücke zwischen zwei größeren

Wagen Ausschau und parkte rückwärts ein, als sie eine gefunden hatte. Mit angespannten Mienen überblickten sie nun die Gegend, bis Mia, noch immer das Lenkrad umklammernd, plötzlich meinte: »Da hinten!«

Tatsächlich hatte der dunkelblaue Opel Omega mit dem Berner Kantonskürzel auf dem Nummernschild in einiger Entfernung am Straßenrand angehalten und die Tagfahrleuchten abgeschaltet. Auffällig unauffällig stand er da.

»Kennst du dich aus mit Peilsendern?«, wollte die Journalistin wissen, nachdem sie ausgestiegen und beide am Fahrzeugheck in die Knie gegangen waren.

»Of course, my horse«, antwortete er, ohne zu zögern, worauf Mia unwillkürlich den Kopf schüttelte. Schon wieder diese kindische Art, die ihm selbst gar nicht aufzufallen schien. »Die sind meistens ein paar Zentimeter klein, haben so in etwa Kronenkorkengröße. Als Cheating Defender übrigens ganz nützlich. Kosten zwei bis drei Franken.«

Cheating Defender? Mia merkte auf. Aber hallo! Was war denn da los? Gab sich dieser perfektionistische Jungspund endlich einmal eine Blöße?

»Schon mal benutzt?«

»Lange Geschichte«, meinte er verdrossen. »Bringen enorm viel, wenn die Freundin zum außerhäuslichen Techtelmechtel geht und ihr Handy extra nicht mitnimmt. In diesem Fall klebst du deiner zukünftigen Ex einfach den GPS-Tracker unter die Stoßstange, ans Auspuffrohr oder unter die Radkappen. Zack, hast du den Beweis.«

Seine Hand fuhr die Kofferraumklappe entlang, über die Innenseite des Griffs, unter den Abschluss des Hecks. Schließlich löste er das Aargauer Nummernschild. An der unteren Leiste der Kennzeichenhalterung steckte der Fremdkörper.

»Zerstören wir ihn?«, schlug Maxi Winter vor.

Mia Abderhalden schüttelte den Kopf.

»Als alter James-Bond-Fan«, antwortete sie orakelhaft, »kann ich dir eines verraten: 007 würde was Besseres damit anstellen.«

7

Sie tuckerten gemütlich durch Buochs, bogen in Nebenstraßen ab, fuhren in die kleinsten Gassen, stets Ausschau haltend nach einem Lkw mit offener Ladefläche, auf die sie ihren Peilsender werfen konnten.

»Wieso vermutest du Kilian Eugster überhaupt im Tessin?«, erkundigte sich Mia, als sie von der Turmattstraße aus in den Kreisverkehr gelangten. »Was macht er dort?«

»Er versteckt sich. Für sein Vorhaben braucht er sich bloß einige Tage dem Arm des Gesetzes zu entziehen«, verkündete der Hacker mit absoluter Sicherheit. »Mit jeder Stunde, die fortan vergeht, brechen mehr Knotenpunkte des Netzes zusammen. Das ist der Jackpot für einen radikalen Umweltschützer, wie er einer ist. Mit dieser Aktion macht er sich zum Helden einer ganzen Aktivistengeneration.«

Wie giftiger Dampf schien Maxis Aussage im Innenraum des Mitsubishis zu hängen und sich nur allmählich aufzulösen.

»Da steht ein Lieferwagen«, meinte Mia. »Halte dich bereit.«

Der Fahrer, ein schnauzbärtiger Stiernacken von einem Mann, bestieg gerade die Führerkabine. Wahrscheinlich hatte er soeben beim Fahrradgeschäft an der Ecke eingekauft, denn auf der Ladefläche waren mit Spanngurten zwei nagelneue BMX befestigt.

Maxi Winter ließ die Fensterscheibe nach unten fahren.

»Nicht so schnell«, beschwor er Mia, als diese blinkte und zum Überholen ansetzte. »Ganz langsam.«

Mit einem gezielten Wurf landete der GPS-Tracker auf der Ladepritsche, worauf Mia beschleunigte. Da von ihren Verfolgern momentan nichts zu sehen war, bog sie in einen leicht zu übersehenen Privatweg ein. Hier, von immergrünen Thujen geschützt, äugten sie über ihre Kopfstützen hinweg nach hinten und warteten ab. Nicht einmal 50 Sekunden vergingen, bis der dunkelblaue Opel Omega an ihnen vorbeikam und wieder aus dem Sichtfeld verschwand.

»Wieso hat sich Eugster nicht ins Ausland abgesetzt?«, griff Mia das Gespräch von vorhin wieder auf. »Ich wäre schon längst untergetaucht. Irgendwo im Süden, wo es warm ist.«

Sie startete den Motor.

»Ist nur so eine Vermutung«, meinte Maxi, als der Mitsubishi rückwärts auf die Straße rollte, »aber ich denke, es hat was damit zu tun, dass fast alle europäischen Staaten Mitglieder der EU oder der Nato sind. Nicht mehr lange – und alle sind auf der Jagd nach dem Quellcode des Virus. Ich hätte auch keine Lust, von irgendwelchen Eliteeinheiten nach China, Russland oder in die USA verschleppt zu werden. Hier kann sich Kilian vorerst noch dem Zugriff des Kremls oder des Weißen Hauses entziehen. Wenn er in der Schweiz gefasst wird, kann er auf einen fairen Prozess hoffen, von angenehmeren Haftbedingungen ganz zu schweigen. Es gibt kein Waterboarding in Pöschwies.«

8

Auf der Autobahnraststätte A2 Uri tankten sie sicherheitshalber noch einmal auf, bevor es durch den Gotthard gehen sollte. Sie bezahlten bar, drinnen im Gebäude, während es draußen bei den Zapfsäulen zu kleinen Tumulten kam, als von einer Sekunde auf die andere die Zapfventilautomatik den Geist aufgab und nacheinander mehrere Automobilisten mit Benzin vollgespritzt wurden. Der volle Tank hatte den unter Druck arbeitenden Füllstutzen herausschleudern lassen.

»Noch einmal Glück gehabt«, bemerkte Mia, als sie durch die Glasscheibe nach draußen sah, wo fluchende Reisende mit tropfnassen Kleidern in der Kälte standen.

Sie ließen das auf dem Vorplatz ausbrechende Chaos links liegen und setzten sich für eine Zwischenmahlzeit ins Restaurant. Maxi bewunderte die futuristisch anmutende Architektur, die man an einem solch profanen Ort nicht erwartet hätte, während Mia den Blick durch die Panoramafenster über die verschneiten Wiesen und hinauf zur Tschingelfluh-Felswand gleiten ließ. Eine düstere Schwermut hatte sich über die Gegend gelegt.

Es war später Nachmittag geworden, die Sonne hatte den Bergkamm bereits überquert, die Schatten wurden länger. Ihre Verfolger auf eine falsche Fährte zu locken, hatte Zeit gekostet. Außerdem war auf einigen Streckenabschnitten das Fahrleitsystem zusammengebrochen, was funktionsunfähige Ampeln und verwirrende Signale zur Folge gehabt hatte. Sogar im Straßenverkehr bedeutete eine Welt ohne Internet Stress pur. All das lag inzwischen hinter ihnen, und die Journalistin genoss einen Cappuccino, aufgeschäumt mit Altdorfer Bio-Milch. Die Hitze der kleinen Tasse wärmte ihre Finger. Maxi verdrückte derweilen eine Portion Älplermagronen mit Röstzwiebeln und Apfelmus.

Sie ließen die fast schon kontemplative Atmosphäre auf sich wirken. Die wenigen Reisenden, die an den Tischen ringsum saßen, boten mit ihren Gesprächen lediglich ein meditatives Hintergrundsummen. Was würde der heutige Abend bringen? Wie ging es weiter?

»Du vermutest Kilian im Sanatorio del Gottardo?«, brach Mia die Stille zwischen ihnen.

»Es ist der beliebteste Lost Place der Schweiz«, antwortete Maxi. »Kilian kennt das Gebäude in- und auswendig. Normale Leute übernachten dort nicht. Die, die es dennoch tun, verraten keinen aus der Community. ›Urban Explorer‹ halten zusammen. Das unerlaubte Betreten von Grundstücken zählt in der Schweiz als Hausfriedensbruch. Wenn die ihn verpfeifen, liefern sie sich selbst ans Messer.«

»Ist es dort nicht zu kalt? Ich meine … jetzt? Im Winter?«

»Er wird vorgesorgt haben. Heizdecken, Wärmepads, Schlafsack. All das moderne Campingzeugs.«

Maxi führte eine Gabel zum Mund.

»Wenn wir dort sind«, fuhr die Journalistin fort, »was machen wir dann? Wieso informieren wir nicht die Polizei und übergeben ihn den Behörden?«

Vom Teller hochblickend, kaute und kaute der Hacker, um sich mit der Antwort Zeit zu lassen. Schließlich deutete er mit den Gabelzinken auf seine Freundin.

»Gegenfrage«, meinte er mit beinahe heimtückischer Gelassenheit. »Wieso hast du mitgemacht, die Polizei abzuhängen? Bei mir ist die Sache klar: Trotz allem ist Kilian ein Freund, ein alter Weggefährte. Ich will ihm die Chance geben, den Quellcode seines Virus herauszurücken oder uns zu verraten, wie man ihn löscht. Aber du? Was ist mit dir?«

Sie rieb sich die Schläfe, und sie tat dies weniger, um nachzudenken, als um Zeit zu gewinnen.

Maxi spießte ein Kartoffelstück auf, von dem Käsefäden herabhingen, und übernahm für Mia das Antworten: »Du willst dein Interview, nicht wahr? Deinen Scoop. Du wirst diejenige sein, die aus erster Hand Informationen zum Hack des Jahrtausends erhält. Aus dir wird eine zweite Christiane Amanpour.«

Ein Lächeln umspielte ihre Lippen, als sie ihr Cappuccino-Tässchen hob, um daran zu schlürfen. Maxi nickte ihr aufmunternd zu, sie nickte zurück. Sie verstanden sich.

9

Das Sanatorio del Gottardo, einst bei Piotta auf 1.200 Metern Höhe an einen steilen Berghang gebaut, war ein imposantes, wenn auch Furcht einflößendes Gebäude. Ganze fünf Stockwerke zählte das Sanatorium, das in der ersten Hälfte des 20. Jahrhunderts als Tuberkuloseklinik und Militärspital gedient hatte, bevor es aus wirtschaftlichen Gründen geräumt und dem Verfall überlassen worden war. Mehr als ein halbes Jahrhundert musste vergehen, bis sich die unrentable Heilstätte mit ihrem morbiden Charme zu einem der gruseligsten Orte Europas entwickelt hatte.

Die von Diego Brioschi entworfenen weiten Arkaden, allesamt im italienischen Liberty-Stil gehalten, die endlosen Flure sowie über ein halbes Dutzend leerstehende Krankenzimmer taten ein Übriges, um in den einschlägigen Internetforen den Ruf des Spitals als Horrorhaus zu zementieren.

Maxi Winter und Mia Abderhalden näherten sich dem von hohen Bäumen umgebenen Anwesen auf einer Zufahrt, die zu ihrer Überraschung nicht einmal asphaltiert war. Der Mitsubishi schlitterte in den ausgefahrenen, matschigen Rinnen hin und her, und immer öfter drehten die Räder durch. Unter einer kleinen Unterführung, die sich in der längst angebrochenen Dämmerung wie ein Tor zur Unterwelt präsentierte, hielt die Journalistin an. Draußen hatte kräftiger Schneefall eingesetzt. Der rechtsseitige Berghang lag in völliger Dunkelheit.

Sie halfen sich gegenseitig beim Anlegen der Kopfhalterung ihrer Nachtsichtgeräte. Maxi schaltete die Taschenlampenfunktion seines Handys ein, um die vom Hersteller versprochene Unempfindlichkeit gegen Überstrahlung zu testen. Zufrieden stellte er fest, dass die integrierte Infrarotbeleuchtung tadellos funktionierte, sodass er alles in einem klaren, wenn auch grünlich schimmernden Licht sah. Dann zogen sie die Mantelkragen hoch, bevor sie in ihre Handschuhe schlüpften.

»Fertig?«

»Fertig.«

Das synchrone Zuknallen der Autotüren ließ sie zusammenzucken. Das Geräusch verhallte, während eisige Höhenluft sie umhüllte. Sie stapften los. Über knirschenden Schnee hinweg gelangten die zwei Eindringlinge zur Rückseite des Gebäudes. ›Accesso vietato‹, verkündete ein Metallschild an einer Mauerecke. Mia guckte an der Fassade hoch. Vor einige Fensterfronten waren teils massive Dielenbretter montiert. Wo dies nicht der Fall war, sah man eingeschlagene Scheiben. Hinter einer Balustrade sprossen junge Birken aus dem geborstenen Beton des Balkonbodens. Die Tannenbäume ringsum und einige wenige Laubbäume mit kahlen Kronen bildeten eine schwarz dräuende Wand mit wogenden Fransen, wo der Mond durchschimmerte.

»Da drüben.«

Maxi deutete die Außenfassade entlang zu einer Art Kelleranbau, der am äußersten Ende des Gebäudes auf halber Etagenhöhe ins Erdreich eingelassen war. Ein leicht absteigender Weg, von Steinmauern eingefasst, führte hinab zum Eingang. Die linke Flügeltür fehlte zur Gänze, während die andere mehr schlecht als recht in den Angeln hing. Die ersten eineinhalb Meter waren noch von hereingewehtem Schnee bedeckt, danach traten sie auf Klinkersteine. Die Mauer war bis zur halben Höhe gefliest, wobei ein Großteil der weißen Kacheln abgesplittert war und den Durchgang erschwerte.

Maxi und Mia sahen sich an, als ob sie sich ein letztes Mal Mut machen wollten, bevor sie das Wagnis eingingen. Dann huschten sie wie Diebe in der Nacht ins Gebäude – und die Düsternis verschluckte sie.

10

Rost und Schimmel, abblätternder Verputz und von den Mauern ausgeschwitzter Salpeter: Eine Patina des Grauens lag über dem Anwesen. Rohre ächzten, der Wind heulte durch die Gänge, pfiff durch alle Ritzen und Spalten.

»Es gibt unzählige moderne Mythen über diesen Ort«, verriet Maxi, als er sich unter einem geborstenen Rohr hinwegduckte, das in Kopfhöhe aus der Mauer ragte. »Urban Legends, Creepypasta und so Zeugs.«

Mia folgte ihm, und sie war froh darüber, nicht mit einer Taschenlampe unterwegs sein zu müssen, deren trüber Lichtkegel wohl mehr verborgen als offenbart hätte. Außerdem bezweifelte sie, dass Maxis Storys der Auflockerung dienten.

»In den Internetforen steht was von gequälten Seelen, deren Seufzer und Schreie bisweilen bis ins Dorf hinunter zu hören sein sollen«, fuhr der Hacker unbeirrt fort.

Mia Abderhalden gab einen undefinierten Laut von sich.

In einem der nächsten Zimmer verhedderten sie sich beinahe mit den Schuhen in irgendwelchen Elektrokabeln, die in irrationaler Weise wie ein überdimensioniertes Spinnennetz von Wand zu Wand gespannt waren, und kurz darauf stießen sie in einem gewölbeartigen Raum auf verrostete Kühlgeräte.

»Ein Teil der Küche?«, mutmaßte Mia, obwohl sie nirgends einen Herd oder etwas Ähnliches entdeckte.

»Das tote Fleisch, das hier drin aufbewahrt wurde, stammte definitiv nicht von Tieren«, erwiderte Maxi trocken.

»Du meinst …?«

»Das ist die Leichenhalle, ja. Bis zu ihrem Begräbnis wurden hier die Tuberkulosetoten aufbewahrt.«

Nacheinander tauchten die Umrisse weiterer Möbelstücke und Kühlgeräte aus der grünlichen Finsternis auf. Am Boden war eine Rinne eingelassen, bedeckt von einem Abflussgitter, das über die Jahre brüchig geworden war. Durch ihr Sichtgerät machte Mia die Konturen umgekippter Stühle aus, und ein Rascheln in einer Ecke verriet eine Spitzmaus, welche der Bodenkante entlang vor ihnen davonhuschte. Langsam drehte sich die Journalistin um die eigene Achse. An einer Wand entdeckte sie die Kritzeleien einiger wagemutiger Gruseltouristen, die ihre Namen am Gemäuer verewigt und dabei gegen den Ehrenkodex ihrer Zunft verstoßen hatten, bei einer Erkundung nichts anzufassen, nichts kaputtzumachen und nichts zurückzulassen außer den eigenen Fußspuren im Staub.

Mit einer fast schon liebevollen Geste, wie es seiner Begleiterin vorkam, strich Maxi mit den Handschuhen über eines der Metallgehäuse. Die in den Klettverschluss eingearbeitete Öse klimperte an der Eisenplatte. Ein hohler Klang fuhr durch den Raum, erhob sich, flatterte hinaus in die Gänge wie eine kranke Fledermaus, nach oben, eine Etage um die andere nehmend.

Noch während sie dem in der Ferne verklingenden Ton lauschten, überlagerte diesen ein anderes Geräusch, leise zuerst, dann surrend und anschwellend. Mia spürte, wie sich die Atmosphäre in dem Raum veränderte. Ein Gefühl der Verlassenheit kroch in sie hinein, nistete sich in der Bauchhöhle ein, ein Gefühl, das sie an ihre Kindheit erinnerte, wenn sie allein zu Hause war. Ohne Eltern, die sie beschützt hätten vor all den Gefahren, denen sich ein kleines und beunruhigtes Mädchen in seiner überspannten Fantasie ausgesetzt wähnte.

Ihr Atem bildete bizarre Schwaden an der kalten Luft. Maxi, nicht einmal einen halben Meter neben ihr stehend, verharrte mitten in der Bewegung. Für wenige Sekunden schüttelte er sich. Ein Frösteln schien ihn erfasst zu haben, und übergangslos hatte er Mias Hand gepackt und hielt sie fest.

Die Journalistin gab Gegendruck. Beide spürten sie, dass sie kurz davor waren, einer übersinnlichen Beklemmung nachzugeben, die gerade schleichend von ihnen Besitz ergriff. Ein spitzer Schrei erklang, und beide wussten sie nicht, wessen Mund er entfahren war.

Wie eine zweite Schicht legten sich weitere Stimmen über den Schrei: ein Wimmern, ein krächzendes Schluchzen und Lamentieren, die einander überlappten. Es waren die Stimme einer Greisin, gefühlte 100 Jahre alt, bösartig und dämonisch, sowie das freudlose Weinen eines Säuglings.

11

»Fuck nochmal!«, flüsterte Maxi Winter. »Wie bei den ›Drei Fragezeichen‹.«

»Wie bitte?«

»In Stephen Terrills Gespensterschloss, du weißt schon, oder? Dem Alter nach müsstest du vielleicht noch ein Kassettenkind gewesen sein.«

Ein fragender Ausdruck lag auf Mias Gesicht, doch in den dunkelgrünen Schatten der Nacht übersah ihn Maxi.

»Hier ist nichts, was uns objektiv verängstigen könnte«, führte ihr Begleiter aus. »Keine Drittpersonen, keine Angreifer, weit und breit ist niemand zu sehen. Und doch wandelt sich unser Unbehagen gerade in pure Angst.«

»Meine Knie zittern«, gab Mia Abderhalden zu.

»Genau, ja. Das meinte ich. Wie bei Justus, Peter und Bob. Mit Trockeneis erzeugt der Bösewicht dort Nebel und mittels tiefer Orgeltöne Angst. Bei uns hier sind es Schreie.«

Seine eben noch verkrampften Finger lösten sich von Mias Hand, und Maxi Winter trat einen beherzten Schritt nach vorn, in die Mitte des Raumes. Bedächtig drehte er sich im Kreis, das Okular seines Nachtsichtgeräts zeigte nach oben, zur Decke hin. Gleichzeitig streifte der junge Mann die Handschuhe ab, um besser die Taschenlampenfunktion des Handys einschalten zu können, und ließ den Lichtstrahl immer wieder über die vier Zimmerecken gleiten. Er legte den Kopf leicht schief, bewegte ihn hin und her. Da! – Hatte er nicht eben einen Widerschein aufgefangen? Irgendwo zwischen den Leitungsrohren?

Auch Mia schien es bemerkt zu haben.

Sie stemmte sich gegen eine der Kühltruhen, um sie näher an die Wand zu schieben. Das Kreischen, als das Metall über den Steinboden schabte, ging ihnen durch Mark und Bein. Schließlich stieß die Truhe an die Mauer, und Mia zog sich auf den Deckel hoch. Sachte reckte sie sich, beinahe tänzelnd wie eine Ballerina, ergriff eines der Rohre und tastete es mit der anderen Hand ab, bis sie das reflektierende Kästchen fand, das mit einem Magneten dort befestigt war. Ohne zu zögern, riss sie es los.

»Eine portable Webcam«, stellte sie fest. »Da hat uns jemand die ganze Zeit beobachtet!« Verblüfft las sie ab, was auf dem Gehäuse stand: »Full HD. Auflösung: 1080 Pixel.«

Maxi schlug lediglich vor: »Komm. Ins Treppenhaus. Kilian weiß jetzt, dass wir hier sind. Mit Anschleichen ist's nix mehr.«

Mit einem verächtlichen Wurf schmiss Mia das Metallgehäuse an die gegenüberliegende Mauer.

Nach wenigen Schritten standen sie vor einer steinernen Treppe, die sich die Wände entlang nach oben schraubte, immer wieder im rechten Winkel abbiegend, sobald das nächste Podest kam. Mittendrin stieg eine baumdicke, vor sich hin rostende Röhre, die einst der Belüftung oder zum Heizen gedient haben mochte, im Treppenschacht nach oben. Das vernietete Metall war von Korrosionsspuren überzogen.

Unter dem Dachstock leuchtete ein einzelnes mattes Licht auf, dessen Strahlenkranz den mit einer Skimütze bedeckten Kopf eines jungen Mannes umrahmte, der über die Brüstung nach unten sah. Ein plötzlicher Windstoß fuhr durch eines der zerbrochenen Fenster, dann beruhigte sich die Luft wieder.

»Kilian!«, rief der Zürcher. »Ich bin's, Maxi Winter. Wir kommen nun rauf.«

»Vorsicht mit dem Geländer«, entgegnete der Rheintaler ohne weitere Begrüßung, doch mit warmherziger Stimme. »Der Handlauf ist leicht wacklig. Haltet euch wandseitig.«

Stufe um Stufe ging es voran. Das Mondlicht, das in der dritten Etage durch die Bretterwand eines vernagelten Fensters fiel, warf schlitzartige Leuchtstreifen auf die Treppe. Einen Stock höher hing eine modrige Feuchtigkeit in der Luft, und schließlich, als sie die letzte Biegung des Treppenhauses nahmen, stand Kilian Eugster auf dem obersten Podest und richtete eine blendende Taschenlampe auf sie.

»Kaffee? Tee? Etwas Suppe?«, fragte er mit einem für Mia unerwarteten Charme, während er mit einer einladenden Handbewegung einen Schritt beiseite machte.

Sie drängten sich an dem Hacker vorbei, wobei ihm die Journalistin einen neugierigen, erwartungsvollen Blick zuwarf. Da war sie endlich, die Konfrontation mit dem Antagonisten. In beinahe jedem Kinofilm hätte man es mit einem übermenschlichen Bösewicht zu tun gehabt. Alles übertrieben, alles Over the Top. Doch die Erwartungshaltung, die Hollywood für solche Situationen aufgebaut hatte, verpuffte in der Enge dieses Dachbodens und angesichts der einnehmenden Erscheinung dieses in einen olivdunklen Winterparka gekleideten Jünglings.

Mia Abderhalden sah sich um.

Das Dachgebälk präsentierte sich als offener, langer Schlauch, der sich über die ganze Länge des Gebäudes erstreckte. An keiner Stelle waren die Sparren getäfelt, nirgendwo das Holz geschliffen oder bearbeitet: eine raue, faserige Maserung voller Splitter und Spießen. In einer Ecke registrierte Mia eine Packung selbstauflösendes Klopapier sowie zwei Flaschen mit biologisch aktivem Sanitärzusatz. Noch weiter hinten, tief im Schatten, erahnte sie etwas, das wie eine tragbare Campingtoilette aussah. Auf dem mit Isoliermatten ausgelegten Boden lagen unter anderem ein Schlafsack, zwei Wolldecken und ein halbes Dutzend Romane – allesamt dicke Schmöker, die einer eingefleischten Leseratte problemlos die Zeit verkürzten. Auf einigen losen Brettern, behelfsmäßig zu einem Tisch geschichtet, stand eine Art Überwachungsstation, die mit einem Laptop, einem Multimedia Pad und einer Unmenge an aufgeschichteten Ersatzbatterien ausgestattet war. Auf einem Mauersims stapelten sich zig Dosen mit Nahrungsmitteln, in einer anderen Ecke befand sich die improvisierte Kochnische mit Campingkocher und einem Rechaud, das mit Kerzen erhitzt werden konnte.

Um der Tristesse zu entgehen, die der ganzen Umgebung innewohnte, hatte Kilian sogar Poster im A3-Format an die Wände geklebt: Bilder von Naturlandschaften und exotischen Tieren. Alles wirkte überraschend aufgeräumt. In einer Ecke befanden sich drei Abfallsäcke: einer für den regulären Haushaltsmüll, der in den Kehrichtverbrennungsanlagen landen würde, dann ein Beutel für alles biologisch Abbaubare, ein dritter schließlich für allerlei recycelbare Produkteverpackungen. Sogar hier noch lebte er nach seinem von ihm selbst aufgestellten Way of Life.

»Kaffee? Tee? Suppe?«, wiederholte Kilian seine Frage von vorhin und holte seine zwei staunenden Besucher in die Realität zurück.

12

Minuten später saßen sie alle im Schneidersitz auf dem Boden. Die Tassen in ihren Händen dampften, und der wohlig warme Duft einer Bündner Gerstensuppe stieg ihnen in die Nase. Eine unerwartete Behaglichkeit machte sich breit.

»Ihr habt mich also gefunden«, bemerkte Eugster unnötig.

»Jup.«

»Und was nun?«

»Ratzekatze – aus die Maus. Jetzt beendest du die ganze Sache.«

Der Hacker führte seine Tasse an den Mund. Schlürfend nahm er ein, zwei Schlucke, während seine Augen über den Rand spähten. Er setzte die Tasse ab und schüttelte den Kopf.

»Es geht zu weit, Kilian. Alles. Du hast der Welt einen Warnschuss vor den Bug verpasst, das sollte reichen.«

»Ich habe den Menschen einen Warnschuss verpasst, nicht der Welt«, insistierte der Ostschweizer. »Und es ist noch lange nicht vorbei. Das hat man schon bei Corona gesehen. Kaum war die Krise überwunden, vergrößerte sich der ökologische Fußabdruck der Menschheit wieder. Jeden Juli oder August ist es aufs Neue so weit, dass wir die global vorhandenen erneuerbaren Ressourcen aufgebraucht haben. Für den Rest des Jahres leben wir dann wieder auf Pump. Immer und immer wieder. Alle wissen es, doch niemand tut etwas dagegen. So geht es schon seit Jahrzehnten. 1960 war es fünf vor zwölf, 1970 ebenso. Und auch zur Jahrtausendwende.«

Ohne sich dessen bewusst zu sein, nickte Mia, während Maxi mit »Peut-être, fenêtre« einen seiner ulkigen Sprüche murmelte.

»Einerseits ist die biologische Kapazität der Erde, Ressourcen aufzubauen beziehungsweise Müll und Emissionen aufzunehmen, längst erschöpft«, fuhr Eugster aufgeregt fort, »andererseits verbrauchen wir stetig mehr Kulturland. Wälder, Ackerland und Fischgründe – wir zerstören alles, was uns am Leben hält. Mein Virus ist Teil der Lösung, ein kleiner zwar, aber immerhin. Ich habe den planetaren Notfall ausgerufen. Es war bloß eine Frage der Zeit, bis das jemand machte.«

»Eine Lösung, die Menschenleben fordert«, warf Maxi ein, obwohl er den Erfolg seines Einwands bezweifelte. Für Eugster, der abseits jeglicher ethischer Ansichten die Anzahl an Toten gegeneinander aufwog, mochte der Internetausfall das geringere der beiden Übel sein.

»Ich pfeife meine App zurück, gerne, kannst du haben. Unter der Bedingung, dass es nach ihrer Deinstallation eine totale Transparenz geben wird. Fortan, nach dem großen Reset, wird man nur noch mit Bedacht posten. Die Menschheit muss sich überlegen, was wichtig ist und was nicht, denn alle Welt wird sehen, was man ins Netz stellt. Schluss mit Pornografie, stumpfsinnigen Memes und oberflächlichen Likes und Dislikes.«

Jetzt wiederholt er Teile seines Manifests, fuhr es der Journalistin durch den Kopf, als sie nach den Ecken einer Wolldecke griff, um sie sich fester um den Körper zu ziehen. Während draußen das Jaulen des Windes zu hören war, der unentwegt über das Dach fegte, breitete sich eine wohlige Wärme in Mia aus. Die Suppe hatte ihre Schuldigkeit getan. Wie spät es inzwischen sein mochte? Gewiss nicht die Zeit der Bettruhe; aber der Tag, dieser außergewöhnliche Tag voller außergewöhnlicher Stunden mit außergewöhnlichen Ereignissen, hatte sie müde gemacht. Schläfrig verfolgte sie das Streitgespräch der zwei Männer.

Maxi ging auf Kilians Worte ein, umschmeichelte ihn, lobte das Virus oder zumindest die humanistische Idee dahinter, während ihm Eugster erhaben beipflichtete. Für einen Moment, als sie irgendwo im Inneren des Gebäudes einen dumpfen Klang oder Schlag vernahm, wandte Mia den Kopf Richtung Treppenhaus. Doch da war nichts außer gähnender Leere inmitten einer alles verschluckenden Dunkelheit.

Sie versuchte wieder, sich zu konzentrieren, aber erneut vermeinte sie, ein Klopfen zu hören, das unentwegt näherkam. Waren das etwa Schritte? Von dem Diskurs der beiden ganz gefangen, gelang es ihr nicht, ihren Verstand zu kalibrieren. Erst die schwarzen Silhouetten, die sich aus der Dunkelheit schälten, ließen sie erstarren.

Der metallische Lauf einer Injektionspistole Modell RD406 deutete auf Kilian Eugster, ein zweiter Lauf erhob sich – wie sein Zwillingsbruder – gleich parallel daneben. Unter leisem, hohem Fiepen, den Lockrufen eines Rehkitzes oder dem Angstschrei eines Vogels ähnlich, sausten die Narkosepfeile durch die Luft, um in den Hälsen der bislang noch ahnungslosen Männer stecken zu bleiben.

Bevor sich ein Schrei aus Mias Kehle entwinden konnte, spürte sie selbst einen Einstich. Instinktiv schnellte ihre Hand hoch, tastete nach der Kehle, wo ihre Finger über Fäden und Federn fuhren, die am Ende des dort steckenden Pfeils zur Flugstabilisierung angebracht waren. Sie sah noch, wie Maxi und Kilian ihre

Tassen fallen ließen. Verschwommen nahm sie wahr, wie die zwei vornüberkippten, bis auch sie sich zur Seite neigte und einer alles verschlingenden Bewusstlosigkeit anheimfiel.

TAG 16 | LUGANO

1

Allen Genderdiskussionen zum Trotz war es noch immer unüblich, Männer und Frauen im selben Krankenhauszimmer unterzubringen, und dennoch waren Maxi Winter und Mia Abderhalden nebeneinander aufgewacht. Ihre zwei Betten mit den blütenweißen Laken und cremefarbenen Steppdecken aus Baumwolle standen zwei Meter voneinander entfernt. Das Fußende zeigte zum Fenster, jeweils rechts war ein Nachtkästchen platziert, auf dem eine Nierenschale aus Edelstahl lag. Die andere Seite des Zimmers nahmen ein Tisch mit steril wirkender Kunststofffläche sowie zwei abschließbare Schränke ein.

So hässlich sich das Ospedale Regionale di Lugano Civico von außen auch präsentieren mochte – das Gebäude war ein gewaltiger, alle Häuser ringsum überragender grauer Betonklotz, dessen Bau in den späten 1970er-Jahren begonnen hatte –, so berückend war in den Zimmern die Aussicht. Wer sich im Sommer hier erholte, genoss einen derart atemberaubenden Panoramablick über den See und die grüne Kuppe des Monte San Salvatore, dass man allenfalls beinahe ohne Medikamente gesundete. Jetzt jedoch herrschte die übliche winterliche Tristesse.

Als Maxi das erste Mal aufgestanden war und vor das

Zimmer treten wollte, hatte ihn ein bewaffneter Beamter der Polizia Cantonale daran gehindert, den Flur zu betreten. Ob er unter Arrest stehe, wollte der Zürcher wissen, doch der Tessiner sprach nur Italienisch und wedelte ihn grimmig in den Raum zurück.

Zweieinhalb Stunden später – inzwischen war auch Mia aufgewacht – saß der virile, durchtrainierte Vizedirektor der Operativen Cyber-Sicherheit mit ihnen am Tisch und erklärte, sie seien keineswegs Gefangene. Vielmehr habe man sie zu ihrer eigenen Sicherheit hierbehalten. Schließlich seien sie von einem Grenadierbataillon des KSK in Anwesenheit eines international gesuchten Cyber-Terroristen angetroffen worden.

»Die Einheit musste von einer potenziellen Gefahr ausgehen«, führte Stefan Gerber weiter aus, wobei er sein schelmisches Grinsen nicht einmal zu unterdrücken versuchte. »Zum Glück hat ihr Zugführer auf meinen Rat hin den Einsatz scharfer Waffen verboten. Ich hoffe, der kleine Piks tut nicht mehr weh.«

Maxi machte eine lässige wegwischende Handbewegung.

»Wo ist Kilian?«, wollte er wissen.

»Hier im Haus. Geplant wäre gewesen, ihn ins Tribunale di Appello zu überführen, sobald er wach ist. Doch der Kerl ist gerissen, das muss man ihm zugestehen. Kaum fasst ihn ein Polizist an, taumelt er und schützt Übelkeit und Kopfweh vor. Schon steht irgendeine Ärztin oder ein Pfleger zur Stelle und verbietet die Entlassung aus dem Spital. Wie es so schön heißt, aus medizinischen Gründen.« Bei den drei letzten Wörtern bewegte Gerber die erhobenen Zeige- und Mittelfinger, um das Gesagte in Anführungszeichen zu setzen.

Nun war es an Mia und Maxi, den Berner Beamten anzugrinsen.

»Jaja, nur zu, lachen Sie. Soll ja gesund sein.«

»Wie sind Sie Eugster auf die Schliche gekommen?«, wunderte sich Mia. »Dass Sie gleichzeitig mit uns dort auftauchten, war kein Zufall, oder?«

»Nein, war es nicht«, räumte Gerber ein. »Als Sie das Bundeshaus verließen, hatten wir Sie längst mit einem Peilsender ausgestattet. Die OCS geht in diesen Dingen auf Nummer sicher.«

Maxi schüttelte den Kopf.

»Kann nicht sein. Den haben wir in Buochs entsorgt.«

»Den am Wagen, ja. Aber nicht den an der Innenseite Ihrer Handyschutzhülle.«

Unbewusst wanderte der Blick des Zürchers zur Nachtkommode, wo sein Smartphone lag. Jemand hatte es dort deponiert, während er im Betäubungsschlaf vor sich hin träumte, und seltsamerweise war es nicht konfisziert worden. Er schloss daraus, dass die Polizei sie nicht in Gewahrsam genommen hatte.

Bevor Maxi zu einem Konter ansetzte, merkte Mia an: »Lassen Sie mich raten: im Bundeshaus, nicht wahr? Als wir unsere Handys abgeben mussten, da ist es passiert.«

Das selbstgefällige Nicken des Vizedirektors bestätigte ihre Vermutung.

Eine Weile saßen sie stumm da. Schließlich schob Stefan Gerber seinen Stuhl zurück, stand auf und wanderte zur großzügig bemessenen Fensterfront. Er wirkte ruhelos. Wie ein verirrter Welpe, der sein Herrchen verloren hat, dachte Mia. Als der Beamte zu sprechen begann, tat er es zum Glas hin, sodass die Bewegung seiner Mundwinkel einzig in der verzerrten Spiegelung der Scheibe zu erahnen war.

»Es geht drunter und drüber«, erklärte er mit matter Stimme. »Das Netz löst sich auf, könnte man meinen. Inzwischen verbreitet sich das Virus mit exponentiellem Wachstum. Ganze Kantone sind nicht mehr in der Lage, E-Mails zu verschicken oder Notrufe zu tätigen. In Glarus und Graubünden sind die internetbasierten Kontrolldienste der Trinkwasserversorgung ausgefallen.« Er drehte sich, um auf die Mineralwasserflasche auf dem Tisch zu deuten. »Für die nächsten Tage also kein Valser Wasser mehr und auch kein Elmer Citro. Die Lage ist ernst. Mir scheint, mittlerweile wimmelt es überall von Verrückten. In der irrigen Hoffnung, ihre privaten Geheimnisse würden so nicht weitergeleitet, machen sich die Leute im Wahn sogar daran, Sendemasten zu zerstören. Auf der Sky Terrace des Schweizerhofs in Bern ist eine rüstige Seniorin richtiggehend ausgetickt, als plötzlich ihre intimsten Aufnahmen gespreadet sind. Die saß da in einer der Fondue-Gondeln auf der Hotelterrasse, als sich die Blicke aller Anwesenden auf sie richteten. Auf deren Smartphones waren die Sexföteli der geilen Rentnerin aufgeploppt. Muss kein schöner Anblick gewesen sein. Wie eine Furie zerstörte sie die Outdoor-Antennen der WLAN-Repeater an den Wänden, bevor sie auf die Gäste losging. In dem Handgemenge, das sich nun entspann, riss sie den Leuten die Telefone aus den Händen und wollte die Geräte über die Brüstung schmeißen. Das ist nur eines von Dutzenden solcher Beispiele. Um die Bevölkerung über die derzeitige Situation zu informieren, versuchen wir, den UKW-Betrieb aufrechtzuerhalten. Ob das was bringt, steht auf einem anderen Blatt. Die meisten haben inzwischen eh längst auf Digitalradio umgestellt. Nicht lange, und es gibt die ersten Plünderungen und Ausschreitungen. Der Mensch ist ein Tier. Ich will mir nicht ausmalen, dass das Schweizer Militär auf Zivilisten schießen muss. Aber um ehrlich zu sein: Bald ist es so weit.«

Betroffen sahen sich Maxi und Mia an.

»Vor ein paar Monaten«, fuhr Gerber unbeirrt fort, »hatte ich Kontakt mit der United States Cyber Consequences Unit, einem amerikanischen Think Tank, der die Nato und bisweilen auch die Schweiz berät. Nicht in ihren schlimmsten Albträumen hätten die es sich vorstellen können, dass das Netz für mehr als ein paar Stunden lahmgelegt würde. Und diese Typen gingen in ihren Planspielen sogar von einem nuklearen Angriff aus.«

»Und Kilian?«, wollte Maxi wissen. »Wie sieht er die Sache?«

»Der schweigt wie ein Grab. Vorerst noch. Sobald durchsickert, dass er für all das verantwortlich ist, werden wir keine Zeit mehr für eine Befragung haben. Dann werden wir nämlich damit beschäftigt sein, die Leute von ihm fernzuhalten, die ihn gewaltsam zum Reden bringen wollen.«

Maxi Winter grunzte verstimmt, und Mia legte ihre Hand in seine. Ihre Finger umschlangen sich auf der Tischplatte. Es war das alte Dilemma des Folterverbots. Die behördliche Gewaltanwendung während eines Verhörs würde gegen das Aussageverweigerungsrecht verstoßen, gemäß welchem sich niemand selbst zu belasten habe. Doch lag hier überhaupt eine Aussageerpressung im strafrechtlichen Sinn vor? Kilian Eugster hatte seine Täterschaft längst zugegeben – mittels Video und mit einem nicht wegzudiskutierenden Schöpferstolz. Wenn man ihn nun folterte, um an den Quellcode seiner UMM-App zu gelangen, verließe die Polizei die festgetrampelten Wege der Strafverfolgung und beträte juristisches Neuland. Gewalt war noch immer geeignet, notorische Dichthalter redselig zu machen.

»Haben Sie es mit einem Appell an seine Hacker-Ehre versucht?«, dachte Mia laut nach.

Die zwei Männer starrten sie an. Maxi war so verblüfft, dass er ihre Hand losließ: »Wie bitte?«

»Na ja, ich kenne ihn nicht so gut wie du, Maxi. Aber er scheint mir eine im Grunde ehrliche Haut zu sein. Lockt ihn aus der Reserve. Appelliert an seine Selbstachtung, an das Bild, das er von sich abgeben möchte. Mir scheint, da ist einer, der Wasser predigt und Wein trinkt. Wenn er schon für die totale Transparenz ist, wieso verschleiert er dann seinen Quellcode?«

»La vie, la France, Lasagne«, nuschelte Maxi. »Wo sie recht hat, hat sie recht. Los geht's. Einen Versuch ist's wert.«

2

Von draußen waren Schüsse zu hören: drei an der Zahl, die gleich um die Ecke in der Via Tesserete abgegeben worden waren. Danach herrschte gespenstische Ruhe, bis kurz darauf das Heulen eines Martinshorns sowie Polizeisirenen einsetzten. Es hatte also angefangen. Der dünne Firnis, der zwischen Zivilisation und Barbarei lag, war im Begriff, sich aufzulösen.

Zwei schwer bewaffnete Anwärter der Tessiner Scuola di polizia del V circondario führten Mia, Maxi und Stefan Gerber durch die Krankenhausflure. Anscheinend waren ausgebildete Polizisten bereits Mangelware. Sie nahmen den Lift nach oben, und vor einem Zimmer im elften Stock blieb ihre Eskorte schließlich stehen. Der Vizedirektor der Operativen Cyber-Sicherheit griff nach der Klinke und öffnete die Tür, wobei er einen Schritt beiseitetrat, um seine zwei zivilen Begleiter vorbeizulassen.

Trotz seiner angeblichen Schwindelanfälle und Kopfwehattacken wirkte Kilian Eugster vital und gesund. Neben seinem Bett stand ein Pfleger und verstellte etwas an einem Tropf, von dem ein langer Schlauch zu einer Kanüle führte, die in Eugsters rechter Armbeuge endete. Wahrscheinlich irgendeine Elektrolyt- oder Glukoselösung, dachte Mia Abderhalden, als sie den Hacker erblickte.

Stefan Gerber stellte sich ans Fußende des Bettes. Er wartete ab, bis der Pfleger mit seinen Hantierungen fertig war, und entließ ihn mit einem leicht angedeuteten Kopfnicken. An den Monitoraufzeichnungen des EKG-Gerätes war zu erkennen, dass Eugsters Herzschlag sich leicht beschleunigte.

»Nervös?«, meinte Maxi Winter, der rechts neben Gerber Aufstellung genommen hatte, und deutete auf den Bildschirm.

»Vielleicht Herzrhythmusstörungen«, blaffte Kilian zurück, »wer weiß? Ein Grund mehr, länger hospitalisiert zu bleiben. Meinen Sie nicht auch, Herr Gerber?«

Der Vizedirektor ging nicht auf den Seitenhieb ein.

Aus den Augenwinkeln heraus bemerkte Maxi, dass Mia nach einem Stuhl griff und diesen ans Bett heranzog. Sie setzte sich in aller Gemütsruhe. Direkt vor ihrer Nase bemerkte sie Kilians gefesseltes Handgelenk. Der andere Metallring der Handschelle war am herunterklappbaren Seitengitter des Pflegebetts festgemacht.

»Ist das nötig?«, fragte sie.

»Ja«, antwortete Gerber lapidar, ohne auch nur den Kopf in ihre Richtung zu bewegen.

»Die haben es immer noch nicht verstanden«, begann dafür Eugster. »Ich will gar nicht fliehen. Wieso auch? So ein Bett ist um einiges bequemer als meine Schlafstätte in den letzten Tagen. Eine Wohltat sondergleichen, kann ich dir sagen … Mia? Oder? Du bist Mia. Habe ich mir das korrekt gemerkt?«

Die Journalistin bejahte.

»Maxis Freundin, soso.«

Rasch wechselten die beiden einen Blick miteinander, und Mias Wangen röteten sich leicht. Keiner von ihnen antwortete.

»Ah, alles klar«, lachte der Hacker, wobei sein Verhalten mehr als nur großspurig war. »Es ist noch nichts entschieden. Nicht offiziell, das Ganze. Alles noch in der Schwebe. Vorab schon mal alles Gute. Ich freue mich für euch, wirklich.«

»Wir sind nicht hier, um Nettigkeiten auszutauschen«, unterbrach ihn Maxi. Seine Stimme klang wohl schroffer, als er es geplant hatte, denn mit freundlicherem Ton schob er nach: »Wir wollen dich davon überzeugen, von deinem Vorhaben abzurücken.«

Stefan Gerber mochte das Gefühl haben, dass hier kostbare Zeit daran verschwendet wurde, sich bei einem

Verbrecher lieb Kind zu machen, doch Mia verfolgte das Geplänkel zwischen den beiden Jugendfreunden mit wachsendem Interesse. Kilians Charme bestand darin, dass man seiner Sorglosigkeit und seinem messianischen Feuereifer nicht widerstehen konnte, wohingegen Maxis Stärken in der einleuchtenden Stringenz seiner Wissensanwendung lagen.

Der Zürcher machte es ihr nach, zog sich ebenfalls einen Stuhl heran und setzte sich an die ihr gegenüberliegende Seite des Bettes, sodass Kilian gezwungen war, ständig den Kopf hin und her zu drehen, wollte er alle im Blickfeld haben. Maxis Unterkörper bewegte sich unablässig: ein untrügliches Zeichen dafür, dass er versuchte, es sich mit seinen dünnen Pfeifenreiniger-Beinen bequem einzurichten.

»Wieso sollte ich mein Projekt abbrechen? Nenn mir einen einzigen plausiblen Grund. Einen einzigen, Maxi.«

»Um die Sache abzukürzen. Irgendwann wird das Netz eh gebootet.«

»Bis dahin ist viel Wasser den Rhein hinabgeflossen.«

»Kann sein. Aber mithin sind die intelligentesten Leute der Welt deinem Virus auf den Fersen. Die Shadow Brokers, die Lazarus Group, die NSA, die Nordkoreaner, der CCC. Mach es nicht schlimmer, Kilian.«

»Nicht schlimmer? Ich soll es nicht schlimmer machen?«, erhob er die Stimme. Zum ersten Mal, seit sie das Zimmer betreten hatten, echauffierte sich der Rheintaler. Das Metall der Handschellen klirrte an die Seitengitter. »Wenn 100 Leute in einem Saal sitzen und jeder hat eine Handgranate in der Hand, dann reicht es nicht aus, dass man die eigene Granate sichert oder unschädlich macht. Das ist eine trügerische Garantie, denn man muss auf das große Ganze achten. Immerzu. Jeden Tag aufs Neue. Selbst wenn ich meinen Splint wieder in die Granate gesteckt habe, sind immer noch 99 Leute vorhanden, bei denen die Bombe losgehen kann, und zwar mit dem Potenzial, die umstehenden Granaten ebenfalls explodieren zu lassen. Genauso verhält es sich mit der globalen Erderwärmung. Es reicht nicht, wenn ich nur auf mich schaue und ökologischer lebe. Ich muss darauf pochen, dass auch alle meine Mitmenschen das tun. Nur so wird eine tödliche Kettenreaktion vermieden.«

»Das ist Bullshit.«

Eugster furchte die Stirn, entgegnete aber nichts.

Mit beschwörendem Unterton fuhr Maxi fort: »Das Locard'sche Prinzip, Kilian. Das kennst du gewiss, oder?«

»Nein.«

»Nun, sei's drum. Kurzum besagt es, dass jeder Kontakt Überreste hinterlässt, und seien sie auch noch so mikroskopisch klein. Kein Täter kann den Tatort ohne Spuren verlassen. Es ist eine Regel aus den Anfängen der Forensik. Edmond Locard, der diesen Gedanken als Erster ausformuliert hat, war seinerzeit Direktor des Lyoner Polizeilabors. Seine These mag alt sein, doch sie ist zeitlos und auch auf komplexere IT-Systeme anzuwenden. Jegliche Datenverarbeitung erzeugt digitale Spuren, die im Nachhinein nicht mehr vollständig beseitigt werden können. Daran sind schon schlauere Köpfe als du und ich gescheitert.«

»Und wenn schon.«

»Wie wird die Nachwelt dich sehen, Kilian? Als trotzendes, störrisches Kind? Wie damals Donald Trump, der einfach nicht gehen wollte? Genauso heuchlerisch? Was wird dein Ruf als Prophet einer neuen Umweltbewegung noch wert sein, wenn dir Transparenz plötzlich nicht mehr wichtig ist, sobald es um deine ganz persönlichen Belange geht? Dann bist du nicht besser als all die anderen Pharisäer. Du bist scheinheilig durch und durch.«

»Ich soll scheinheilig sein?«

Eugster richtete sich auf, so gut es ihm mit den gefesselten Händen gelang, und legte den Kopf leicht schief. Seine ganze Miene verriet, dass er keine Lust mehr auf Small Talk hatte und ihm ihre Beweggründe von Anfang an klar gewesen waren.

»Du weißt, was ein Heuchler ist, oder?«, griff Maxi Winter den Faden auf.

Der Hacker ging nicht auf die Stichelei ein.

»Du bist ein Heuchler«, beantwortete Maxi seine eigene Frage. »So ideal und tugendhaft deine Beweggründe auch sein mögen, ich verspüre keine Lust, einem fanatischen Blender und Scharlatan zu folgen. Würdest du eine Greta Thunberg ernst nehmen, wenn sie im Offroader zum Schulstreik gekommen wäre? Aus denselben Gründen belächle ich grünliberale Gutmenschen, die an vorderster Front für eine modernere Flüchtlingspolitik kämpfen, aber sich weigern, bei sich zu Hause Asylanten aufzunehmen, und die in Privatjets zu Klimakonferenzen jetten. Du weißt, worauf ich hinauswill, Kilian. Betroffenheit allein reicht nicht aus. Man muss selbst ein leuchtendes Beispiel abgeben. Für alle sollten dieselben Gesetze gelten, oder etwa nicht?«

Zum ersten Mal glaubte Mia, so etwas wie eine aufkeimende Unsicherheit bei Kilian auszumachen, dessen Adamsapfel sich über dem Ausschnitt seines Krankenhauskittels hob und senkte.

»Wärest du an meiner Seite gestanden, wenn du im Voraus von meinem Plan gewusst hättest?«, wollte der Hacker wissen. Seine Stimme war leiser geworden, beinahe kleinlaut, und Mia erahnte nun seine Wankelmütigkeit.

»Nein, gewiss nicht«, kam es unverzüglich von Maxi. »Ich will mich an unsere Gesetze und die Richtlinien des Gemeinschaftslebens halten. Aber wahrscheinlich wären Tausende andere dir gefolgt. Ganze Heerscharen an Umweltschützern. Du hattest einen fantastischen Geistesblitz, Kilian, eine phänomenale Eingebung. Ein menschlicher Gedanke ist beständiger als eine Kathedrale, er ist auch ein größeres Monument. Aber es muss der richtige Gedanke sein.«

Mia Abderhalden und Stefan Gerber wussten nicht, was in diesem Moment geschah. Sie konnten es auch nicht in Worte fassen und fühlten lediglich, dass sich etwas in dem Raum veränderte. Die Journalistin unterdrückte das intensive Verlangen, mit einem Lächeln ihre Siegesgewissheit zu offenbaren, denn dadurch hätte sie womöglich wieder alles zunichte gemacht. Gerbers Hände hingegen krallten sich derart angespannt um die Metallstange am Fußende des Bettes, dass seine Knöchel weiß hervortraten.

Mit einem Mal wirkte Kilian Eugster gebrechlicher. Seine gefesselten Hände hingen kraftlos in den Metallringen, die sich zusammen mit den Kettengliedern zu einer geraden Linie spannten. Die Verbissenheit in seiner Miene ließ nach, verschwand jedoch nicht ganz.

»Unangenehmes bringt man bekanntermaßen am besten schnell hinter sich«, meinte der Hacker schließlich. Als niemand auf den Sinnspruch einging, offenbarte er beinahe im Flüsterton: »In Heerbrugg, im Garten meiner Eltern, gibt's eine leer stehende Hundehütte. Unter dem Wellblechdach findet ihr eine Zeitkapsel aus Edelstahl. Da drin ist der USB-Token, den ihr sucht.«

Mia atmete schwer aus, während Maxi die Erleichterung ins Gesicht geschrieben stand. Allmählich merkten sie, wie unbeschreiblich froh sie über Eugsters Sinneswandel waren. Die Anspannung, diese zentnerschwere Last, fiel von ihnen ab. Stefan Gerber, der wie erstarrt gewirkt hatte, erwachte aus seiner Lethargie. Noch während er euphorisch hinauseilte, hielt er sein Handy ans Ohr.

»Wir haben's! Sofort einen Helikopter nach Heerbrugg! Wir brauchen ein Einsatzteam vor Ort!«

Ein paar Sekunden noch war die Stimme des Vizedirektors vom Krankenhausflur aus zu vernehmen, bis die Tür hinter ihm ins Schloss fiel. Er hatte sich nicht einmal von ihnen verabschiedet.

EPILOG | TENERO

Die brütend heiße Augustsonne ließ einen die Sorgen und Nöte der letzten Monate vergessen. Über die sich kräuselnden Wellen wehte eine Kühlung verheißende Brise ans nördlichste Ufer des Lago Maggiore, wo tapfer einige unverbesserliche Sonnenanbeter im weißen Sand lagen und sich die Haut verbrutzeln ließen. Frisbees flogen hin und her, auf dem Wasser paddelten einige Surfer weiter hinaus auf die spiegelnde Fläche. Hier mühten sie sich ab, während etwas weiter, in den Engstellen von Maccagno, beständige Winde zwischen drei und vier Beaufort wehten. Mia Abderhalden lugte über den Rand ihrer Sonnenbrille und griff in die mit Eiswürfeln angefüllte Kühlbox, wo sie nach einer Colaflasche grub.

Drei Meter vor ihrem Zelt, unter den ausladenden Ästen einer dichtbelaubten Schwarzerle, hatten sie ihre Liegestühle aufgestellt. Rechts von ihnen parkte ein alter VW-Bus, links ein hypermodernes Wohnmobil der Marke Hymer, ausgestattet mit allen nur erdenklichen Schikanen. Aber geradeaus, da war … nichts. Einfach nur ungehinderte Sicht auf See und Bergwelt, auf Wasserskiboote und Monte Tamaro.

»Auch durstig?«

»Nö, bin sitt«, grummelte Maxi.

Obwohl sie mittlerweile ein halbes Jahr zusammen waren, tat sich Mia hin und wieder noch schwer mit dem Jugendslang ihres Freundes. Sie hatte gar nie angefangen, ihn davon abzubringen, denn als Journalistin genoss sie diese sprachlichen Muster und Variationen, die sich so sehr von ihren eigenen abhoben und – zugegebenermaßen – in ihrer Kreativität und Provokation auch irgendwie lustig waren. Sitt und satt als Gegenteile von durstig und hungrig, darauf musste man erst mal kommen. Angst vor Jargon und Jugendsprache war doch bloß Angst vor Veränderung der Welt – und die war ohnehin nicht aufzuhalten, wie Mia wusste.

Sie öffnete den Verschluss ihrer Colaflasche und nahm einen kräftigen Schluck. Den Augenblick genießen, dachte sie, und die Vergangenheit beiseiteschieben. Wie lange es noch dauern würde, bis die letzten Auswirkungen des Internet Outage nicht mehr zu spüren waren, wusste wohl niemand. Von der Schweiz und den angrenzenden deutschsprachigen Ländern ausgehend, waren nach und nach große Teile Europas von der Katastrophe betroffen gewesen: ein einziger gewaltiger Blackout von der Straße von Gibraltar bis an den Ural. Während Moskau, Peking, Neu-Delhi und Tokio mit einem blauen Auge davongekommen waren, verspürten Ozeanien und Australien fast nichts von dem digitalen Armageddon. Womöglich lag das an der Verbreitungsart der UMM-App, die sich über Messenger-Dienste verteilte. Die statistische Chance, dass Leute aus Zürich Bekannte in Bern oder Luzern besaßen, war schlicht und einfach ungemein größer als jene, dass sie Kontaktdaten von Personen der anderen Erdhalbkugel in ihren Handys gespeichert hatten.

Bis in den März hinein waren Kreditkartenzahlungen und E-Commerce unmöglich gewesen. In einem Kraftakt noch nie dagewesenen Ausmaßes froren der IWF, die UNO und die Internationale Börsenaufsicht in einer konzertierten Aktion Milliarden und Abermilliarden von privaten und staatlichen Vermögenswerten ein, um sie nach einem globalen finanziellen Reset am 17. Mai – ironischerweise am Internationalen Weltfernmeldetag und Welttag der Informationsgesellschaft – wieder auf den Status quo ante zu setzen. Die schlimmste Wirtschaftskrise aller Zeiten war abgewendet worden.

Mia Abderhalden schauderte es, wenn sie an die Opfer des Ausfalls dachte, an die direkten und an die indirekten. Allein in der Schweiz hatten, offiziellen Schätzungen zufolge, mehr als 1.400 Bürgerinnen und Bürger dafür mit dem Leben bezahlt. In Beznau-1 hatte sich ein Störfall der Stufe 2 auf der INES-Skala ereignet: Vier Arbeitsschichten lang übersah die Betriebsmannschaft, dass sowohl ein Kühlmittelventil nicht mehr ordnungsgemäß schloss, was zum Austritt von über 300 Litern radioaktiver Flüssigkeit führte, als auch ein Filter eines Dampferzeuger-Heizrohrs die vorgegebenen Grenzwerte überschritt. Bevor das ausgelaufene Kühlwasser zu einer Kernschmelze führen konnte, wurde die Anlage zum Glück heruntergefahren. Drei Beschäftigte waren kurzfristig einer mittelschweren Strahlendosis ausgesetzt gewesen, und wochenlang waren die Dosismessungen in der Umgebung des Atomkraftwerks erhöht.

Der schlimmste Zwischenfall, weitreichender noch als die Zugkatastrophe im Zürcher Sihlquartier, hatte sich in Basel ereignet, wo ein von einem Konsortium international tätiger Chemiefirmen gemieteter Anlagenteil Feuer fing und die darin gelagerten 200 Tonnen Ammoniumnitrat und 60 Tonnen wasserfreies Ammoniak explodieren ließ. Die Wucht der Detonation entsprach nach seismografischen Messungen des Schweizerischen Erdbebendienstes einer Erschütterung der Stärke 3,2 auf der Richterskala, zerstörte 300 Wohneinheiten und beschädigte 500 Gebäude zwischen Rhein und Grand Casino, wobei es auch Dutzende Tote auf der französischen Seite der Grenze gab. Der von der Explosion hinterlassene Krater wies einen Durchmesser von 47 Metern auf, und Fachleute spekulierten darüber, ob tatsächlich der Blackout oder einfach eine Reihe unglücklich verknüpfter Zufälle zur Chemiekatastrophe geführt hatten.

»Hast du was gesagt?«

Jählings war Mia aus ihren Gedanken gerissen worden. Noch immer hielt sie die Cola in der Hand, vor ihr in der Luft. Wie eingefroren. Als ob der liebe Gott die Freeze-Taste gedrückt hätte.

»Ich wollte wissen, ob du tagträumst«, wiederholte Maxi.

Sie schraubte den Verschluss zu und ließ die PET-Flasche zurück in die Kühlbox gleiten.

»Alles gut«, redete sie sich heraus, »es ist einfach so schön hier. Da schweigt man und genießt.«

»Da schweigt frau, meinst du wohl.«

Sie schmunzelte.

»Das auch.«

Eine Tube mit Sonnenschutzmittel hochhaltend, bot er an: »Soll ich dich eincremen? Wird allmählich wieder Zeit. Die Sonne ist ja voll der Heizkeks.«

Sie bedachte ihn mit einem liebevollen Blick. Ein Blick, so voll mit Wärme und Zuneigung, wie sie ihn sonst nur ihren Eltern zuwarf. Dankbar nahm sie das Angebot an. Während seine glitschigen Hände über ihre Rückenpartie fuhren und er die Sonnenmilch verstrich, genoss sie den Zauber dieser an sich banalen Situation. Hier im Tessin, wo es, wie nirgendwo sonst im Land, eine Art von Italianità zu erleben gab, ging das Leben unbeschwert weiter. Kilian Eugster hatte es wohl nicht so gut getroffen. Da in der Schweiz keine absolute Maximaldauer der Untersuchungshaft existierte, saß er noch immer in irgendeiner Zelle ein und wartete auf seinen Prozess.

Es war ein merkwürdiges Gefühl, Maxi hier neben sich zu wissen. Merkwürdig, aber angenehm. Wie lange ihr Glück wohl halten mochte? Sie besaßen dieselben Interessen, das schon, aber alle ihre Freundinnen hatten Partner, die zwischen zwölf und 24 Monate älter waren. Irgendwann würde Mia in einer Art melancholischer Nostalgie auf diesen Moment zurückblicken, in dem ihr alles nahezu perfekt erschienen war. Es war ein Augenblick, den man auf einem Foto festhalten musste, quasi als Erinnerungshilfe für spätere Jahre.

Sowie Maxi fertig war und seine fettigen Finger an seinen Oberschenkeln abstrich, stand Mia auf, um zu ihrem Zelt zu schlendern, wo sie ihr Handy aus der Seitentasche ihres militärbraunen Trekkingrucksackes fingerte. Sie schaltete es ein und öffnete die Foto-App.

Als sie zurückkam und ihren Freund in den Sucher nahm, hatte dieser die Augen bereits wieder geschlossen und hörte sich durch seine Spotify-Playlist. Mit Kopfhörerstöpseln in den Ohren lag er auf dem Liegestuhl, die Beine ausgestreckt, die Fersen auf dem sandigen Grasboden abgestützt. Die Geräusche, die sie gerade noch vernahm, kamen von einer seiner Comedy-Platten. Peach Weber vielleicht oder Kliby und Caroline.

Sie wählte eine Einstellung, die ihr gefiel, und knipste zwei, drei Mal. Danach beschnitt sie den Bildrand, korrigierte die Belichtung und legte einen Filter über das Ganze.

Als die Meldung kam, ob sie die Datei über Google Drive in ihrer Cloud speichern wolle, hielt sie mitten in der Bewegung inne: die erste Auflehnung gegen eine jahrelange klassische Konditionierung.

Es war ein perfektes Urlaubsbild.

Doch brauchte sie es im Netz? Wie viel Speicherplatz würde es beanspruchen, wie viele Bäume mussten dafür gerodet werden? War es nötig? Wirklich nötig? Lebensnotwendig? Der in der Luft schwebende Zeigefinger bewegte sich leicht nach rechts, hin zum Papierkorb-Icon. ›Aus Google-Konto und von synchronisierten Geräten entfernen?‹, wurde sie vom Programm gefragt.

Sie verrückte ihren Liegestuhl, sodass er näher an den von Maxi herankam, legte den Kopf an seine Schulter und betrachtete die im Sand spielenden Kinder, deren Eltern, zwei vorbeifliegende Tauben und das glitzernde Wasser. Noch einmal hob sie das Handy, um auf das Display zu schauen.

Mia Abderhalden drückte auf ›Löschen‹.

– ENDE –

NACHWORT

In der Nacht vom 27. auf den 28. Februar 2011 brach eine unbekannte Täterschaft in Basingstoke, einer Stadt im südenglischen Hampshire, in das Rechenzentrum des Telekommunikationsunternehmens Vodafone ein. Das offensichtliche Ziel der kriminellen Aktion war es, Netzwerkausrüstung im Wert von Dutzenden von Millionen Euro zu stehlen. Nachdem sich die Einbrecher mit Vorschlaghämmern rabiat Zutritt zu den Räumlichkeiten verschafft hatten, packten sie wahllos die vorhandene Hardware ein. Dabei demolierten die Diebe nicht nur einen Großteil der technischen Einrichtung, sondern zerstörten ungewollt einen zentralen Netzknoten des Mobilfunkanbieters in Großbritannien.

Kurzum: Sie klauten so nebenbei das Internet.

In den nächsten Stunden und Tagen kam es bei Hunderttausenden von Personen zu Totalausfällen bei mobilen Internetdiensten, Telefonaten oder SMS-Übertragungen. So anekdotenhaft-amüsant dieses Ereignis auch sein mag, so nachdenklich müsste es einen machen. Was wären die Auswirkungen eines irreparablen Komplettausfalls des Internets? Welche gesellschaftlichen Folgen würde dies zeitigen? Für die Wirtschaft? Den Arbeitsmarkt? Für den einzelnen Menschen, aber auch für ganze Staatengebilde?

Einen Vorgeschmack darauf, wie anfällig auf banalste Streiche unsere unzureichend geschützten Infrastruktursysteme sind, gab bereits ein Vorfall im Jahr 2009, als ein unbekannter Scherzkeks die Display-Texte zweier elektronisch gesteuerter Verkehrstafeln im amerikanischen Austin, Texas, umschrieb: Statt vor Baustellen auf dem Highway warnten die Tafeln nun vor »Nazi-Zombies« und der drohenden Apokalypse.

Dieser Schabernack und die daraus resultierenden Konsequenzen faszinierten mich ungemein: Was, wenn zum Beispiel kriminelle Hacker oder Terroristen versuchten, das Transport- und Kommunikationswesen sowie die Stromverteilung – kurz: die ganze Infrastruktur – lahmzulegen? Lange ging ich mit dem Gedanken schwanger, eine Geschichte über dieses Planspiel zu schreiben. Schnell einmal verdrängte ich das Vorhaben, denn viel zu absurd erschien mir der Plot. Erst im Frühjahr 2020 griff ich den Stoff, der mich nie ganz losgelassen hatte, wieder auf. Inzwischen hatte ich mich denn auch besser in die Thematik vertieft. Seit fast einem Jahrzehnt schon bot ich – zu Beginn von einigen aus dem Lehrerkollegium noch belächelt oder scheel angeschaut – den Drittsemestern der Sekundarstufe II ein Modul zum Thema Kommunikationstheorien an. Ebenfalls traten Share Economy, Gesten-Steuerung, Filesharing, Downloadstores, mobile Messenger und Navigationssysteme ihren unaufhaltsamen Siegeszug rund um den Globus an, und für einen Leseabend im Oktober 2018 erarbeitete ich sogar zusammen mit einer KI eine Kurzgeschichte. Ich war also etwas gerüstet, was die von der OECD in ihrer Studie ›The Future of Education and Skills 2030‹ als »Kernkompetenz der Zukunft« eingestufte Kommunikation anbelangte.

Während ich die ersten Kapitel ausformulierte und noch immer ein wenig mit dem Plot haderte, trat Corona in unser aller Leben – und plötzlich war die gesamte Gesellschaft mit einer Situation konfrontiert, die, wenn man sie in einem Roman ausformuliert hätte, vom Lektorat gnadenlos als unrealistisch und deshalb auch als unglaubwürdig bemängelt worden wäre.

Nichtsdestotrotz hat die Coronakrise gezeigt, dass Normen, Gewohnheiten und Grundrechte, die unser Leben lang als unverrückbar galten, gefährdete Güter sind, die sich stets aufs Neue behaupten müssen. Vor diesem Hintergrund ist zu hoffen, dass ein globaler Internet Outage, wie in diesem Roman beschrieben, nur ein Produkt der Fiktion bleiben wird.

Schreiben sei ein einsames Geschäft, behauptet man. Dies trifft nur insofern zu, als es die Niederschrift einer Geschichte betrifft – ganz klassisch im stillen Kämmerlein, meist zu später Stunde und allein vor dem Bildschirm. Zur ganzen Entstehung eines Romans trägt jedoch eine Vielzahl an Leuten bei, angefangen bei den unzähligen Kontaktpersonen, die einen bei der Recherche unterstützen oder wichtigen Input geben, über eine überschaubare Gruppe an Vorablesenden, die auf Logikfehler und Löcher im Plot hinweisen, bis hin zu dem professionellen Verlagsteam, das sich um Lektorat, Korrektorat, Marketing, Druck und Vertrieb des endgültigen Produkts kümmert.

Ein Dankeschön, wie es größer nicht sein kann, schulde ich meinem Verleger Armin Gmeiner und seiner Programmchefin Claudia Senghaas, durch deren Engagement und wertvolle Hilfe ich mit dem hier vorliegenden Titel das bereits elfte Buch als Autor beziehungsweise Herausgeber im Gmeiner-Verlag veröffentlichen darf.

Außerdem gebührt der Kulturstiftung Liechtenstein ein großes, von Herzen kommendes Dankeschön dafür, dass sie mich mit einem Werkbeitrag gefördert hat.

Ebenso wichtig sind ein guter Freundeskreis und Familienmitglieder, die in mannigfacher Weise zur Entstehung dieses Romans beigetragen haben. Geduldiger Rat, zahlreiche Denkanstöße und wertvolle Hilfe kommen stets von ihrer Seite.

All diesen sei an dieser Stelle herzlich gedankt.

Armin Öhri

Julius Bentheim und Albrecht Krosick ermitteln:

1. Fall: Die dunkle Muse
ISBN 978-3-8392-1295-0

2. Fall: Der Bund der Okkultisten
ISBN 978-3-8392-1500-5

3. Fall: Die Dame im Schatten
ISBN 978-3-8392-1729-0

4. Fall: Das schwarze Herz
ISBN 978-3-8392-2804-3

weitere:

Sinfonie des Todes (mit Vanessa Tschirky)
ISBN 978-3-8392-1145-8

Liechtenstein – Roman einer Nation
ISBN 978-3-8392-1978-2

Maxi Winter und Mia Abderhalden ermitteln:

Schweizer Logout
ISBN 978-3-8392-0192-3

DIE NEUEN Lieblingsplätze

ISBN 978-3-8392-0154-1
ISBN 978-3-8392-2730-5
ISBN 978-3-8392-0155-8
ISBN 978-3-8392-0158-9
ISBN 978-3-8392-0160-2
ISBN 978-3-8392-0159-6
ISBN 978-3-8392-0161-9
ISBN 978-3-8392-0163-3
ISBN 978-3-8392-0164-0
ISBN 978-3-8392-2626-1
ISBN 978-3-8392-0156-5
ISBN 978-3-8392-0157-2
ISBN 978-3-8392-0166-4
ISBN 978-3-8392-0166-4
ISBN 978-3-8392-2838-8
ISBN 978-3-8392-0168-8